致青春 064

影帝的公主

－下－

笑佳人　著

高寶書版集團

目錄
CONTENTS

第四十章　公主獲獎

穆廷州面無表情地沿著樓梯往下走，轉個彎，看見站在客廳的肖照，目光變冷。打擾他的約會，肖照最好有個充分的理由。

肖照有理由，但事情沒有百分之百確定前，他不可能將自家老爸的風流韻事告訴穆廷州，這也是出於對明薇與明薇媽媽的尊重。

「你離開的時間太久了。」故作平靜，肖照以專業經紀人的態度批評穆廷州。

穆廷州抿唇，但人都出來了，也不能再上去。

丟下肖照，穆廷州一個人往外走，肖照回頭看一眼二樓，想到老爸那番話，心底再次湧起一陣無力感。回到賓客中間，穆廷州、肖照並排坐著，一個垂眸對著酒杯默默回味與女朋友的熱吻，一個神色複雜，心事重重。

「薇薇，快過來！」

隔了幾桌，有女人喊明薇的小名，穆廷州與肖照幾乎同時轉頭，就見明薇笑著落座，若無其事地與一個女明星聊了起來。穆廷州與明薇在一起時霸道貪婪，但大庭廣眾下他還是很會掩飾自己的，很快便收回視線。

肖照看看明薇，視線不自覺地轉向父親那一桌。

遠遠的，徐修微不可查地朝兒子點點頭。上次他與江月的見面十分突然，徐修相信江月的言行就是她的內心反映，也相信明薇確實是他的女兒，但此事關係到遺產繼承，關係到徐家人是否認可女兒，徐修必須拿到書面證據。

收到父親的暗示，肖照推推眼鏡，離座朝明薇那桌走去。

「明小姐，方便借一步說話嗎？」停在明薇面前，肖照笑得溫文爾雅。

明薇不懂他在賣什麼關子，但還是笑著站了起來，一邊朋友般閒聊一邊往遠處走。離賓客遠了，明薇疑惑地問肖照：「出事了？」她好奇剛剛穆廷州為什麼被肖照奪命連環催。

肖照沒說話，得知明薇可能是自己的妹妹後，第一次近距離觀察明薇。明薇很漂亮，這他早就知道，明薇的氣質、性格也都很好，做正事時大方認真，私底下相處活潑靈動，是個非常招人喜歡的女孩。肖照一直都很欣賞明薇，以前他將這種欣賞單純歸功於明薇的性格，現在，肖照突然懷疑是不是真的有血緣關係的因素？

真的是同父異母的妹妹嗎？

肖照細細打量明薇五官，試圖看出明薇與自家人相像的地方。

明薇被他看得臉紅了，窘迫地低頭，臉上冒火。肖照這麼看她，莫非她的嘴唇被穆廷州親腫了？可她出來前照過鏡子，只是有點紅，補妝後已經不明顯了，肖照怎麼會看出來？

女孩露出羞澀模樣，肖照終於回了神，意識到自己的反常，肖照咳了咳，低聲道：「其實也沒什麼事，就是想囑咐妳一下，廷州情商低行事霸道，妳、妳別一直遷就他，該給他臉色看就給他臉色，他那人就是欠管教，妳越寵著他毛病越大。」

明薇笑了，樂不可支地點點頭，俏皮地看著肖照：「有你這麼當經紀人的嗎？」

她笑得單純好看，眼睛澄淨地像清澈湖水，年輕鮮嫩。肖照看呆了，腦袋裡冒出各種念頭，這麼水靈的女孩，如果真的是他的妹妹，真的是的話……那他希望能多跟這個好好妹妹相處幾年，彌補兄妹間錯過的時光，可明薇已經跟穆廷州在一起了，戀愛中的女孩，不是拍戲就是惦記男朋友，哪還有時間分給一個半路冒出來的哥哥？

肖照突然特別後悔，後悔當初想方設法幫低情商的穆廷州接近明薇，後悔……

「肖照？」男人中了邪一樣呆呆地站著，渾然不似平時的經紀人，明薇收了笑，擔心地問他：「你沒事吧？我怎麼覺得你今天的狀態有點不對？」

「有嗎？」肖照掩飾地笑，目光挪到明薇頭頂，他突然正色道：「別動，妳頭上有東西。」

他太嚴肅，明薇嚇了一跳，身體僵硬地等著。

肖照抬手，在她腦頂輕輕撥了兩下，好笑道：「看來妳最近很累啊，居然都長白頭髮了。」一邊說著，一邊狠心扯了三根頭髮。等穆廷州下樓時，肖照查過資料，其實拔五根頭髮去做鑒定更妥當，可肖照不敢拔五根，怕明薇疼，也怕明薇生氣打他。

一次被拔三根頭髮是什麼感受？

明薇「嘶」了一聲，捂住腦袋抬頭，控訴地瞪肖照。

肖照乾笑：「抱歉，誤傷了兩根。」

明薇狠狠瞪他一眼，看向他的手：「白頭髮呢？」

肖照後退兩步，看著地面道：「扔了。」

明薇更不高興了，低頭找找，綠油油的草地上哪能看見細細的頭髮絲？不過明薇此時最在意的不是白頭髮長什麼樣，而是她才二十三歲，居然就有白頭髮了？明薇無法接受，確認肖照沒有別的事，她再次趕向別墅，要去仔細照照鏡子。

事情辦得順利，肖照暗暗鬆了口氣，看眼指間捏著的三根髮絲，肖照去了車庫。收好珍貴的三根頭髮，一抬頭，卻見一道高大身影不知何時走了過來，馬上就到他車前了。肖照及時調整情緒，推開車門下車，隨口問穆廷州：「你怎麼來了？」

「你為什麼摸她頭？」穆廷州審視他問。剛剛肖照與明薇過於親昵的舉動，很礙他的眼。

「我為什麼要告訴你？」肖照現在看明薇越看越順眼，看穆廷州則恰恰相反，語氣自然不好。

穆廷州難得被肖照噎了下。

肖照諷刺地笑了一笑，先走了。

穆廷州望著他背影，忽然覺得今天徐修與肖照父子倆都不太正常。

肖照不說，穆廷州打電話給明薇。

明薇人在洗手間，一手撐著洗手檯，一手一片一片地撥頭髮，臉都快貼到鏡子上了。手機鈴聲響起，明薇煩躁皺眉，發現是穆廷州，心情才稍微好了點，悶悶不樂地接聽：「嗯。」

穆廷州聽出來了，疑道：『不高興？』

明薇對著鏡子嘟嘴：「肖照說我有白頭髮。」

穆廷州懂了，唇角不自覺地上揚：『這麼說，妳現在在找白頭髮？』

明薇歪著脖子，眼睛費力地看腦側，心不在焉道：「是啊，有一根就有第二根。」

穆廷州笑，想像她傻乎乎翻頭髮的樣子，他又想見她了：『妳等我，我幫妳找。』

明薇才不要，紅著臉掛斷電話，擔心穆廷州真的找過來，急著梳好頭，匆匆回去了。落座幾分鐘後，明薇正與身邊的人聊天，餘光忽然瞥見一道黑色身影，下意識仰頭就看到穆廷州淡漠俊美的側臉。

沒有說話，也沒有眼神交流，只是簡單的從身邊經過，她心裡就甜了起來。

宴席結束，眾人各回各家。

穆廷州現在處於一部戲拍完後的休息階段，肖照也比較空閒，便暫時搬回父親的別墅。親弟弟難得有空，徐凜知道後這兩晚也都回父親這邊。不過徐修、徐凜都很忙，父子三人只有早飯一起吃，晚上基本上不會聚在一起。

肖照扯完明薇頭髮的第三天，徐修打電話給長子，叫他晚上早點回家。

父親有命，下午徐凜處理完公司事務，直接開車回了別墅，進了客廳，就見父親與二弟面對面坐在沙發上，中間的茶几上擺著一份檔案。氣氛有些微妙，徐凜重新觀察二人，父親背靠沙發閉目養神，二弟雙手撐頭，好像遇到了什麼煩心事。

「爸。」徐凜低聲打招呼。

徐修睜開眼睛，看看長子，他朝茶几上的文件點了點下巴。

徐凜心領神會，坐在二弟旁邊，拿起文件。

是一份親子鑑定證明。

徐凜心亂了幾秒，很快又恢復了冷靜，處理公司事務般問父親：「要接回來嗎？」

母親死後，父親身邊陸陸續續有過很多女人，有的可能處過一段時間，更多的都是臨時消遣，徐凜心中有數，這種前提下，突然冒出來幾個弟弟、妹妹，完全在情理之中。大家都是成年人，只要父親願意認，他不介意多個弟弟或妹妹，至於能否培養出手足之情還要看緣分。

徐修看向次子。

肖照很煩，如果只考慮明薇，多個可愛的妹妹他很高興，但這件事沒那麼簡單。明家一家四口過得溫馨幸福，突然得知生父另有其人，明薇能承受住打擊嗎？明薇的心情是一方面，事情傳出去，明強、江月肯定也會遭受輿論指點，線民們最喜歡八卦，一個個不知道會說出什麼難聽的話。徐家是占便宜的，明家卻是吃了虧，明薇肯定不希望她的家人淪為笑柄。

還有，明橋……

明橋，那個小小年紀卻冷豔動人的丫頭，是他同父異母妹妹的妹妹。

肖照猛然起身，去了落地窗旁。

都是什麼破事！

弟弟很少有這麼大的情緒波動，徐凜皺皺眉，直接問父親：「那人是什麼身分？」

徐修淡淡道：「明薇，你也見過。」

徐凜臉龐繃緊，眼簾垂了下去，如果他沒記錯，明薇比二弟小五、六歲，當時母親已經去世，父親找女人情有可原，可他怎麼能碰一個有夫之婦？

「當時薇薇媽媽還單身。」長子微妙的表情太精彩，徐修看出來了，冷聲澄清道。

徐凜懂了，沒再追問父親當時為何沒負責。

「您打算怎麼處理？」

「我會想辦法，你們先別聲張，暗中多照顧薇薇，她在娛樂圈，紅得這麼快，肯定有人會罵她。」

徐修微瞇鳳眼，別有深意地道。

十一月明薇主要拍了一支唇膏廣告，十二月中旬，她受邀參加某地方電視臺舉辦的國內影劇頒獎典禮。《大明首輔》三月份播出的，成功報名參選，《南城》十月下旬開播，針對這個獎項的報名只能等明年了。

如此，明薇今年只有一部《大明首輔》參選，那麼按照同劇組演員坐在一起的規則，她又被安排在了穆廷州與陳璋中間……

「明公主，好久不見。」入席前，影視圈一眾賓客們先在會客廳休息，陳璋來得早，看見明薇，他笑容燦爛地離開座位上前幾步，衣冠楚楚地朝明薇行了一個標準的歐式宮廷禮，一手放在背後，一手舉到前面，等著明薇。

論名氣，早兩年成名的陳璋比明薇紅，本就是宴會廳的焦點，現在他做出這樣的舉動，被他恭維成公主的明薇立即成了不少女星羨慕的對象。某個小圈子裡，王盈盈看得眼睛都要紅了，如果當初不是明薇搶了她的公主角色，此時被陳璋恭維的肯定是自己！

「就你會搶風頭。」注意到特邀記者們一直在拍這邊，明薇笑著將手交給陳璋，輕聲道。

陳璋禮節性地親吻她的手背，起身時頭靠近明薇，幽幽道：「明年各個頒獎禮，我們就算在一起，妳也是余家大小姐，微臣當然要珍惜喊妳公主的機會。」

明薇無法反駁，由陳璋陪同著，去跟新老朋友們打招呼。

她前腳剛走，宴會廳入口便多出兩道身影，穆廷州、肖照均穿黑色西裝，一個冷傲一個溫潤，剎那間奪走了一大片鏡頭。穆廷州早已習慣，神色淡漠地跨進大廳，目光卻早就捕捉到了一抹曼妙身影。第一次參加頒獎場合，她穿了一件淺粉色薄紗長裙，背對他站著，露出一小片白玉似的肩膀。她盤著略顯稚氣的丸子頭，與明華公主的角色很配，扭頭與人說話，露出白裡透紅的甜美臉龐。

這是穆廷州第一次看她穿這樣仙氣飄飄的長裙，而她也確實如仙子下凡，清雅脫俗。

注意到女朋友身邊有個男人始終以護花使者的身分陪同著，穆廷州眼神微冷，陳璋這傢伙是不是還沒死心？

「張導在看你。」就在穆廷州準備過去找明薇時，肖照及時低聲提醒道。

穆廷州視線偏轉，果然看到了《大明首輔》的導演，這種場合應酬在所難免，穆廷州不得不先去寒暄。

「太傅來了。」注意到穆廷州，陳璋玩笑般對明薇說。

陳璋是知道她與太傅戀愛過的，明薇心虛，面露異樣。

只看一眼陳璋便懂了，影帝忘了太傅又如何，明薇這麼好，通過《龍王》五個月的合作，影帝再次愛上明薇早在他意料之中，所以他努力調整自己的感情，從未想過趁虛而入。既然真正的護花使者到了，陳璋識趣地走向別處。

明薇佯裝沒發現自己的男人，笑著去問候一位她喜歡的老戲骨。

「晚上好，明小姐。」

期待又緊張，不知過了多久，身後終於傳來熟悉的清冷聲音。曾經他喊「明小姐」喊得客氣疏離，帶著拒人於千里的高傲，但現在，「明小姐」從他口中說出來，低沉的冷音調，莫名地像情人在耳邊調情，明小姐、明小姐……

充斥著歡聲笑語的宴會廳彷彿突然安靜了，賓客們的身影消失，只剩下滿廳奢華璀璨的燈光。明薇心怦怦亂跳，緩緩轉身，看到熟悉的俊美臉龐，星空般的黑眸定定地看著她，幽深明亮，與之相對一秒，都需要極大的勇氣。

「穆老師。」夢幻感消失，喧嘩回歸，明薇努力保持大方微笑。

穆廷州笑了，很淡很克制的笑，然後未經明薇允許，主動托起她柔軟的小手，彎腰，低頭親吻她手背之前，他凝視她的眼睛，笑著說了一句義大利語：「今晚的妳，美得讓我神魂顛倒。」

明薇目瞪口呆，心跳驟停。

大學時為什麼學義大利語？因為明薇喜歡義大利語，小時候隨爸爸媽媽去各個國家旅遊，明薇聽過各種外國語言，唯獨對義大利語情有獨鍾，覺得義大利語最浪漫。現在，她的男人，居然毫無預兆的用義大利語在公眾場合與她調情。

手背上傳來熟悉的灼熱唇溫，宛如壓垮駱駝的最後一根稻草，明薇身心酥麻。

「你們繼續。」一吻結束，穆廷州紳士地鬆開明薇的小手，最後看一眼自己的美麗女人，翩然而去。

明薇的心，依然還在狂跳。

「他剛剛說什麼了？是不是誇妳漂亮了？」剛剛那一幕太帥，附近與明薇有些交情的女演員紛紛湊過來，善意地打聽。明薇與穆廷州是螢幕情侶，也是網友最熱衷湊對的情侶，兩人擦出花火也是情理之中。

明薇當然不能承認，故意氣呼呼地錯翻道：「他說女指揮官的戲服更適合我。」

眾星愕然，重新看一眼小仙女似的明薇，再聯想《龍王》女主角刻板禁欲的造型，女星們齊齊望向已經走遠的影帝，有的懷疑影帝玩套路存心叛逆毒舌吸引明薇，有的則深深懷疑起影帝對女人的審美，三十多歲的男人，除了明薇沒有任何緋聞，難道是因為身邊女性沒有指揮官那樣打扮的？

不論她們怎麼猜，明薇暫且是糊弄過去了。

錄製即將開始，眾人按照各自的劇組排位落座，明薇果然又夾在穆廷州與陳璋中間。

鏡頭特別關照他們三人，明薇儘量不往穆廷州那邊看。眾目睽睽，穆廷州背靠椅背姿態慵懶，視線也不曾頻繁往明薇那邊轉，不過能並肩坐著，餘光能看到她的身影，耳朵能聽見她與陳璋聊天，對於又是一個月沒看到女朋友的影帝來說，夠了。

典禮正式開始。

重要獎項都放在比較後面，很快就輪到了第四個獎項，年度最佳新人女演員。明薇憑藉明華公主一角成功入圍，王盈盈憑藉她大紅的古裝劇女主角也入圍了，剩下三個演員無論電視劇知名度還是自身人氣，都遠遠輸於她們。

演藝生涯第一次入圍，明薇很緊張，緊張到手都要抖了，然而再緊張，還是要保持微笑。

另一邊，王盈盈盛妝打扮，因為入行比明薇早一些，她看起來冷靜多了，烈火般的紅唇從容地展開一個妖嬈的笑容，如果說今晚的明薇是公主，王盈盈的扮相就是女王。而王盈盈非常有信心，《大明》雖紅，但明華公主只是花瓶人物，沒有多少施展演技的空間，她的宮鬥劇，角色經歷坎坷，悲歡喜怒，深刻多了。

頒獎臺上，女嘉賓微微低頭，對著麥克風宣佈：「……年度最佳新人女演員，獲獎的是，明薇！」

聲音一出，臺下立即爆發出洪亮的掌聲，甭管心裡在不在意，有人領獎同行就必須鼓掌。

包括王盈盈，在聽到「明薇」兩個字時，王盈盈瞳孔狠狠縮了一下，但鏡頭在那，下一秒，王盈盈充分展示了她迅速進步的演技，瞳孔不縮了，笑容加大，一邊扭頭尋找明薇，一邊笑著鼓掌，真誠地恭喜。

明薇激動壞了，捂著臉，只露出一雙水汪汪的大眼睛。

陳璋探頭，隔著明薇對穆廷州道：「公主獲獎了，我們一起護送公主上臺？」

穆廷州瞥他一眼，理理衣服，站了起來。

兩大男神同時朝明薇伸手，激起又一波掌聲狂潮。

榮耀加身，明薇胸口積滿的狂喜卻一下子沉澱了下去，浮躁沒了，化成濃濃的感動，眼中淚花閃爍。自己的運氣真的很好，一出道就進了一個大劇組，在那裡遇見了耐心指導演技的導演前輩們，遇見了陳璋這個熱情的好友，更遇見了她的影帝太傅。

或許她真的有點演戲的天分，但上面種種，少了任何一環，可能都沒有現在的她。

「謝謝。」明薇一手攥住一個男神的大手，同時舉到面前，誠摯地親在中間。

陳璋笑，穆廷州盯著陳璋被明薇親過的地方，慢慢握緊了明薇的小手。

明薇這時候哪會注意到男朋友的小情緒，激動完了，她自信大方地抬起頭，在兩大男神的護送下，一步一步跨上頒獎臺。男神止步，她一人前行，面容嬌嫩甜美，淺粉薄紗長裙下，一雙修長美腿隱隱若現，毋庸置疑，是今晚最亮眼的風景。

元旦當天，這期頒獎禮如約在各大網路平臺亮相。

『啊，明公主好美！美爆了！』

『太蘇了，明薇的人設太蘇了，穆廷州和陳璋好寵她！』

『不愧是 wuli 公主，拿獎實至名歸！』

有兩大男星綠葉不遺餘力的陪襯，有撐得起公主名號的顏值氣質，這一屆頒獎禮，明薇雖然不是最佳女演員獎項得主，但她硬是搶了在場所有老牌花旦女星的風頭。對於明薇及其親朋好友來說，這是極大的風光，然而……

有得必有失，槍打出頭鳥，這是亙古不變的道理，尤其是在腥風血雨的娛樂圈，一個明星的成功之路，必然伴有各種「醜聞爆料」，或真或假。

明薇也不能例外。

頒獎典禮過後不久，網路上突然有人發文：《聊一聊公主裙下的那些金主們。》

第四十一章　爆料

「八卦戰士」是一個知名的娛樂圈爆料帳號，一月五號，也就是週六晚八點的黃金時間，該帳號上傳了一則圖文並茂的長文，標題：《聊一聊公主裙下的那些金主們》：

『明薇是今年最紅的女明星，前幾天她成功斬獲最佳女新人獎，幾乎奠定了她未來的花旦地位。常言道，一個成功女人的背後，經常會有無數個成功的男人，今天八爺就來聊一聊，作為被穆廷州、陳璋雙雙視為公主的明薇，成名路上一共遇到了哪些「金主」。

以下人物按照認識明薇的時間先後排序。

金主五號——費爾南多，外大老師。費爾南多是明薇在校期間的義大利語外教，師生感情非常好，據說明薇從事自由翻譯的初期，很多業務都是費爾南多介紹的。所以說，各位在讀學生們，千萬要跟老師處好關係，這對你們畢業找工作有很大作用。

附圖：費爾南多替明薇拉開車門，明薇低頭進車。

金主四號——奧蘭多，義大利服裝名牌高層。A品牌就不用我介紹了，影帝穆廷州唯一代言過的品牌，巧合的是，明薇進《大明首輔》劇組之前擔任的便是奧蘭多的隨行翻譯，期間奧蘭多也與穆廷州有過接洽，有理由推斷出，明薇是透過奧蘭多先生結識的穆廷州。

附圖：酒店大廳，奧蘭多低頭親吻明薇臉頰，明薇笑靨如花。

金主三號——程耀，正華集團CEO。程耀是帝都四少之一，換女友比換手機還快，據可靠消息，他曾是明薇的祕密男友。對了，正華集團是《大明首輔》投資商之一，就是不知道，明薇成功進組是否與程耀有關了。

附圖：《龍王》拍攝現場，明薇公主打扮坐在樹上，程耀一身西裝在旁探班，目光專注。

金主二號——穆廷州，影帝。明薇迅速躥紅，穆廷州絕對是第一大功臣，失憶期間太傅公主的浪漫，恢復後青龍與指揮官的再續前緣，也是網友們最希望在一起的螢幕情侶，咳咳，但願八爺的這篇文章不會影響大家的期待。

附圖：《龍王》劇照。

金主一號——穆崇，知名導演。Surprise，大家都沒想到一號金主會是穆導吧？剛接到八卦內容時八爺也很吃驚，其實事情經過是這樣的，眾所周知，明薇是穆導新作《白蛇》的女主角，但據說選角時，明薇與某王姓演員同時試鏡。兩人演技孰優孰劣我不知道，只知道最終穆導拍板定了明薇，因此，明薇最新金主非穆導莫屬，在此八爺預祝《白蛇》大賣。Ps：網傳穆廷州會出演許仙哦！

附圖：穆崇與明薇的ps照。

全文完。』

最後一行字看完，明薇的臉色很難看。

這個帳號太狡猾，全篇都沒有明說她靠男人出頭，但先指出費爾南多老師替她介紹義大利客戶，又配上兩人同上一車的曖昧圖片，分明是誘導網友猜想師生間有非一般的關係。第二張配圖，奧蘭多親吻明薇臉頰，親臉是老外常見的問候方式，熱情單純，但對於大部分沒跟老外打過交道的國人來說，突然看到這樣的照片，第一個聯想恐怕也帶點顏色。程耀那個就更不同提了，直接暗示明薇靠程耀走後門才進了組，後面穆廷州、穆崇的分開看沒什麼，但合在一起，父子倆與同一個女人鬧新聞，簡直惡意滿滿。

五個金主，暗指她水性楊花又抹殺她的個人努力，把功勞全部算在了這些男人身上。

偏偏文章通篇不帶任何侮辱性字眼，明薇這邊想通過法律途徑告他都不行。

沈素建議明薇不要理會，這種捕風捉影的事情，只會越抹越黑。

明薇知道，可憑白被人潑了一身髒水，她能忍住不出面辯解，但看著那些質疑她的留言，明薇胸口堵得慌。相關人物，費爾南多老師回國了，奧蘭多也在義大利，估計都不知道中國這邊媒體在黑他們，程耀的話……

剛想到程耀，突然收到程耀的訊息，叫她看社群。

明薇心跳加快，迅速打開程耀的頁面。

程耀寫了一段解釋：

『忙完工作看到自己上了頭條，既然與我女神有關，我還是解釋一下吧。我是前年認識明薇的，當時明薇還是翻譯，我喜歡她漂亮又有氣質，立即展開追求，可惜明薇對我沒興趣，一直不肯答應。後來得知明薇去試鏡《大明》，我心想機會來了，趕緊去找陸總，計畫用投資幫明薇進組，我再去明薇面前邀功，哈哈哈，據說這是霸道總裁常用的套路，然而我萬萬沒想到，明薇早已經被劇組選中了！

當時我內心一團淩亂，但我得在陸總面前維持面子啊，只好保持微笑堅持投資。到最後，明薇還是沒接受我，她成了一個好演員，成了我真心敬佩的女神，我也靠《大明》賺了一點錢，皆大歡喜吧。

元旦剛過，新的一年，女神好好拍戲，走自己的路，讓別人羨慕去吧！@明薇。』

明薇心裡暖暖的，她與程耀緣分很短，好在兩人分手分的還算愉快，還能繼續做朋友。既然被@了，明薇順手分享：『謝謝程總誇讚，新的一年，大家共勉。』

三個國內相關人，程耀這邊善意的否認了戀情，只剩穆廷州父子。

穆廷州……

手機突然響了，明薇一把抓起手機，卻是老爸打來的，都十點多了，老爸老媽一向習慣早睡，現在居然還醒著。猜到爸爸是為了什麼，明薇眼睛酸酸的，穩了穩才接聽。

『薇薇別理那些混蛋，一個個只知道躲在電腦後面胡亂造謠，看妳紅了嫉妒，誰都想踩上一腳，好像把妳拉下來她們就能上位似的。薇薇聽話，剛剛妳媽被氣哭了，聰明點，別再中她們的套，別人越要踩我們，我們就必須越堅強，能讓人羨慕嫉妒恨一輩子才是本事。』

明薇笑了，老爸說話粗，可句句在理，聽了渾身舒坦。

抹抹眼睛，明薇笑著道：「知道了，爸你把電話給我媽。」

明強便將手機遞給老婆，江月眼眶紅紅的，女兒受了委屈，她比誰都難受。

明薇好好安慰了老媽一番，安慰完了，她好像也沒那麼在意了。掛了電話，明薇剛想鬆口氣，手機又響了，嚇了她一跳。低頭看看，這次終於是她最想的那個人了。

走到床邊，明薇躺下來接聽。

『剛洗完澡，妳跟誰通電話？一直打不通。』穆廷州濕著頭髮坐在電腦前，那篇文章看完了，現在在看程耀與明薇的互動。

「家裡，我被黑了，我媽比我還緊張。」明薇強顏歡笑，掃一眼筆電螢幕，心裡也有點忐忑。一下子掛了她與三個男人的曖昧照片，時間從大學跨到畢業，穆廷州真的不會懷疑嗎？仔細算起來，明薇認識穆廷州快兩年了，但穆廷州從太傅變回影帝後，一下子忘了前面一年的經歷，也就是說，穆廷州認識她才勉強一年，喜歡她的時間更短。

明薇想知道穆廷州是怎麼看她的，但又問不出口。

『妳的前男友很會表現，是不是還沒死心，明女神？』看完文章，穆廷州離開座位，走到落地窗前。臘月了，窗外寒風呼嘯，據說這幾天冷空氣來襲，有可能下暴雪。

他居然還有心情調侃她？

明薇嘟嘴，哼道：「別光說別人，你準備怎麼表現啊？」

穆廷州淡笑，眼裡溫暖如春：『妳已經是我的了，我為什麼要表現？在我的未來計畫中，我會公布妳我的關係，會向妳求婚，但絕不是在這種影響心情的情況下。』他曝光戀情、求婚示愛，是因為他想對她說對她做，而不是為了向別人證明什麼。

明薇眼睛濕了。

他還計畫向她求婚、完全信任她，這樣就夠了。

『最近可能會下雪。』她默默感動，男人在另一邊預報天氣。

明薇「嗯」了聲：「你要出門嗎？記得多穿衣服。」

穆廷州笑：『好，晚安。』

明薇掛了電話，呆呆地躺著，雖然穆廷州的話起到了一定的安慰作用，但好像還是少了點什麼。心煩意亂，明薇還沒練出榮辱不驚的魄力，她管不住自己的手跟眼睛，爬下床，重新去翻社群。那則文章下面，有人罵她，也有粉絲維護她，明薇看了一會兒，想到什麼，偷偷點開穆廷州的頁面。

明薇好奇穆廷州的粉絲會不會說什麼，沒想到頁面打開，居然更新出一則新發文。

穆廷州：『新的一年，期待《白蛇》，@明薇。』

發表時間，二十秒前。

明薇捂住臉，心底缺少的那點東西，被他用一則發文填滿了，對著螢幕傻笑。明薇承認自己是虛榮的女人，她喜歡男朋友的情話安慰，也期待男朋友來些實際的支持，現在穆廷州兩點都給了。而且穆廷州真的很會抓重點，那則關於金主穆廷州的總結，最後一句是「但願八爺的這篇文章不會影響大家的期待」，穆廷州這傢伙，直接隔空給了回答，回答那個大V，他確實接了《白蛇》男主角，不但接了，也會繼續期待，至於那個「新的一年」，應該是在酸明薇與程耀的互動吧？

短短八個字，內涵還真多。

明薇越笑越甜，咬咬唇，分享穆廷州的發文：『穆老師！你演許仙還是法海？』

傻男人，酸什麼酸，她與程耀的互動是客套，跟他的互動才是發自內心的。

別墅臥室，收到明薇膽大包天的調侃，穆廷州黑眸微瞇，手指搭在鍵盤上，剛要回答，右上角突然跳出來一則@。穆廷州的社群設定成了只能接受好友@，看一眼上漲的粉絲留言，穆廷州先點開新訊息。

肖照：『官方公布之前，禁止劇透！@明薇@穆廷州。』

穆廷州：「……」

明薇：「……」

兩大主角閉了嘴，粉絲們炸了，紛紛湧到肖照那邊罵他：

『禁止你妹哦！太傅公主發一次狗糧容易嗎！你還我的狗糧！』

『地址給我，我四十米長的鈦合金大刀再不用就生銹了。』

『太傅是公主的，你就死心吧，別糾纏太傅了！』

『告訴我太傅公主到底有沒有談戀愛，我還可以原諒你。』

原本被那篇文章弄得浮躁猜忌的「廷薇」粉們，被三則發文一打岔，萎靡消極的氛圍一下子沒了，一下子在穆廷州那邊撒嬌求繼續放閃，一下子跑到明薇這邊安慰明薇別理小人，好話說完了，再去肖照那裡詛咒「棒打鴛鴦」的肖照一輩子單身。

歡樂的留言感染了明薇，再想那則文章，幾乎不會對她有什麼影響了，程耀、穆廷州都表態了，喜歡她的人已經有足夠理由繼續信她，至於那些輕易動搖的以及本來就討厭她的粉絲，明薇何必放在心上？

似乎只剩下一件事。

明薇傳訊息給穆廷州：『伯父、伯母那邊，會不會添麻煩？』

穆廷州秒回：『不會，不然白在娛樂圈混了大半輩子。』

明薇失笑，但也確實放心了，穆崇夫妻都是娛樂圈老人，哪會在意這種捕風捉影？

解決了心事，明薇放鬆地去沐浴，電腦關得太快，因此錯過了一則新發文。

徐凜：『《白蛇》是東影與徐氏集團聯合投資的專案，女主角方面，東影一開始推薦的就是明薇，我方因一些非專業因素推薦了另一位演員。意見不合，陸總建議試鏡，最後由我與陸總、穆導共同選擇明薇。現因我方干涉選角給明薇帶來不必要的麻煩，深感抱歉，希望《白蛇》之後，徐氏能與明薇展開更多合作，@明薇。』

這則發文，正開心洗澡的明薇沒能及時看到，徐家三少徐端的別墅，一直密切注意本次八卦事件的王盈盈卻第一時間看到了。王盈盈很生氣，程耀、穆廷州支持明薇，她多少還能理解，但徐凜這則公告，根本就是故意打她臉！

「你大哥怎麼回事啊，明知道我是你女朋友，他怎麼胳膊往外拐？」餘光瞥見徐端裹著浴巾從浴室出來了，王盈盈立即瞪著眼睛抱怨。明薇的五個金主是假的，王盈盈卻真的抱過幾個金主，因此王盈盈很擅長對付男人。發完牢騷，王盈盈紅唇一撇，擠出兩滴淚，委屈地指著筆電讓徐端看。

徐端湊過來，看完堂哥的發文，再看看哭得梨花帶雨的親親女朋友，徐端也很生氣。摟著王盈盈安慰了一會兒，拿起桌面的手機，背靠書桌打電話給兄長。王盈盈見了，嘟著嘴湊到徐端身邊，靠著他偷聽。

嘟嘟兩聲，電話通了，那頭沉默。

徐端的氣勢莫名矮了一截，瞅瞅委屈可憐的女朋友，儘量委婉地道：「大哥，我們家從來不攙和娛樂圈的八卦，明薇被人黑，你急著解釋做什麼？程耀、穆廷州跟她有緋聞，我怕別人將你拉下水，說你也跟明薇有一腿。」

這麼一說，徐端突然覺得堂兄的表現太異常，明薇那麼漂亮，雖然不是他喜歡的款，但可能正好是大哥喜歡的呢？

『你跟王盈盈在一起？』無視堂弟的質問，徐凜冷聲反問道。

徐端一愣，王盈盈輕輕搖頭。

徐端正要否認，手機裡又傳來堂兄冰冷無情的聲音：『三弟，我已經派人查過了，那帳號手中的爆料都是王盈盈提供的，她如何搜集的資料，我沒興趣知道，只請你轉告她，馬上退出娛樂圈，這件事我不會再追究，如果她不聽或繼續暗中陷害明薇……我的手段，你清楚。』

言罷，通話結束。

徐端難以置信地看向王盈盈。

王盈盈都聽見了，一邊為徐凜的威脅害怕，一邊本能地替自己辯解：「他冤枉人，我為什麼要害明薇？真的是我害的，我有多傻才會讓爆料帳號指出被明薇擠下去的演員姓王？徐端，你大哥肯定被明薇迷惑了，故意偏心幫她！」

撲到徐端懷裡，王盈盈故作傷心氣憤地哭。

徐端眨眨眼睛，視線在手機與女朋友身上來回逡巡，他不相信自己的女朋友會主動害明薇，可大哥的行事向來公平，如果王盈盈沒做過，大哥不會無緣無故冤枉她。大哥喜歡明薇？不可能，大哥天天忙工作，與明薇根本沒有交集，二哥那邊倒是有可能。

「你先別哭，我跟二哥打聽打聽情況。」安撫地拍拍女朋友，徐端急著電話給打肖照。

徐家別墅，徐凜正在向父親彙報情況：「查過了，王盈盈與程耀交往過，後面四則爆料都是她自己搜集的，前面那個外教老師的，是薇薇大學室友韓小雅提供的，上學期間她與薇薇關係很差，薇薇成名後，韓小雅陸陸續續黑過明薇一段時間，網路上動靜不大，但在外大學生論壇有些影響。」

有錢有勢，他們想知道什麼，只是幾個電話的問題。

徐修頷首：「你看著處理。」

話音未落，斜對面次子有電話，徐修看了過去。

肖照取出手機，看到來電顯示，笑了，抬頭道：「三弟的。」

「給我。」徐修沉聲說。

肖照一邊遞手機，一邊在心裡默默幫堂弟點了根蠟。

那邊徐端聽電話通了，理所當然認定對面是二哥，嬉皮笑臉道：『二哥，我知道你跟明薇是好朋友，可我是你親弟弟，你不能太重色輕友吧？盈盈是我女朋友，二哥給我個面子，趕緊勸勸大哥，把那則發文刪了？』

「怎麼，你還想跟那個女人結婚？」

徐端是喜歡王盈盈，喜歡王盈盈在被窩裡的妖嬈熱情，但還真的沒考慮過結婚這件事。礙於王盈盈在懷裡，徐端沒有直接否認，剛想找個折中的說辭，徐端突然意識到了不對勁，那聲音聽起來怎麼像是大伯？

『大伯？』徐端心驚膽顫地叫了聲。

「明天開始，再讓我知道你與那個心術不正的女人在一起……」

『不了，大伯你放心，我今晚就跟她分手！』徐端根本沒有勇氣聽完親伯父的威脅，慌不迭保證道。

徐修很滿意，打完一棍再給個甜棗：「明晚去你爺爺那，我們一家吃頓飯。」

徐端連連答應。

等那邊掛了電話，他才全身發軟地放下手機，一低頭，對上王盈盈控訴的淚眼。

這就尷尬了，但徐端不敢得罪伯父，仔細一想，徐端也明白了，心情複雜地推開王盈盈：「我伯父很忙，既然他肯為了這件事浪費時間，那他一定拿到了證據。妳以前的事我不管，看在我們交往一場，我勸妳改行後別再招惹明薇，別存僥倖心理挑戰我伯父的權威。」

王盈盈渾身發冷，她害怕，也不甘，哭了出來：「我是你女朋友，她是徐家什麼人，你大哥他們為什麼那麼偏心她？娛樂圈明星互掐的那麼多了，就算我掐她了，憑什麼一下子要打死我，不讓我在娛樂圈混？」

徐端本質上是個花花公子，看上一個人容易，放棄起來也容易，面對王盈盈的眼淚，徐端只是愛莫能助地聳聳肩：「妳問我我問誰？我只知道如果妳沒先動壞心思，我大哥他們也不會盯上妳。走吧，我給妳一筆錢，以後老實做人，別再找事。」

推開王盈盈，徐端面無表情地去換衣服，走出三步，身後突然傳來女人崩潰的哭聲，她衝過來乞求地抱住他的腰，求他別丟下自己不管。

徐端心軟了，但想到大伯父不容忤逆的冷峻臉龐，徐端嘆口氣，再次將王盈盈推到一旁。

三天後，王盈盈被經紀公司解約的消息不脛而走。

娛樂圈再次炸開，早就有人猜到跟明薇爭搶《白蛇》女主的王姓演員是王盈盈了，如今王盈盈被迫退圈，說明了什麼？這說明明薇大有來歷啊，誰敢惹明薇，直接搞得你無法繼續在影視圈立足！

幾乎同一天，各大媒體內部都得收了通知：對待明薇，以後只許誇，不准踩！

王盈盈退圈事件平息後，明薇收到了徐凜的正式邀請，請她與穆廷州父子吃飯。電話中徐凜言辭簡練，態度鄭重，明薇的第一個反應卻是婉拒。不是她不想去，而是覺得徐氏集團並沒有需要向她請客賠禮的地方，徐凜那則澄清試鏡過程的發文已經讓明薇受寵若驚了。然而徐凜再三堅持，聲音還那麼冷，明薇便沒了拒絕的勇氣，幾乎是被強迫著答應了。

與徐凜說完，明薇立即聯繫肖照，兩人關係那麼熟，明薇想到什麼就說什麼：「你大哥是不是太客氣了？」

王盈盈被經紀公司解約，網友們紛紛猜測她後臺強硬，明薇自己清楚，她哪有什麼後臺啊，但現在突然覺得有些網友可能猜中了，王盈盈還真可能是因為她爆出的「黑料」與徐家有關，被徐家乾淨俐落地收拾了。

只是，王盈盈黑的是穆崇偏心明薇，又沒黑徐家處事不公，徐家的反應是不是大了點？

『他就那樣，不喜歡欠別人一分一毫。』肖照笑著說，勸明薇：『去吧，廷州也去。』

被人拿男朋友調侃，明薇臉紅，掛了電話。

第二天晚上，明薇仔細打扮了一番。穆廷州應該還沒告訴家長兩人戀愛的事，但明薇還是想在長輩面前留個好印象，套上一件奶茶色的毛衣，簡單化個得體的淡妝，鏡子中長髮披肩的女孩立即比平時淑女模樣乖巧了幾分。

準備就緒，明薇拎起包包，下樓去了。

半小時後，明薇提前十五分鐘抵達約好的酒店，下車前，明薇傳訊息給穆廷州：『你們到了？』

酒店頂層的某包廂，穆廷州正一人獨對徐家三父子。徐修、徐凜、穆廷州都是話少的人，肖照今晚是徐家陣營的，並不想發揮經紀人的作用活躍氣氛，所以包廂安靜得好像沒人一樣。換個男明星八成會被徐家父子震懾到，穆廷州卻絲毫不受影響，閒適地靠著沙發，悠哉品茶。

針落可聞的包廂裡，有人的手機忽然震動。

徐修父子同時看向穆廷州。

穆廷州拿起手機，見是女朋友傳來的訊息，眼神不自覺的暖了，唇角也微微上揚，簡單回覆：『嗯，在等妳。』

如果不是明薇也要來，他才不會出來應酬。

肖照一看就知道穆廷州在跟誰聊天，餘光掃一眼斜對面的老爸、兄長，肖照心顫了一下。穆廷州與明薇戀愛的事，他還沒敢告訴父兄，大哥應該不會太在意，但老爸……還沒相認的女兒早早被親兒子撮合給了別人……

肖照垂眸，決定繼續隱瞞，多瞞一天是一天。

酒店大廳，收到穆廷州一語雙關的回覆，明薇又甜又慌，要見穆廷州是第一重緊張，見穆崇便又多了一重。然而明薇怎麼都沒想到，當她推開包廂房門，裡面雖然有四個男人，可讓她忐忑一路的男朋友家長竟然被徐修取代了。

明薇呆了呆。

裡面徐修、徐凜已經站起來了。不著痕跡地打量一番仙女般乖巧的漂亮女兒，徐修心情大好，打扮得這麼淑女肯定是為了他這個長輩特地選的衣服，看來女兒對自己的印象還不錯。

「薇薇來了，路上沒塞車吧？」徐修率先開口。

薇薇……

面對和藹微笑的徐修，明薇不受控制地起了一身小疙瘩，差點沒忍住去看穆廷州。上次在陸家別墅，因為徐修對她和顏悅色，穆廷州吃了一點小醋，明薇當時覺得穆廷州想太多，但現在明薇真的沒單純到相信一個大集團董事長會因為她與肖照的朋友交情，便在第二次見面直接喊她小名。

當自由翻譯時，明薇其實遇到過挺誇張的公司老總，那些老總就像徐修一樣，關係不怎麼熟，叫得比誰都親熱，一聽就是怪叔叔。而且明薇一直想不通徐凜為何要公開支持她，今晚之前她認為自己沾了肖照的光，如今明薇心中警鈴大響，暗暗將徐修列為危險人物。

「還好吧。」明薇略顯拘謹地說，「早知伯父也在，我該換身正裝的。」

徐修微怔，女兒這身既休閒又得體的打扮不是為了他？

「這一身很漂亮。」就在徐修困惑的時候，穆廷州不緊不慢地走到明薇身邊，旁若無人地誇她。

明薇臉紅了，剛想打趣兩句好讓穆廷州的誇讚聽起來像普通的紳士恭維，穆廷州卻突然握住她的手，黑眸直視徐修道：「伯父不是外人，今晚我正式介紹一下，我跟明薇談戀愛有段時間了，那個爆料的事，我替她謝謝伯父與徐總的關照。」

徐修、徐凜幾乎同時看向了明薇被穆廷州握住的小手。

明薇感覺到了對面的視線，突然被男朋友在兩個金融圈大人物面前曝光戀情，明薇的臉更紅了，想維持大方，一抬頭卻對上兩雙相似的幽深鳳眼，像兩頭狼。明薇心裡一慌，顧不得探究徐修父子的心思，本能地低下頭。

「穆先生好福氣。」徐凜面無表情地恭喜道，主動打破沉寂。

穆廷州淡笑：「我也這麼覺得。」說完牽著明薇走到沙發前，兩人並肩而坐，明薇不好意思，試著掙脫他手，甩了三下才甩開。偷偷瞄一眼對面的徐家父子，明薇小聲問穆廷州：「你怎麼沒跟伯父一起來？」

「他太忙，沒時間。」穆廷州偏頭，看著她的眼睛說，一雙不掩飾欣賞的黑眸彷彿會放電，電得明薇心慌意亂的，再次垂眸，害羞的模樣活脫脫就是個被男朋友輕易掌控的小女人。

對面沙發上，肖照低頭玩手機，徐凜默默喝茶。徐修正襟危坐，終於接受了女兒在跟穆廷州談戀愛的事實，原來前年次子心甘情願陪穆廷州給剛出道的明薇當助理，不是因為他對明薇上了心，而是純粹陪跑的，穆廷州才是惦記他女兒的人。

「廷州做事，總是出人意外，以前琳琳天天追在你後頭，我還以為你們會成一對。」品一口茶，徐修以長輩的口吻說，面帶真誠的遺憾。

明薇抿唇，徐修明知道她與穆廷州在談戀愛還故意提這事，擺明就是不安好心，只是不知道他是故意誇張，還是徐琳真的與穆廷州有過很多共同回憶。垂下眼簾，明薇耐心地等待男朋友反擊。

穆廷州淡笑，看著明薇道：「如果我喜歡一個人，我會主動走向她，無需她來追我。」

明薇聽了，努力抿著嘴，怕自己忍不住笑出來，這話真好聽。

被人當著面調戲女兒，徐修目光變冷。

「先吃飯吧。」空氣中的火藥味越來越強烈，肖照咳了咳，硬著頭皮道。

徐修冷冷斜了兒子一眼。

肖照假裝沒察覺，叫侍者上菜。

穆廷州牽著明薇離開沙發，走到餐桌前，他紳士地幫明薇拉開座椅。明薇現在已經冷靜下來了，如果徐修對她真的有那層意思，今晚穆廷州的告白，無疑是對徐修最好的提醒。抱著這個目的，飯間穆廷州幾次為她夾菜，明薇都回以甜美的笑容。

肖照腦袋都大了，飯桌下偷偷伸腿踢穆廷州，警告他別太過分。

穆廷州不予回應。

「我有事先走了，你們慢慢吃。」徐修看不下去，又不能擺岳父的架子，沉著臉先行離去。

明薇想要送一送，被穆廷州拉住手，不讓她起來。

很快，徐凜、肖照兄弟倆折了回來，穆廷州繼續吃自己的，明薇尷尬地笑笑。

徐凜頷首，表示自家人並不介意她小小的失禮。

明薇鬆了口氣，一低頭，就見穆廷州又夾了一道菜給她。徐修都走了，再秀恩愛也沒意義，明薇便小聲道：「我自己來吧。」

穆廷州意外地看她。

明薇莫名想笑。

徐凜覺得有些刺眼。二弟喜歡新妹妹是因為兩人早已熟悉，徐凜對明薇瞭解不多，所以他會照顧這個突然多出來的妹妹，但兄妹感情並不深，然而今晚親眼目睹穆廷州對明薇的占有姿態，徐凜體內的兄長屬性便不知不覺被刺激了出來。

父親在時沒有他開口的份，現在父親走了，徐凜挑好時機，閒聊般問明薇：「妳們打算何時曝光？恕我直言，穆先生在影視圈的地位早已穩固，戀情曝光對他影響不大，明小姐演藝事業剛剛起步，可能……」

說到這裡，徐凜點到為止。

面對徐家父子，明薇自然與穆廷州保持同一陣營，徐修暗示穆廷州與徐琳有舊情，明薇聽了不開心，輪到徐凜用事業攻擊她與穆廷州的戀情根基，明薇同樣不開心。拿起餐巾擦擦唇角，明薇淺笑道：「謝謝徐總關心，我會處理好這方面的。」

徐凜抿唇。

肖照嘆氣，拍拍兄長肩膀道：「明薇主意大得很，大哥別多管閒事了，哪天她被廷州氣到了，自然能理解我們的苦心。」

明薇瞪眼睛，旁邊穆廷州放下紙巾，低聲道：「走吧，我送妳下去。」

明薇猶豫，他們單獨下去，被人拍到怎麼辦？

「一起吧。」徐凜、肖照同時離開座位，前者面容冷峻，後者挑釁地朝穆廷州笑。

穆廷州只看明薇。

明薇心虛，拎起包包朝門口走去，穆廷州想緊跟著她，卻被肖照搶先一步溜出房門。

穆廷州定在原地。

徐凜淡漠伸手，做了一個「請」的手勢。

第四十二章　畫妳

年關將近，帝都下了一場大雪，明薇運氣不錯，趕在雪前搬了家。其實明薇很喜歡跟林暖住在一起，但隨著名氣的加大，公寓外蹲守的記者越來越多，不可避免地打擾了社區居民的生活，林暖不介意，但明薇過意不去，年初便在沈素的介紹下，在一處多位明星聚集的公寓區買了房子，裝潢三月放風半年，終於可以入住了。

明薇叫妹妹過來住，寒假中的明橋才住兩晚，便狠心拋棄姐姐先回蘇城了，明薇羨慕妒忌恨，然而白娘娘這個經典蛇美人角色對演員的神韻、言行舉止要求太高，明薇最近忙著針對性培訓，最早也要小年夜前才能回家。

送走妹妹，明薇繼續去培訓，忙了一天回來，晚上接到男朋友的電話。

『吃過飯了？』

「嗯，跟李老師一起吃的。」

『沒陪妳妹妹？』

「人家不用我陪，已經回家享受我媽的關懷了。」癱在沙發上，明薇酸酸地哼道。

穆廷州沉默幾秒，低聲重複：『她回蘇城了？』

明薇無精打采地「嗯」。

穆廷州走到陽臺上，只穿一件黑色毛衣，今晚無風，但零下十幾度的氣溫格外凍人，男人心裡卻像燃著一把火。遠處燈光點點，穆廷州移到陽臺東側，眺望明薇新公寓的方向，漫不經心般問：『晚上在哪吃的？』

一個非常沒有營養的問題，特別是前面已經問過晚飯吃了沒。

明薇當穆廷州找不到話說了，但還是說出了用餐地點。

『那家菜怎麼樣？』轉回室內，穆廷州隨手拉上窗。

明薇無聊道：「普通，有點辣。」

穆廷州陪明薇吃過無數頓飯，當然知道女朋友的口味，喜歡清淡的或偏甜的食物。陷進沙發，穆廷州由衷地建議女朋友：『外面的飯菜多少都有衛生問題，時間允許的話，還是自己買菜回家做，營養健康。』

明薇聽了，默默吐槽，這不是廢話嗎，她也知道自己做健康，可是她懶，忙了一天，誰還想做晚飯？如果妹妹在，炒兩三個菜還有點意義，一個人吃，明薇沒那個心情。

「懶得弄。」

穆廷州笑：『我幫妳。』

他愉悅的心情透過手機清晰地傳了過來，準確擊中明薇。明薇錯愕地眨眨眼睛，再看看手機，終於反應過來了，穆廷州這傢伙，問了半天晚飯，原來竟然是在偷偷地挖坑。只是雖然掉進坑了，卻還是很開心怎麼辦？

「你怎麼幫？」雙腿抬到沙發上，明薇下巴抵著軟軟的抱枕，卻不知道，她剛剛這四個字，比抱枕還要軟，像四根羽毛先後擦過穆廷州心頭。

『明早給我鑰匙。』人都進坑了，穆廷州直接開條件。

明薇的心咚咚跳，那句話直白簡潔，還真是他一貫的作風。

通話結束，明薇的心跳依然不穩，環視一圈房間，立即動手收拾，將原本就整潔的房間打掃得更加乾淨，陽臺上晾曬的衣服都收進來放到衣櫃最裡面，保證明天穆廷州到了絕看不到任何不適合看的東西。

晚上入睡前，男人傳來日常祝福：『晚安。』

明薇緊張又甜蜜地睡了。

第二天早上，明薇一邊好奇穆廷州會怎麼過來找她，一邊挑了件淺駝色大衣，打扮好了，接到穆廷州的電話，說他已經到了樓下。明薇立即下樓，鑰匙抓在手心裡走出公寓，明薇隱晦地四處張望。冬天的早晨，外面冷冷清清，方圓三十公尺只有隔壁公寓底下站著一個高大的男人，他穿著某家快遞業者的制服，頭戴員工帽，帽檐壓得很低，露出半張古銅色的側臉，鬍子拉碴。

明薇只看一眼便繼續尋找穆廷州的身影，然而四周無人，只有那個快遞員朝她走了過來。

明薇再看第二眼，注意到快遞員與穆廷州相仿的身高，眼睛慢慢瞪大。

「明小姐，可以幫我簽個名嗎？」穆‧快遞員‧廷州走到她面前，帽檐下一雙黑眸深邃地看著她。

以防惹人注意，明薇不敢一直盯著他看，接過紙筆，她低頭簽字，小聲笑他：「穆老師可以去當專業化妝師了。」穆廷州膚色白皙，現在化成巧克力色，還弄了一圈不修邊幅的鬍子，如果不是熟人，就算近了恐怕也認不出來。

「妳有需要，我樂意效勞。」穆廷州接回紙筆，順便收了她手心的鑰匙。

接頭工作完成，明薇笑著上了車。

下午三點多，穆廷州傳了一張圖片過來，明薇點開就見她空蕩蕩的冰箱被穆廷州塞滿了食材，目測能吃三天。明薇心頭一突，故意傳個問號過去試探：『怎麼買這麼多？』

穆廷州：『節省化妝次數，吃完再去買。』

明薇頭大：『你吃完下樓不是也要化妝嗎？』

穆廷州：『我為何要下樓？』

明薇：『……』

真是請佛容易送佛難啊，穆廷州居然打算在她這邊長住了，兩人剛進展到接吻的階段，一下子就要同居是不是太快了？

心情複雜，穆廷州又傳來訊息：『當然，如果妳不願意，我可以離開。』

明薇抿唇，她好像也沒有不願意，就是摸不清穆廷州是想單純的住在她那裡，還是存了別的念頭，但這個問題明薇肯定不會問出來的，臨時轉移話題：『我四點培訓結束，不塞車的話，四點半應該能到。』

穆廷州：『那我四點半開始。』

明薇：『好。』

休息結束，明薇繼續培訓，四點十分左右與李老師道別，開車上路，不幸地遇到了塞車。明薇有點著急，打電話給穆廷州：「塞車了，可能要五點才能回去。」

穆廷州聲音平靜：『五點飯還沒好，不用急。』

明薇無語，她是怕他等急了，他怎麼說得好像她著急吃飯似的？

掛了電話，明薇看看前面的車龍，心裡還是煩躁，穆廷州急不急見她她不知道，可她想他了，上次見面還是跟徐家父子吃飯，有外人在場，她與穆廷州除了拉拉小手，連句比較私密的話都沒說上。

天色越來越暗，五點十分，明薇終於回了公寓。

明薇這裡還有一把鑰匙，開門那一瞬間，明薇莫名地心虛，好像這不是自己的房子似的。進來了，廚房那邊傳來一點動靜，猜到穆廷州人在廚房，明薇放鬆了點，做賊般換上棉拖鞋。提著包包往前走，明薇最先注意到茶几上多了一個花瓶，裡面擺著幾枝鮮豔的玫瑰，明薇剛要數有幾朵，廚房門被人打開了。

早上的快遞員，再次變回了氣度雍容的影帝，身高腿長，一件黑色毛衣襯得他面如冠玉。

明薇僵硬地笑，她好慌，在自己家中看到男朋友的感覺太不一樣。

穆廷州一言不發地朝她走來。

明薇努力看向他身後：「飯都做好了？」

穆廷州點點頭，距離她還有三、四步。

明薇口乾舌燥，勉強擠出一個笑：「那我去洗洗手。」說完試圖走向沙發，想先把包包放到沙發上，然而她才剛轉身，手臂突然被攥住，下一刻明薇便被男人拉到了懷裡。她心跳如鼓，穆廷州嫺熟地摟住她的腰，低頭。

明薇閉上了眼睛。

他的唇落下來，細細輕吻，如溫柔的風，化解了她的過分緊張，可就在明薇身體柔軟下來的時候，他的攻勢加急，身體的力量如山嶽般壓向她。身高一百九十公分的男人，明薇怎麼可能支撐得住，腰被他圈著，不受控制地往後挪。她退一步，他進兩步，一直到將她抵在牆上，無處可退。

包包早就掉到地上了，明薇無力地攥著他的毛衣。

穆廷州如以前一樣熱情，但環境變了，他肆無忌憚地得寸進尺，一邊親著明薇，一邊將明薇的長髮撥到腦後。明薇意亂神迷，知道他做了什麼，卻不知道他的意圖，當他終於鬆開她的嘴唇，明薇本能地搶奪空氣，正在放鬆，脖子突然被重重嘬了一口。

明薇沒忍住，發出一聲短促輕叫。

第一次聽她發出這種聲音，穆廷州想也不想便繼續親她脖子。

明薇受不了，電流渾身亂竄，再來幾下她可能站都站不住了。

「我餓了……」腦袋扭開，明薇喘著說。

穆廷州抬頭，她的臉頰紅透，眼裡浮動瀲灩水光，媚得勾人。

「吃完再來。」雙手捧住她的臉，穆廷州看著那雙眼睛說，不是詢問，是通知。一個月甚至更長時間才能見一面，簡單的親吻已經無法滿足他了。

明薇垂著眼簾，胡亂「嗯」了聲，只想先擺脫現在的處境。

穆廷州不怕她賴帳，鬆開明薇，先轉身去了洗手間。

明薇靠在牆上，等穆廷州關上門，她摸摸脖子被親的地方，情不自禁又打了個激靈。一個熱情又電力十足的男朋友，她能撐得過今晚嗎？念頭剛起，底下忽然傳來一絲異樣，像露珠滾下花瓣。明薇面紅耳臊，剛剛被穆廷州親的時候，兩人的身體反應她都感覺到了。

明薇被穆廷州親過幾次了，每次親完都會有這種感覺。

撿起包包放好，明薇快步去了臥室。

確認門鎖好了，明薇脫掉大衣外套，走進主臥洗手間。鏡子裡的她，長髮微亂，臉頰比塗了腮紅還要紅。明薇拍拍臉，先洗手，再準備解決生理問題，未料一低頭，竟在小內內上發現一抹紅。明薇怔了怔，跟著哭笑不得，穆廷州行啊，一個吻，把她的生理期催來了。

有了生理期就像有了護身符，明薇不緊張了，收拾收拾，神色如常地出了臥室。

穆廷州在往外端菜，松鼠桂魚、碧螺蝦仁、蜜汁山藥、蘑菇豆腐湯，色香味俱全。

明薇頓時升起濃濃的幸福感，狡黠地問穆廷州：「你打算在我這邊住多久？」

穆廷州幫她拉開椅子，看著她道：「如果妳不介意，我會住到妳回家過年。」

那就是一週了，明薇的生理期只有四天。

看一眼面前宛如專業大廚做出來的美味飯菜，明薇夾個蝦仁放在嘴裡，狠狠咬了一口。認了，她認了，顏值高廚藝好，這麼極品的好男人，多少女粉絲做夢都想與他春宵一度，現在他主動送上來，其實自己才是占便宜的那個啊。

穆廷州還在等待她的回答，見女朋友只顧著吃飯，穆廷州低聲道：「妳不說話，我當妳默認了。」

明薇嘟嘴，瞪他一眼：「你不說話，我也不會當你是啞巴。」

穆廷州微微皺眉，她的語氣這麼不好，莫非不願意？

明薇忍笑，指著次臥房道：「等等我幫你換套新被子，晚上你住那邊。」

穆廷州幽幽地盯著她。

明薇低頭吃飯，心想穆廷州要是敢直接說晚上跟她睡同一間，她就把飯碗扣他臉上去。有些事情，做出來是曖昧、是刺激，說出來卻一點都不美好。

穆廷州心裡是那麼想的，但他不敢說，怕明薇還沒做好準備又質疑他的人品。

飯後，穆廷州負責洗碗，明薇坐在客廳看電視，是一場真人秀節目，最近特別紅。十幾分鐘後，穆廷州忙完走了過來，像一團人形火焰，遠遠便燒了明薇的心。電視裡幾個明星哄堂大笑，卻襯得客廳更安靜了，眼看穆廷州越來越近，為了掩飾緊張，明薇隨口問他：「你是不是沒參加過這類節目？」

「沒意義。」穆廷州坐在她旁邊，想到什麼，挑眉道：「妳要去？」

明薇點頭，她確實接到了兩個真人秀節目的邀約。

集，也有區別。」

穆廷州有自己的行事準則，他不強迫明薇與他保持一致，只提醒她：「演員與明星，有交

這話大有深意，明薇陷入了沉思。

穆廷州背靠沙發，默默等著。

幾分鐘後，明薇有了決定：「算了，我先集中精力拍戲吧。」現在真人秀那麼火，如沈素所說，確實是提升名氣的便捷途徑，但人的精力有限，明薇的演技還遠遠不夠，太早將精力分散到其他方面，影響作為演員的根基。

說完了，明薇偷偷觀察穆廷州，發現穆廷州雖然沒發表意見，唇角卻難以察覺地往上翹了翹。明薇突然很開心，在演戲這方面穆廷州絕對可以做自己的師長，如今決定得到前輩的肯定，對明薇來說就像交的作業被老師點名表揚了一樣。

「有你想看的節目嗎？」既然穆廷州不喜歡真人秀，明薇拿起遙控器開始轉臺。

穆廷州掃一眼時間，才晚上六點多。

「妳平時就靠電視打發時間？」茶几上擺著水果盤，穆廷州拿個橘子，一邊剝皮一邊問。

明薇聽出他話裡有幾分不屑，便道：「要麼看電視，要麼上網，你呢？」

穆廷州笑了下，對著橘子道：「看沒看過的書，嘗試沒做過的事。」

明薇立即想到了穆廷州已經掌握的各種技能，拳擊、散打、繪畫、廚藝，以及發音標準的

義大利語。

明薇望洋興嘆：「一般人沒有你這樣的智商。」

「與智商無關，是看妳想不想。」橘子剝好了，穆廷州掰下一半遞給明薇。

明薇睫毛搧動，垂眸道：「你吃吧，我現在不太方便。」

穆廷州不解：「為何不方便？」

明薇臉紅，抓起抱枕抱在懷裡，悶聲道：「生理期，不敢吃涼的。」

穆廷州已經試著分析了幾種理由，譬如明薇對橘子過敏或是最近得了口腔潰瘍，但他怎麼都沒料到會是女人的生理問題。穆廷州智商高，記憶力也好，記得曾經在什麼地方看過女人生理期要注意休息，而且他搜尋失憶期間相關事件時，無意間看到過明薇生理期冒雨拍戲的新聞。

「白天培訓累不累？」放下橘子，穆廷州關心道。

明薇一直在悄悄觀察他，聽男朋友得知她生理期造訪後想到的第一件事是她的身體，而不是失望錯失的福利，明薇心底便騰起一團暖意，迅速蔓延到全身各處。搖搖頭，明薇淺笑道：「不累，李老師很講究勞逸結合。」

穆廷州放心了，搶過遙控關了電視，勸明薇：「早點睡吧，注意休息。」

明薇驚訝地看他。

穆廷州神色認真，沒有一絲言不由衷。

明薇突然覺得，穆廷州還是挺正經的，只是穆廷州一個人在公寓等了她一天，吃頓飯就睡覺好像有點對不起他，就算不做什麼，好歹說一下話啊，明薇想跟男朋友多待一會兒。坐在沙發上，明薇沒動，好笑道：「七點都不到呢。」

剛吃過晚飯，她的氣色紅潤，看起來的確很有精神。穆廷州也想女朋友，再次看一眼腕錶，不容商量地道：「八點睡，不能再晚。」

明薇怔住，穆廷州現在的眼神與語氣，跟太傅太像了。

「不高興？」她呆呆地望著他，穆廷州疑惑問。

明薇回神，笑著搖頭，朝電視揚揚下巴：「不看電視，那我們要做什麼？」

穆廷州想親她，可她身體不舒服，親吻不太合適。

「妳定。」坐回她身邊，穆廷州無意中流露出幾分寵溺。

熱情似火的男人突然這麼老實，明薇竟然有點不習慣，想了想，期待地道：「我想看你畫畫。」

穆廷州微怔，隨即道：「好。」

明薇興奮地去找紙筆，一分鐘後，臥室裡傳來她猶豫的聲音：「我這裡只有水性筆與鉛筆，你用哪個？」

穆廷州無奈答：「鉛筆，削筆刀也拿出來。」

明薇都要往外走了，聞言又拿了削筆刀。

東西準備齊全，穆廷州將垃圾桶放到茶几旁，先削鉛筆。高高大大的男人，安靜地坐在沙發上，腦袋低著，側臉專注，眼睫毛長度完全不輸明薇。臉俊，手也很好看，一下一下重複簡單規律的動作，簡直像行為藝術。

明薇一手托腮，越看越入迷。

「妳在看我，還是在看鉛筆？」穆廷州突然歪頭，黑眸直接鎖定她的眼。

明薇厚著臉皮道：「我在看你削鉛筆。」

穆廷州但笑不語。

鉛筆削好了，穆廷州將明薇準備的硬皮書放在腿上，鋪好紙，問明薇：「畫什麼？」

明薇指了指茶几上他買的十一朵紅玫瑰。

穆廷州便背靠沙發，左手四指托著硬皮書，拇指按住畫紙，右手持筆速描。明薇本來坐的比較遠，這時忍不住挪動穆廷州身邊，近距離看他畫。穆廷州畫得很快，很快紙上就出現了一瓶玫瑰花。

明薇崇拜得五體投地，接過畫紙讚嘆道：「你可以靠賣畫謀生了。」

「幫妳畫一張？」她這麼喜歡，穆廷州低聲道。

明薇臉紅。

穆廷州重新鋪紙，明薇緊張地問：「我坐哪？」

「不用動。」穆廷州低頭說。

明薇呆呆的，跟著就見穆廷州維持剛剛的姿勢逕自畫了起來，客廳安靜，只有鉛筆尖摩擦紙張時發出特別的沙沙聲，雪白的紙上，一個明眸淺笑的女孩兒漸漸勾勒成形。明薇去國外旅遊時請街頭畫家幫她畫過，對方需要她長時間保持同一個動作，但今晚，她的男朋友一眼都沒看她，畫出來的卻比賣畫為生的街頭藝人更靈動傳神。

畫完了，穆廷州繼續在畫紙右下角提了兩行小字：

綠樹陰濃夏日長，樓臺倒影入池塘。

水晶簾動微風起，滿架薔薇一院香。

俊逸清貴的字跡，如穆廷州之人。

明薇忽然無法形容現在的感受，在這個人心日漸浮躁的二十一世紀，在這個充斥著真真假假、明爭暗鬥的娛樂圈，她居然遇到了一個會畫畫、能信手題首與她名字相關的詩的男人。明薇高中是文組的，對這四句詩有印象，但她連詩名都不記得了，如果不是穆廷州寫出來，恐怕都要忘記自己曾經遇見過這首詩。

「不滿意？」穆廷州低頭看她，剛剛畫完玫瑰，她可是馬上搶過去了。

「滿意。」明薇輕輕將畫拿了起來，不得不說，穆廷州筆下的她，似乎比本人更好看。

「明天我買個相框裱起來。」越看越喜歡，明薇美滋滋地說。

穆廷州笑：「這紙的品質不好，改天我再送妳一張。」

明薇不要，她就是喜歡這張，意義不一同，這張畫給了她強烈的震驚與觸動，換一幅就沒有。擔心不小心弄皺了畫，明薇先將畫送進臥室收好，出來之前悄悄走到鏡子前，簡單理了理頭髮。

距離八點還有半小時，明薇讓穆廷州教她素描。

兩人並肩坐在沙發上，一開始穆廷州一邊示範一邊語言提點明薇，明薇雖然有點不純潔的小心思，但她學的很認真，可惜天分不夠，穆廷州一筆勾勒出來的是堪比機械製圖的漂亮弧線，明薇那一筆簡直是月球表面。

穆廷州不得不握住她的手，糾正她的筆法。

他左手按著紙，右手從她背後繞過去再握住她的手，明薇上半身不得不往他那邊歪一點，長長的柔軟髮絲垂落下來，隨著她的動作，幾次拂過穆廷州側臉。被撩的第一下，穆廷州皺眉幫她將頭髮別到耳後，輪到第二下，穆廷州繼續幫她別，只是一偏頭，卻對上她紅潤的臉頰，像誘人的水蜜桃。

教素描的穆老師突然不見了，男朋友穆廷州重新上線，右手依然握著明薇，但穆廷州的心已經全部落在了女朋友的身上。她紅紅的小臉、清新的髮香、纖細的腰、柔若無骨的手……正偷偷看她，那縷礙事的頭髮又掉了下來，柳條般擋在兩人中間，她甜美的側臉變得模糊了，卻更加動人。

喉頭滾動，穆廷州毫無預兆地抽走了她手中鉛筆。

明薇意外扭頭，水濛濛的眸子疑惑地看著他。

穆廷州什麼都沒說，雙手攥住她的肩膀將她壓到懷裡，低頭直接吻住她的唇。

意外，又是意料之中的吻。

明薇滿足的閉上眼，他吻得溫柔，卻沒有更進一步，明薇覺得不夠，第一次主動張開嘴，誘惑他。穆廷州有著青竹君子般的外表與各種文雅技能，但骨子裡是一頭早已成年的狼，幾乎明薇剛動，他便感覺到了，立即加深了這個吻。

吻得忘乎所以，終於分開時，明薇埋在男朋友懷裡默默害羞，穆廷州下巴抵著她的頭頂，目光無意掠過腕錶，八點五分。

穆廷州皺了皺眉，說好要明薇八點睡的，可抱著嬌嬌小小的她，真的捨不得鬆手。

也就是在這一秒，穆廷州忽然覺得，他好像理解一些女人憎惡生理期的原因了：太礙事。

第四十三章　身世

在穆廷州的「管教」下，明薇昨晚九點就躺在床上了，生理期第一天，明薇確實有點累，沾床不久就睡著了，一整晚睡得又香又甜。

早睡早起，次日清晨，明薇自然醒睜開眼睛，房間還很暗，摸出手機看看，才六點初頭。肚子沒有不舒服，但感覺懶懶的不想起來，明薇拿來手機，正要隨便滑一滑，隔壁次臥突然傳來輕輕的開門聲。明薇不由豎起耳朵，穆廷州好像去洗手間了，在裡面待了十幾分鐘又去了廚房。

「明早想吃什麼？」

昨晚他低沉的聲音再次響在耳邊，男朋友早早起來為她準備早飯，明薇一下子來了精神，悄悄起床洗漱，換好衣服塗完面霜，差二十分鐘七點，明薇八點多就要出發去培訓，所以今天早上兩人在一起的時間並不多了。

走出房門，明薇意外地看見穆廷州竟然站在窗臺前，側對主臥，而穆廷州面前是一盆養得碧綠繁茂的牡丹。咚咚咚，明薇心跳變亂，那盆牡丹是太傅送她的，穆廷州看得那麼認真，難道是想起什麼了？

「你起得好早。」平靜片刻，明薇朝氣蓬勃地打招呼。

穆廷州偏頭，看見穿著白色毛衣的女朋友，她綁著丸子頭，白裡透紅的臉龐完全露了出來，眉目如畫，嘴唇紅潤，氣色非常不錯。穆廷州直起腰，指著牡丹問她：「養了多久了？開過嗎？我家裡也有一盆。」

明薇知道他有養牡丹，壓下心頭的淡淡遺憾，明薇笑著道：「一年多了吧，去年開了三朵。」

穆廷州點點頭，轉過來道：「半小時後開飯。」

明薇「哦」了聲，跟他一起坐到沙發上，努力找話題：「昨晚睡得還行嗎？」

穆廷州頷首。

明薇突然覺得現在的穆廷州好像沒有聊天的興趣。沉默等於尷尬，明薇打開電視看晨間新聞，餘光卻偷偷打量穆廷州，就見他背靠沙發，腦袋朝窗臺那邊歪，不知道是在看那盆牡丹，還是看只打開一條小縫隙的淡藍窗簾。

他在介意牡丹是太傅送她的禮物嗎？可穆廷州根本不記得太傅，肖照應該也沒無聊到提醒穆廷州一盆牡丹花的存在。又或者，穆廷州工作上面出事了，他該回去卻不知道該怎麼開口？

明薇更傾向後者，穆廷州是影帝啊，哪有一週時間可以奢侈的浪費在她的公寓裡。

「你住在我這邊，工作會不會受影響？」明薇體貼地問。

穆廷州回頭看她，對視幾秒，平靜道：「我最近比較閒。」

明薇剩下的話頓時不用說了，看一眼電視，繼續問：「那你過來，肖照知道嗎？」

「你想讓他知道？」穆廷州奇怪問。

明薇連忙搖頭，兩人同居這樣的私密的事，能瞞一個是一個。

穆廷州盯著她看了一會兒，皺眉問：「妳是不是想說什麼？」

明薇冤枉，幽怨地瞪了他一眼：「我是看你好像不太高興。」

穆廷州怔住，隨即移開視線不再看她。這是心虛的表現，明薇立即懂了，穆廷州確實不高興了，可昨晚晚安前他還好好的，早上她也沒招惹他。

「為什麼？」明薇不解。

穆廷州垂眸不語。

明薇看一眼窗臺那邊的牡丹花，試著猜測：「跟那盆牡丹有關？」

穆廷州抿了抿唇。在她這邊看到「前男友」的東西，會高興才怪。

明薇苦笑：「看來你知道那盆牡丹的來歷。」或許那段時間為了幫穆廷州恢復記憶，肖照說的比較多吧。

穆廷州還是不說話，不知道該說什麼。

明薇也不想理他了，穆廷州要她分清他與太傅，也就是希望她把太傅當普通的前男友，最好身邊別留下任何屬於太傅的痕跡，但明薇做不到，無論是那盆牡丹還是太傅「沉睡」前送她的木雕，她都會珍藏一輩子。

相顧無言，明薇去了臥室，一個人在床上坐了十幾分鐘，最後看一眼虛掩的房門，明薇認了，穿好大衣，拎起包包重新離開臥室，一眼都沒往客廳看，面無表情直奔玄關。

「妳去哪？」穆廷州之前一直盯著主臥房門，聽到明薇要出來，立即看向窗臺，等他瞥見明薇的打扮，立即離開沙發，大步追了上來攔在明薇面前。

「去培訓。」明薇看著他的胸口說。

「粥快好了，吃完再走。」穆廷州伸手搶她包包。

明薇躲開，試圖從他旁邊閃過去：「剛剛李老師打電話給我，讓我提前過去，你自己吃吧。」

穆廷州不信，見她紅唇緊緊抿著，臉色也不好看，低聲問：「生氣了？」

明薇扭頭，她不知道穆廷州什麼時候會記起太傅，也不知道穆廷州以後還會不會因為太傅朝她擺冷臉，索性一次說清楚：「太傅跟程耀不一樣，我喜歡太傅，就算太傅死了我也喜歡他，忘不了他。但那份喜歡更像懷念，不會影響我對你的感情，你能接受我們就繼續，你接受不了，那就算了。」

穆廷州盯著她眼睛：「什麼意思？」

明薇直視他道：「你不是看到那盆牡丹不高興了嗎？那我告訴你，我會一直養著那盆牡丹，你要是一直不高興，一不高興就不想理我，那不如換個女朋友，免得在我這邊吃乾醋。」

她還要應付生理期，誰也別指望在這個時候惹她還能聽到什麼好話。

「我沒有不想理妳。」她說了一堆氣話，穆廷州只強調重點。

明薇別開眼，冷笑：「那剛剛你理我了？」

這點穆廷州無法否認，但他有自己的理由：「我只是在想，我與太傅，妳更喜歡誰。」

明薇還在生他的氣，想也不想就道：「他。」

穆廷州黑眸微瞇，無形中流露出幾分危險，淡淡道：「理由。」

明薇笑了，諷刺地瞥了他一眼：「我跟他在一起時，他從不惹我生氣，更不會對我擺臉色。」

穆廷州冷靜反擊：「但妳也沒在喜歡他的時候，繼續養前男友送的花。」

明薇氣結，一句話都不想跟他說了，繼續往外走。

穆廷州讓開，卻在明薇即將從身邊經過時，突然攥住她的肩膀將她壓到旁邊牆上，再次盯著她問：「更喜歡誰。」

「他。」明薇繃著臉說。

尾音未落，男人猛然低頭吻她，明薇現在嫌他，不高興讓他親，一邊扭頭躲閃一邊雙手並用推他。穆廷州不滿她的抗拒，用身體壓牢，然後一手攥住她的雙手反剪到背後，一手扣住她的後腦強吻。明薇空有拒絕的心，奈何他吻得熱烈又霸道，怒火就這樣被他一點一點親沒了。

親著親著，他鬆開她，左手溫柔強勢地摟住她的腰往上提，右手撥開她的頭髮，用一種明薇從未領教過的方式，輕輕地摩挲她的脖子，不知是故意的，還是從哪裡學來的調情方式……明薇的身體越來越軟，差一點就要主動去抱他了。

可身體雖然被他哄好了，明薇心裡還憋著氣，就是不肯抱。

穆廷州感覺到了，戀戀不捨鬆開她柔軟的唇瓣，大手上移，捧著她的臉，黑眸無奈地看著自己倔強的女朋友：「他為妳做過飯？給妳畫過畫？」

明薇緊緊地抿著唇，細細密密的睫毛垂下。

「明明我對妳更好。」穆廷州篤定地說。

明薇心裡苦笑，太傅與影帝，有著一樣的臉，有著一樣照顧女朋友的體貼方式，根本就是同一個人，談何比較？如果給太傅時間，他難道不會為她做飯？如果沒有太傅，影帝也不會因為吃飛醋耍小脾氣。

面對穆廷州荒謬的比較，明薇還是那句話：「他不會氣我。」

「我保證剛剛是最後一次。」穆廷州沒再反駁，認真地保證。氣大傷身，穆廷州也不想讓她生氣，既然知道哪些行為會惹到她，他小心避開就是。女朋友一生氣就不理他，那種被無視的撓心撓肺的感覺，穆廷州再也不想體會。

男朋友終於端正態度了，明薇心情舒服不少，抿抿嘴道：「再亂吃醋，我……」

她想做什麼？不理他還是趕他走？穆廷州不想知道，也沒給她說出口的機會，身體前傾，重新親吻她甜美的嘴唇。為了快點討好她，這次穆廷州準確地挑撥她最怕碰的地方，明薇想躲，被他霸道禁錮，一下一下地親在脖子上。

明薇的心都要飄起來了，難耐地扯他短髮，小聲求他：「夠了……」

「原諒我了？」穆廷州埋在她脖頸問。

明薇捶他後背。

穆廷州繼續親，明薇一激靈，不情不願地「嗯」了聲。穆廷州鬆口氣，看一眼褲子，他快步去了洗手間。這樣親她，對他而言又如何不是一種折磨？她身體的每一次回應，在他耳邊的每一聲呼吸與低叫，都在摧殘他的自制力。

明薇也心慌意亂地回了主臥，湊到鏡子前看，好傢伙，原本白淨淨的脖子上，竟然被穆廷州啃了幾個小紅印出來。明薇氣壞了，脫下外套、毛衣，又從衣櫃裡挑出一件高領的毛衣，幸好紅印位置偏低，全部擋住了。

「粥好了。」穆廷州在餐廳喊她。

明薇看一眼鏡子，嘟著嘴出去了。

見她換了一件高領毛衣，穆廷州面露詫異，剛剛他閉著眼睛親得心馳神醉，並不知道自己做了什麼好事。

明薇卻認定穆廷州在裝無辜，惡狠狠瞪了他幾眼，然後才走到餐桌前。穆廷州熬了紅棗黑米粥，搭配牛奶三明治，賣相非常不錯。明薇的氣順了點，默默吃了兩口，悶悶問他：「我要下午才回來，你白天怎麼打發時間？」

「我帶了幾本書。」穆廷州早有準備。

明薇略帶幽怨地哼道：「如果太無聊，我建議你回你的別墅去。」

穆廷州抬眼看她：「回去更無聊。」

明薇抿唇，心裡卻甜了下，吃完早飯，明薇提醒穆廷州小心行動，別讓人看出屋裡有人，這才出發。穆廷州沒那麼笨，窗簾拉好，他安靜地坐在客廳看導演專業書籍，每隔半小時離開沙發起來走動一圈，放鬆眼睛。

再一次閒逛，穆廷州逛到了窗臺前，盯著那盆被明薇照顧得很好的牡丹，真是越看越不順眼。看了幾分鐘，穆廷州從次臥拿出他帶來的化妝工具去了洗手間，二十分鐘後，一個膚色蠟黃的中年男人大搖大擺開著一輛車駛出了公寓。

整整一天，穆廷州都沒有聯繫明薇，明薇雖然知道他有書籍可以打發時間，但還是不太放心，培訓一結束，明薇立即趕回去。今天路況還行，明薇開了半小時就到公寓附近了，經過一家水果店下車挑了幾樣水果。

停車上樓，明薇拿鑰匙開門，一進來就撞見穆廷州主人般躺在她的沙發上，手裡捧著一本書，腰下一雙大長腿特別惹眼，彷彿一幅男模廣告海報。情侶見面，明薇最先注意到穆廷州的腿，穆廷州卻皺眉盯著她手中的水果：「不是不能吃？」

明薇臉一紅：「買給你的。」

穆廷州目光微變，放下長腿坐正了。

明薇換了拖鞋，迎著男人幽幽的注視往裡走，後知後覺發現茶几上的紅玫瑰換成了粉色的，水靈靈嬌嫩嫩。明薇吃了一驚：「你出門了？」

穆廷州默認，仰頭看她：「去了一趟花鳥市場。」

明薇聽了，鬼使神差地轉向窗臺，一眼就見太傅送她的那盆牡丹旁邊，又多了一盆牡丹，青瓷花盆比太傅的大了兩圈，盆中的牡丹也更茂盛壯碩，兩盆擺在一起，新來的好像在耀武揚威，早來的顯得可憐兮兮。

明薇：「……」

亂吃自己醋的影帝，還能再幼稚一點嗎？

穆廷州並不覺得自己幼稚，看著自己送的牡丹把太傅送的比下去，身心舒暢。

任何事都怕比較，他在各個方面都勝過那位太傅，明薇的心早晚都是他的，完全屬於他。

看了一天的書，現在女朋友回來了，穆廷州伸手將明薇拉到腿上抱著，熱情地親吻，纏纏綿綿快半個小時，穆廷州才意猶未盡地鬆開她唇瓣，睜開眼睛。明薇也剛剛睜開，眼波媚如春水，視線相碰，她害羞地低下頭，乖巧得像熟透的蜜桃邀人品嚐，哪裡還有早上張牙舞爪的賭氣模樣？

穆廷州忍不住，又吻了上去。

明薇回來的時候，天色還沒有太暗，穆廷州也沒開燈，等兩人嘴唇再次分開，客廳已經是一片昏暗，但屋裡很暖和，被他緊緊地抱著，明薇身上甚至出了一層細細的汗，靠在他的肩頭輕輕地喘息，他的呼吸更重，如甦醒的獸王。

「哪天結束？」額頭貼著她的，穆廷州沙啞地問

明薇閉著眼睛裝糊塗。

她在他懷裡，穆廷州不信她感覺不到自己的變化，摸摸她散落下來的長髮，穆廷州慢慢湊到明薇耳邊，灼熱的氣息全部吹在那紅紅的耳垂上：「妳的任何決定，我都會尊重，但為了避免不必要的試探，我需要知道妳對婚前性行為的態度。」

明薇是什麼態度？

她想翻出膠帶，密密實實地封住穆廷州的嘴。

「不接受。」明薇賭氣說，試圖掙脫他的懷抱。

穆廷州不肯放手，腦袋拉開距離，審視地觀察她的神色：「真的不接受？」感覺不太像，親吻的時候她同樣熱情。

明薇恨不得抱起那盆大牡丹砸他的頭，惱羞成怒道：「還做不做晚飯？不做我叫外賣。」

穆廷州：「……」

女朋友的肚子要緊，雖然沒得到答案，穆廷州還是鬆開明薇，任勞任怨地去做飯。明薇打開電視，一個人心不在焉地看了幾分鐘，臉沒那麼紅了才去廚房看穆廷州準備。他今天換了一件淺灰色的毛衣，短髮幹練側臉俊美，看起來更顯年輕。

「需要我幫忙嗎？」都讓他一個人做，明薇有點不好意思。

「如果妳無聊，可以抱著我看。」穆廷州低頭切菜，唇角上揚。

明薇忽然想起了家裡的老爸、老媽，小時候她跟妹妹在客廳玩，爸爸、媽媽在廚房做飯，她好幾次都看到爸爸從後面抱著媽媽，氣氛溫馨美好，後來她們大了，老爸會比較注意，但明薇相信夫妻倆現在肯定還像以前一樣恩愛。

「做夢吧。」哼了一聲，明薇扭頭往外看，不過轉身前，她情不自禁偷偷看了一眼穆廷州的腰。男人身材修長，肩膀寬闊，腰那裡卻窄了下去，格外禁欲勾人。腦海裡已經在幻想從後面抱他的情景了，但出於女孩子的矜持，明薇選擇忍！

今晚穆廷州做的簡單，只弄了兩菜一湯，不過對於兩人來說已經夠了。

「一週後我會不會胖啊？」喝了一碗冬瓜排骨湯，明薇有點擔心自己的體重。

穆廷州隨口建議：「飯後可以適當運動一下。」

明薇眨眨眼睛，偷偷看他，穆廷州悠哉品湯，看起來並不像說葷段子的老司機。

這一晚，兩人繼續相安無事，穆廷州正經的時候非常君子。

第三天明薇出發不久，穆廷州接到了肖照的電話，問他在哪。

穆廷州漠然反問：「有事？」

肖照聲音不悅：『沒事就不能找你了？少廢話，你現在到底在哪？』

穆廷州沒說實話：「城裡太悶，我出來放鬆放鬆，地點你不用知道。」

肖照服了他，將手裡的劇本丟到穆廷州書桌上，一邊往外走一邊道：『又接到兩個劇本，我覺得不錯，你回來後看看，接不接記得給我答覆。』

穆廷州：「好。」

正事說完了，肖照好奇問：『你跟明薇怎麼樣了？她要回家了吧，你年前不想見她一面？』

穆廷州口是心非：「年後一起拍戲，不缺這幾天。」

肖照半信半疑，但他無論如何都想像不到穆廷州會有搬到明薇家中的情商與手段，告誡穆廷州早點回來便掛了電話。

應付完經紀人，穆廷州又接到了母親竇靜的電話，說她要去紐約談一本書的版權，希望休息在家的兒子陪她去，明天出發，在紐約住三晚再回來。穆廷州算了下，母親從紐約回來的當天正好是明薇回蘇城的日子。

穆廷州沒有立即回答。

去年他車禍失憶，連續數月忘了家人，據肖照說，他對父母態度十分惡劣，二月份病好了，穆廷州馬上又準備《龍王》的拍攝，忙了大半年，一直沒有時間補償父母。父親還好說，對於母親，穆廷州心存愧疚。

「媽，明薇二十八號回家，我想提前一天回來送她。」一分鐘後，穆廷州做了選擇。

竇靜呆了半晌才跟上兒子的想法，驚喜道：『你跟薇薇在一起了？』

穆廷州三十歲了，並不習慣向母親傾訴戀情，簡單道：「前不久剛在一起，偶爾見一次面。」

竇靜也算半個圈子中的人，清楚明星談戀愛不容易，想了想，決定不叫兒子陪了，興奮地道：『那你好好陪薇薇吧，快過年了，她一個人在這邊忙工作也不容易，媽有助理，叫你是想帶你出去散散心，不過現在嘛，你肯定留在帝都更舒服。』

老媽關心他，穆廷州也想盡兒子的責任，自家老媽的英語要應付老外很困難。

他再三堅持，竇靜拗不過兒子，只好就這麼定了。

傍晚明薇回來，穆廷州歉疚地說了此事。

明薇有點失望，但也鬆了口氣，穆廷州在她這邊住著，她做什麼都不如平時自在，既然穆廷州有正事，那大家各忙各的好了，反正年後還有幾個月共同拍攝的機會，「沒事啊，你放心去吧，好好陪陪伯母，去年你可害伯母掉了不少眼淚。」

穆廷州仔細打量她：「真的不介意？」

明薇嗤笑，瞪他道：「拜託你別把自己想的太重要。」

穆廷州自討沒趣，起身去做飯。

明薇盤腿靠在沙發上，聽著廚房的切菜聲，她又走神了，嘴上說得痛快，可心裡怎麼可能一點都沒有不捨？但兩人都有家人，穆廷州難得有時間可以陪陪母親，她要理解，就像她一早就計畫忙完回家了，並沒想過要為穆廷州在帝都多留幾天。

神色如常地吃完晚飯，兩人靠在沙發上看電影打發時間，靠著靠著，電影晾一邊，兩人又吻在一起。明天就要分開了，穆廷州的自制力愈發不夠用了，雙手挪到明薇腰間，來來回回摩挲她的毛衣。明薇的小手同樣抱著他的腰，勁瘦有力的腰，摸起來很有感覺。

「等我回來。」

最終，穆廷州忍住了，低低地在她耳邊說。是他答應要為她做一週的飯，現在自己食言了，就算分開也是他的責任，這種情況下，他無法心安理得地索取更多。

明薇感受到他的掙扎，卻誤會穆廷州是在忌憚她的生理期，好笑地「嗯」了聲。

穆廷州走後，明薇繼續按照計畫培訓，二十五號晚上，正跟穆廷州視訊，突然接到肖照的電話。明薇示意穆廷州別出聲，這才接聽。

肖照請她明晚去某家餐廳用飯。

明薇猶記得上次她與徐家三父子氣氛詭異的晚餐，謹慎問肖照：「有什麼事嗎？」

肖照心情複雜：『主要是我爸要見妳。』

明薇不高興了，見視訊中穆廷州一直在看自己，她先關掉螢幕，然後走到窗邊，斟酌幾秒後道：「肖照，我一直都把你當朋友，所以如果徐董對我有什麼誤會，我希望你替我解釋清楚，免得大家都尷尬。」

肖照糊塗了：『我爸對妳有誤會？』

明薇抿唇，悶聲道：「沒有誤會，他為什麼要見我？我進娛樂圈只是為了拍戲，並不想高攀誰。」既然肖照肯出面替他老爸聯繫她，那明薇索性也不拐彎抹角了，直接攤牌。

肖照終於懂了，哭笑不得：『我的明公主，妳想哪去了，就算妳不信我爸，也總該信我吧？妳跟廷州都是我的朋友，我怎麼可能明知你們倆在戀愛還……真不知道該怎麼說妳，放心吧，我用人格擔保，我爸對妳絕沒那意思，他找妳是因為別的事，去了就知道了，當然，如果妳不信我這個朋友，可以叫上沈素一起。』

明薇錯愕，原來徐修不是那意思？

短暫的尷尬後，明薇更困惑了：「剛剛的話當我沒說，只是徐董到底有什麼事啊？」

肖照嘆氣：『這事真的不方便電話談，與、與廷州有關，但暫且還不能告訴廷州，明晚見面後，妳可以自行選擇是否讓廷州知情。』

明薇心中一沉，聽肖照的語氣，怎麼感覺不像好事？

電話剛掛，穆廷州立即打了進來，問肖照跟她說了什麼。

明薇說了一半實話：「他們父子請我吃飯，說有事商量，具體是什麼事明晚才能知道。」

『別去。』穆廷州已經認定徐修對明薇不懷好意了。

明薇重複了一遍肖照的態度，靠到床上道：「肖照應該不是那種人。」

穆廷州勸不動她，改成打肖照電話。

肖照對明薇客氣，現在穆廷州也懷疑他想幫老爸撬朋友牆角，還是一次坑兩個朋友，肖照直接爆了粗口，將穆廷州罵了一通，罵得穆廷州連說話的機會都沒有，罵完直接掛了電話。冷靜片刻，肖照傳訊息給穆廷州：『放心吧，我爸有求於明薇，巴不得把明薇當公主供著。』

穆廷州能放心才怪，整個網路都知道明薇是他的公主，徐修也想把明薇當公主，這意思還不明顯？

明薇與徐家父子的晚餐，定在晚上五點半。

明薇相信肖照，所以她沒叫上沈素，一個人來餐廳赴約，徐家父子包了一個豪華包廂，外間用餐，裡面還有間休息室。明薇推門進來看到徐家三父子都在，穿著清一色黑色西裝，乍一看真的有點黑社會的感覺。

然而這三個男人看到她後同時站了起來，徐修神色複雜，徐凜面無表情，肖照一手摸後腦勺，有點煩躁，又好像做了什麼對不起她的事情似的。明薇正要打招呼，手機突然響了，明薇抱歉地朝三人點點頭，摸出手機一看，居然是穆廷州。

明薇側身接聽。

『妳在哪？』手機裡面，男人語氣急切。

明薇心裡一突，小聲問：「你回來了？」

穆廷州下飛機前化了妝，頭戴網球帽，暫且還沒被人認出來，一邊攔計程車一邊回答女朋友：『是，現在過去找妳。』

明薇感動得稀哩嘩啦的，報出餐廳地址時聲音都不自覺地甜了幾分，不料剛報完地址，手機突然被人搶走，明薇大驚回頭，就見肖照咬牙切齒地對著手機道：「穆廷州你好樣的，既然你這麼不信我，我們散夥吧，你愛找誰當經紀人就去找誰，別指望老子再伺候你！」

罵完掛了電話，怒氣衝衝的，抬頭對上明薇看熱鬧的笑眼，肖照推推眼鏡，還手機時低聲訓道：「要不是……我連妳也罵。」

他氣成這樣，明薇反而更放心了，視線轉向不遠處的徐修父子，客氣問道：「徐董找我有事？」

徐修朝兩個兒子使個眼色。

肖照、徐凜互視一眼，去了裡面的休息室。

休息室內有床，徐修選擇在外間與明薇談話，也算是表明了態度，明薇澈底放下戒備，走到餐桌旁的沙發上坐下，大大方方看著徐修。徐修可以坦然告知兒子們他年輕時犯下的風流債，面對女兒卻沒那麼容易開口。

沉默許久，徐修拿出那份親子鑑定文件遞給明薇。

明薇雙手接過來，第一次接觸這種文件，明薇不是很懂。徐修一直在觀察女兒，然後在女兒抬起眼簾看過來時，他卻垂眸，緩緩地回憶道：「薇薇，我九四年去過一次蘇城，當時妳媽媽還沒有嫁給明強……」

說到這裡，徐修便停住了，但那個拉長的尾音暗示了無限內容。

明薇捏著文件的手輕輕抖了一下。

肖照說，徐修有事找她，絕對與男女情愛無關，現在徐修遞給她一份親子證明文件，又告訴她，他曾在九四年，也就是她出生的前一年，與媽媽有過一段故事。是什麼樣的故事？明薇沒經歷過，可從小到大她看過太多類似的電視劇。

白了臉，明薇僵硬地低頭，再次看那張普普通通的A4紙。

注意到她的動作，徐修這才抬眼，看到女兒發白的小臉，徐修便明白女兒懂了，並且受到了打擊。徐修很愧疚，上半身前傾，緊張地對著女兒解釋：「……薇薇，當時我還年輕，占了妳媽媽的便宜，卻沒有耐性哄她……後來妳媽媽一直沒聯繫我，時間一長，我忘了她，直到去年看到妳才慢慢記了起來……薇薇，爸爸很……」

「您別這樣自稱。」明薇心裡很亂，長輩們的舊事，她有很多不明白的地方，但唯一肯定的是徐修沒資格喊她女兒，至少在她弄清楚所有環節之前，她只有一個爸爸，那人姓明，叫明強，是天底下最好的父親。

簡簡單單的一句話，卻猶如一根針，扎在徐修心口。

女兒稱他「您」，果然不想認他。

但這都是意料之中的，徐修知道，女兒需要時間消化這件事。攥攥手，徐修點頭道：

「好，我尊重妳的意思，現在妳有什麼想問的，儘管問我，我絕不騙妳任何事。」

明薇低頭坐著，她希望這是一場夢，希望這份親子鑒定是假的，可就在她想否認的時候，明薇忽然記起年前去陸家赴宴，肖照曾經拔了她幾根頭髮。說什麼她有白頭髮，其實是拿去做親子鑒定了吧？

明薇苦笑著掃向休息室的門，怪不得肖照敢保證徐修對她沒有壞心思，原來自己與徐修居然是……

「我爸爸，知道嗎？」呆呆坐了幾分鐘，明薇終於能說話了，目光落在了茶几上。

徐修如實道：「這要問妳媽媽，認出妳後，我只與妳媽媽見過一次，確認妳是我女兒，我便回來了，沒有打擾他們夫妻。薇薇，妳媽媽並不希望我認妳，但我覺得妳是成年人了，有權利知道真相。」

可明薇並不想要這樣的權利與真相，她寧可徐修從來沒找過她，寧可一輩子被蒙在鼓裡。

視線模糊，明薇將鑒定書放回桌面，站了起來轉身往外走。

「薇薇，」徐修緊跟著離座，卻沒有追上女兒，只對著女兒站定的背影道：「薇薇，我對不起妳媽媽，也對不起妳，我理解妳現在的心情，但妳確實是我的女兒，是徐家的孩子，以前是我錯過了，現在，我想履行一個父親的責任，好好照顧妳……」

「我不需要。」明薇低聲說，頭也不回地走了，拉開房門，明薇戴上墨鏡順勢抹掉臉上的淚，然後神色如常地離開。正是晚飯時間，餐廳電梯忙碌，明薇沒心情等，也怕被人認出來，便走樓梯，走著走著，下面傳來蹬蹬蹬的爬樓聲，聲音很急。

明薇突然有點慌，樓梯這麼偏僻，會不會有壞人？

明薇一時忘了身世帶來的打擊，轉身就要往回跑，剛爬一樓，下面忽然傳來熟悉的聲音：「明薇？」

是穆廷州！

沒有壞人，明薇的腿抖得卻更厲害了，憋了許久的眼淚也終於在此刻奪眶而出。

她慢慢坐在了樓梯上，依然戴著墨鏡，手指按住眼角，試圖阻止更多的眼淚。哭是本能反應，但聽著穆廷州加快的腳步聲，明薇混沌的大腦再次恢復運轉。如果穆廷州問了，她該怎麼說？關係到媽媽的名譽，別說穆廷州只是她男朋友，就算穆廷州是她老公，究竟要不要告訴他，也要仔細想想才能做出決定。

樓下，穆廷州終於轉到了明薇這樓，見女朋友可憐兮兮地坐在那埋著腦袋，穆廷州突然湧起不好的預感。被徐修欺負了？

他很擔心，腳步都放輕了，最後單膝蹲在她下面那層臺階上，一手扶欄杆，一手試探著摸摸她的頭，低聲道：「為什麼坐這？」

明薇已經止了淚，不安地抬頭，本來滿心想的都是解釋，結果卻對上一張陌生的中年男人臉龐，膚色麥黃沒有光澤，唯有一雙眼睛，明亮深邃，擔憂關切地看著她。期待與現實相差太大，明薇沒忍住笑了，故意打趣：「你誰啊？」

寬大的墨鏡擋住了她大半張臉，但穆廷州看到了她的笑，熟悉的調皮的笑。

心放下一半，穆廷州伸手摘她墨鏡，再次看到那雙水濛濛的眼，穆廷州才啞聲道：「妳男人。」

明薇濕涼的心暖了大半，繼續逗他：「我男人沒你這麼黑。」

穆廷州摸摸她還濕潤的眼角，認真問：「被人欺負了？」

明薇搖頭，搶過墨鏡重新戴上，呼口氣道：「先回去吧，回去再說，我開車來的，你……」

穆廷州看一眼樓上：「他們還在？」

明薇聲音低了下去：「應該吧。」

穆廷州便道：「那我先送妳下去。」

明薇抱住他的手臂，小聲道：「肖照沒欺負我，徐董也只是跟我講了一個故事，故事與你無關，你別問，哪天我想清楚了可能會告訴你。」

穆廷州薄唇緊抿，他看得出來明薇很不開心，別人讓他的女朋友不高興，他卻什麼都不知情，穆廷州不喜歡這種滋味。

「走了……」明薇軟聲撒嬌，環抱著他的手臂。

穆廷州身形不動。

「好，你去找他們吧，但晚上別再來見我。」明薇鬆開他，佯裝生氣往下走。

才走一步，身後男人忽然追下來，大手緊緊攥住她的小手，掌心溫暖。

第四十四章 唯一的男人

明薇走了，徐凜、肖照從裡面的休息室走出來，看見他們威嚴冷峻的父親坐在沙發上，眼簾低垂，面無表情地注視著茶几上的親子鑒定。

兄弟倆誰都沒說話，剛剛明薇的話他們都聽見了。

「薇薇自己開車來的，老大你去盯著點。」

大概一分鐘後，徐修抬頭吩咐長子，臉上已恢復了平時的冷靜。女兒剛受了打擊，徐修不放心。

徐凜點頭，這就去了。

徐修指指旁邊的沙發示意次子坐。

肖照落座，看看父親，他低聲勸道：「爸，你要給薇薇時間。」

徐修沒那麼急躁。老來得女，還是一個近乎完美的女兒，徐修確實期待女兒認他的那一天，但他有耐心，他可以用剩下的所有時間慢慢彌補，直到女兒願意喊他一聲爸爸。

徐修覺得，現在是向女兒坦白實情的最佳時機。繼續隱瞞，他便沒有合適的理由接近女兒，找其他藉口頻繁見面，女兒可能會誤會他有別的動機。今晚說出來了，這個年節或許過得不是滋味，但正好能趁過年回家好好跟江月夫妻溝通，等年假結束，她心情整理的也差不多了，基本上不會影響拍新劇。

「廷州那邊，經紀人不做了？」喝口茶，徐修問兒子。

肖照習慣地推了下眼鏡。穆廷州那麼不信他，人在美國還千里迢迢趕回來，生怕他會坑明薇，肖照真的氣得快要瘋了，可給穆廷州當了那麼多年經紀人，雖然吃了很多冤枉氣，肖照從未真正動過散夥的念頭。生在徐家，肖照的物質基礎已經達到了頂峰，他對金錢報酬沒有追求，只想做喜歡的事。穆廷州脾氣很差，但穆廷州喜歡挑戰各種新鮮事物，肖照在一旁看著也覺得有意思。

徐修就知道兒子說的是衝動氣話，靠著沙發道：「年後你跟薇薇接觸的機會多，爭取先讓她認了你。」

肖照苦笑，所以明年他要開始跟穆廷州搶妹妹了？不受歡迎的哥哥兼超級大燈泡，會不會起到反效果，氣得明薇連朋友都不想跟他做？

明薇開車回了公寓，她的心情很亂，但還沒亂到失去理智，一路開得平平穩穩，穆廷州叫了計程車，約好半小時後再過來，免得惹人注意。

徐凜不遠不近地跟著新妹妹，見明薇平安進了社區，打電話通知父親。

徐修鬆了口氣，然後將等待期間編寫好的簡訊傳送出去。

「叮」的一聲，明薇剛停好車簡訊就到了，明薇拿出手機，是個陌生號碼。

『薇薇，過去的事，對妳、對妳媽媽，我真的很抱歉。知道妳媽媽過得幸福，我很欣慰，我也無意破壞他們夫妻的生活，但妳是我女兒，乖巧懂事的女兒，從感情理智上，我都想得到妳的承認。我今年五十多了，前半生精力主要放在事業上，後半生最大的心願便是妳。

為什麼一定要認妳？其實應該有兩個原因，一是我們的血緣，是妳招人喜歡，另一個，我不騙妳，我老了，金錢、事業、女人都勾不起我的興趣，但從妳媽媽那裡證實妳是我的女兒時，我突然找到了下半生的意義。

到底哪個原因占了主導地位，我分不清楚，我也不介意妳說我自私，我只知道，妳是我女兒，看到妳，我會忍不住笑。

對了薇薇，我認識妳媽媽時肖照媽媽已經過世，妳與他們兄弟之間沒有任何不愉快的因素。妳的兩個哥哥都很喜歡妳，身為最不討妳喜歡的爸爸，我不介意妳先認下兩個哥哥，並歡迎妳與他們一起氣我。

先說這麼多吧，期待與妳的下一次見面。

By 尚未得到名分的徐爸爸。』

趴在方向盤上，明薇不知不覺讀完了這段過長的簡訊，看完了，整個人怔怔的，腦海裡接連閃過徐修、徐凜、肖照的臉，而後慢慢地變成了爸爸媽媽，變成了一家四口的回憶。如果這一切都是真的，那明強……

明薇低頭，眼淚從方向盤中間掉了下去。

徐修高帥多金，家大業大，可她不想要這樣的爸爸，她想跟妹妹一樣都是父母愛情的結晶，她想姓明，真真正正的姓明。趴了一會兒，明薇腦袋枕著一隻手臂，右手點開手機通訊錄，看到排在一起的「爸爸」、「媽媽」，明薇眼睛一痠，又埋了回去。

爸爸知道嗎？如果他一直不知情，那麼等他知道後會怎麼看她？

還有媽媽，她與徐修到底是怎麼在一起的，這麼多年，媽媽又是怎麼過來的？

放下手機，明薇心亂如麻。她不敢打電話給家裡，爸爸不能打，媽媽……明薇瞭解自己的母親，柔弱沒有主見，家裡什麼事都聽爸爸的，萬一爸爸不知情，現在她一打電話，媽媽肯定會哭，會被爸爸懷疑……

明薇不敢試探爸爸對媽媽的感情，更害怕喊了二十多年的爸爸會不要她了。

安靜的地下停車場裡，白色休旅車的駕駛座上年輕的主人趴在那，一動也不動，就像睡著了一樣。

穆廷州與徐凜一樣親眼看著明薇開進公寓，明薇進去後，穆廷州讓司機繼續開，繞了半小時重新回到公寓。穆廷州手裡有明薇給的另一把鑰匙，他迅速上樓，找了一圈沒看到人，剛要打給明薇，忽然猜到一種可能。

穆廷州來了地下停車場，一眼就看到了停在那的白色休旅車，也看到了趴在方向盤上的女朋友。

沒有原因的，穆廷州就是知道她在哭，像她坐在臺階上埋頭不給他看時一樣。

穆廷州本能地往前走，耳邊突然響起她低低的落寞的聲音：「……故事與你無關，你別問，哪天我想清楚了，可能會告訴你。」

腳步停下，穆廷州站在原地，遠遠地看著她，看了五分鐘，她依然沒有哭夠，穆廷州閉上眼睛轉身重新進了電梯。沒有主人的公寓，顯得冷清空曠，穆廷州打開燈，環視一周，走到冰箱前，在少得可憐的食材中挑出幾樣，進了廚房。

明薇在車裡待了二十多分鐘，這還是因為記起穆廷州了，不然她也不知道自己什麼時候才會下車。眼睛哭腫了，明薇戴好墨鏡，匆匆上樓，心想要趁穆廷州過來之前洗臉補妝，儘量掩飾一下，然而推開房門，對上滿屋明亮的燈光，明薇頓時愣住了。

她出發前好像關燈了啊，怎麼……

正困惑著，廚房那邊傳來推門聲，明薇謹慎地站在門外，直到熟悉的男人走進視野。

「餓不餓？」穆廷州態度自然地問，目光比平時要暖。

他這麼一問，明薇居然真的感受到餓了，一邊反手關門一邊點頭。

「我煮了麵，馬上就好，妳收拾收拾，等等開飯。」穆廷州看著她說，說完又回了廚房。

明薇愣了幾秒才反應過來，顧不得問穆廷州什麼時候到的，飛快去了主臥，脫外套、洗臉、化妝。十分鐘後，眼睛依然有點腫，但這已經是明薇化妝技術的極限了，因為晚飯是麵，明薇撈起一根簪子將頭髮盤起來，再看鏡子，裡面的女孩白白淨淨，還是挺好看的。

明薇惴惴地走出臥室。

穆廷州剛好把兩碗麵放在餐桌上，看一眼明薇，若無其事道：「過來吃吧，明天我去買菜。」

有點諷刺明薇的冰箱太空的意思。

明薇乾笑，走到桌子前，看到兩碗非常誘人的麵。麵條光澤透亮，碗裡一人半顆溏心蛋，另有醬牛肉、泡菜、碎蔥花點綴，熱氣騰騰，香氣撲鼻。美食在前，明薇沒出息地咽口水，由衷地誇穆廷州：「麵條都能做這麼香，你真是太厲害了。」

穆廷州笑了笑，遞筷子給她。

明薇真的餓了，低頭專心吃面，寒冬臘月，雖然房間溫暖，但吃上一碗熱騰騰香噴噴的麵條，還是讓人幸福又滿足，而這滿足，都是身邊的男人給她的。明薇不知道該怎麼表達她的喜歡，穆廷州去洗碗，她跟了過去。穆廷州不用她幫忙，明薇就站在旁邊看，看著看著，她紅著臉挪到穆廷州背後，然後伸手抱住了他。

穆廷州動作一頓，身後她慢慢地靠近，先是腦袋抵住他的背，跟著身體也貼實了。

看一眼環著他腰的兩條小胳膊，穆廷州繼續洗碗：「這是獎勵？」

明薇搖頭。不是獎勵，是喜歡，喜歡他專門為她趕回來，喜歡他在她難過的時候，為她做了一碗美味可口的麵。

「那有沒有獎勵？」穆廷州低聲問，聲音又輕又低，帶著情侶間調情的味道。

明薇閉著眼睛笑：「你想要什麼獎勵？」今晚，只要他說，只要她有，什麼獎勵她都願意給。

穆廷州確實有想要的，擺好洗完的碗筷，洗手擦手，忙完了，穆廷州握住明薇的手腕將人帶到前面。燈光之下，她氣色紅潤，美麗的眼睛裡閃爍著羞澀的光彩，穆廷州一手抱她的腰，一手摩挲她的眼角，她的臉頰越來越燙，穆廷州目光卻漸漸冷了，盯著她道：「我想要，我女朋友躲在車裡哭的原因。」

什麼叫與他無關？她是他的女人，任何與明薇有關的事，便也與穆廷州有關。

明薇沒想到穆廷州會放著現成的福利機會不把握，只想要知道自己為什麼哭。

她低頭，並不是存心要隱瞞，但這事關係到媽媽的名譽……

「就這麼不相信我？」穆廷州抱著她，下巴抵在她的頭上，親密的姿勢，像鴛鴦交頸。

明薇沉默，感受著穆廷州身上的溫度，想到他因為擔心自己被徐家父子欺負，千里迢迢趕回來保護她，想到他為自己做飯洗碗的專注側影，包括現在他將她的喜怒哀樂至於身體享受之前，明薇突然不想再瞞他。

靠在他的懷裡，明薇閉著眼睛問：「假如我在遇見你之前，交過一個男朋友，分手後才發現自己懷了孩子，因為某些原因不能打掉，那你會接受我跟這個孩子嗎？又或者我怕你不接受，結婚時隱瞞你了，你一直以為孩子是你的，然後有一天，有人說出真相，你會怎麼做？」

一邊說著，眼眶又濕了。

她就是那個孩子，打亂一切平靜的孩子。

資訊量太大，又太敏感，穆廷州第一個反應是把假設當真，以為明薇有了孩子，但他馬上記起明薇前幾天還在生理期，而且明薇與程耀、太傅分手後大部分時間都跟他在一起，根本沒有時間去懷前男友的孩子。

既然故事的女主角不是明薇，但又與明薇、徐修同時有關，還害她哭得那麼傷心……

穆廷州只是情商低，智商一直在線上，各種線索串起來立即懂了。江月與徐修戀愛過，然後陰錯陽差懷著徐修的骨肉嫁給了明強，現在徐修找上門想要認女兒，肖照想要明薇當妹妹，便也支持徐修。

明薇這麼好，徐修當然想認，只想著要女兒，沒有想過明薇會因為身世難過。

「確定了？」穆廷州輕輕地蹭她腦頂。

明薇點頭。

「怕伯父知道後不喜歡妳了？」穆廷州一語道出關鍵。

明薇眼淚決堤，淚水在他的毛衣上暈出兩塊痕跡，涼涼地傳到他胸口。

穆廷州理解女朋友的心情，但作為局外人，他看得更透，低聲安慰明薇：「父女間的感情是日常培養出來的，徐修才見過幾次便要認妳，足以證明妳有多討人喜歡，伯父照顧妳那麼多年，就算現在才知道真相，我相信他也會繼續把妳當女兒。」

明薇不信，哽咽著反駁：「他認我是因為血緣關係，我爸……」

提到明強，明薇就說不下去了。

穆廷州很理智，拍著她肩膀道：「去訂機票，妳明早回家先跟伯母問清楚，如果伯父早就知道了，妳現在便是白哭一場了。」

明薇為難，悶聲道：「我還有一天培訓……」

「少培訓一天不會影響什麼，走吧。」幫她擦擦眼睛，穆廷州摟著她的肩膀往外走，他先坐到沙發上，再將明薇抱到腿上，雙手繞過她用手機訂票。兩人一起挑時間，商量過後明薇聽穆廷州的，選了早上六點四十的航班。理由：該時間段人少，穆廷州要去送她。

付款時明薇想搶手機，被穆廷州咬了一下耳朵，她就乖乖不動了。

機票買了，家裡的話題告一段落，明薇人還在他腿上。周圍的氣氛不知何時變得曖昧起來，明薇低著頭找話說：「你提前回來，怎麼跟伯母說的？」

「說肖照有事叫我。」穆廷州握著她的手道，一邊說一邊有意無意地捏。

明薇鬆了口氣，真怕穆廷州實話實說，壞了她在竇靜心裡的印象。

「我打個電話給李老師。」靠了一會兒，明薇記起一件正事。

穆廷州鬆開手，明薇拿著手機走到客廳另一側，向李老師請假，李老師笑著拜個早年，事情愉快解決。明薇盯著通訊錄，猶豫再三，還是沒通知家裡，準備明早自己搭車回家，路上好好整理情緒，免得見到爸媽就露餡。

收起手機前，明薇看了一下時間，八點多了。

「睡吧，明天早起。」穆廷州離開沙發，看著她道。

明薇垂眸，明早四點起來趕飛機，現在睡剛剛好，可她捨不得穆廷州，這次一走就要等十幾天後才能回帝都了，彼時她與穆廷州都要忙著籌備《白蛇》，恐怕沒有現在這樣奢侈的見面機會。

但穆廷州都勸她睡覺了，明薇不好意思再說什麼。

「嗯，晚安。」朝他笑笑，明薇轉身走向主臥。

身後傳來腳步聲，因為次臥也在這邊，明薇沒有多想，只是當她停下腳步趁推門的時候偷偷往後看時，卻見穆廷州一路走到她這邊。明薇震驚地仰起頭，穆廷州平平靜靜地看著她：「今晚我陪妳，不然我怕妳睡不著。」

好義正言辭啊！

明薇臉紅了，正緊張要不要假裝拒絕一下，頭頂又傳來男人低沉穩重的聲音：「不用緊張，我再饑渴也不會在這種情況下要妳。」

明薇：「……」

差一點，明薇就想狠心將穆廷州拒之門外了，但除了不會說話，穆廷州的其他優點壓下了她的怒氣。沒理他，明薇自己推門進房，拿出行李箱默默收拾回家的衣物。穆廷州站在旁邊看著，執著的視線帶來無限壓力，明薇還剩幾件內衣沒裝，故作鎮定地問他：「你不用洗漱嗎？」

穆廷州看她一眼，然後把他上次留在明薇這邊的行李箱拿了出來，裡面是他的換洗衣物。明薇偷瞄，就見穆廷州旁若無人地打開行李箱，從裡面拿了一套睡衣，還有一件灰色四角褲，大大方方，一點都不遮掩。

明薇在心裡呸了一口，等穆廷州去浴室了，她飛快取出貼身衣物放進行李箱，並拉好拉鍊。

筆電也裝起來了，明薇坐在床尾玩手機，徐凜、肖照分別傳了訊息，明薇沒心情看，現在只想知道家裡爸媽的情況，對徐家父子三人沒有任何興趣。滑了十幾分鐘社群，浴室的水聲停了，明薇心跳加快，又過了五、六分鐘，浴室的門突然被人推開，露出男人一雙大腳與灰色睡袍下一段小腿。

明薇立即低頭。

穆廷州看見她臉紅了，也不知道為什麼那麼容易害羞，明明現在是他身穿睡袍，不過穆廷州喜歡她臉紅的樣子。並不著急催她進去，不緊不慢地走過來，將吹風機遞給她：「幫我吹？」

「你自己弄。」明薇抱起自己的睡衣跑了，側臉紅撲撲的。

穆廷州好笑，站在原地目送她，直到明薇關上門，他才找個插頭吹頭髮。

明薇昨天剛洗了頭，今天便只洗了一下身體，低頭看看，明薇心慌意亂的，穆廷州說的好聽，真的能做到嗎？胡思亂想，明薇沖了好久才跨出來，擦乾身體換好睡衣，明薇仔細擦掉鏡子上的水霧，悄悄地打量自己。上衣搭配褲子的睡衣，挺保守的，釦子扣到頂，與夏天常見的短袖領子差不多，全身上下唯一危險的是她這張紅紅的臉。

腦海裡無限遐想，旁邊門板突然被人敲了幾聲，嚇得明薇差點叫出來。

「九點半了。」隔著一層門板，穆廷州管家一樣提醒她，「剩下的睡眠時間不足七小時。」

明薇捂著心口，沒好氣道：「你先睡啊，我又沒讓你等我。」

穆廷州無語。

明薇繃著臉拉開門，看也沒看擋在門前的男人，直接走到床邊，先關燈再背對穆廷州擦腳。穆廷州見她沒洗頭，隨手關了浴室的燈，至此，拉著窗簾的臥室再無任何光亮，黑漆漆的伸手不見五指。

明薇竭力保持鎮定，慢吞吞擦腳。

床墊突然下陷，穆廷州上來了，拉開被子靠在床頭，耐心地等。明薇有點渴，擦完腳換上棉拖鞋，去書桌那邊喝水。習慣了黑暗，穆廷州勉強能看清她的身影，見女朋友喝完水終於過來了，穆廷州體貼地幫她掀開被子。

「謝謝。」明薇客氣地說，爬上來擺好枕頭，背對穆廷州躺下，心卻緊張著。

穆廷州靠過來，然後將幾乎緊靠床邊而躺的小女人抱到懷裡，讓她後背貼著自己的胸口，與此同時，穆廷州刻意讓腰部以下與她保持距離。第一次跟男朋友同床共枕，明薇全身緊繃，但身後的男人卻只是握住她的手，然後輕吻她的髮絲：「還有什麼話想說嗎？」

明薇搖頭。

穆廷州便親親她的臉側：「那就睡吧，晚安。」

明薇這才確定，穆廷州是真的想做君子，做一個細心體貼的男朋友。荷爾蒙刺激出來的緊張消失了，明薇的心軟得一塌糊塗，忘了羞澀忘了矜持，她轉身，依賴地鑽到他懷裡。穆廷州下意識放下左臂給她當枕頭，明薇蹭了蹭，調整好姿勢，抱著他的腰小聲道：「真好。」

穆廷州笑，摸摸她的腦袋，沒說話。

明薇心裡裝滿了對他的喜歡，還有即將分開的不捨，覺得這樣抱著還不夠，她想要穆廷州親她，想要穆廷州熱情強勢的吻，可這傢伙太不開竅，她都這麼主動了，居然還一動也不動。明薇咬唇，試著繼續往他懷裡縮，結果一不小心撞到了什麼了不得的東西！

明薇連忙後退，臉上火燒一般，旋即整個人都轉了過去，心砰砰亂跳，誰能想到他平靜的表面下藏著那麼一大塊礁石！

「睡了？」漫長的沉默後，穆廷州沙啞地問。

明薇低低「嗯」了聲。

「睡吧。」穆廷州替她蓋好被子，然後身體與她保持半臂距離，沒再試圖抱她。

黑暗中，明薇眨眨眼睛，偷偷笑了。穆廷州不碰她，她就忍不住覺得自己魅力不夠大，或是穆廷州不夠想她，剛剛切身感受到了穆廷州對她的渴望，明薇滿足了，美美地睡去，至於穆廷州在想什麼或是什麼時候睡著的，明薇毫不知情。

睡了不知多久，明薇好像聽到鬧鐘響，但很快聲音就消失了，明薇好睏，翻個身繼續睡。又睡了半小時，身上突然一重，明薇睏倦地睜開眼，透過柔和昏暗的台燈光，看到穆廷州的俊臉，他歪坐著，雙手撐在她兩邊。

明薇茫然地眨眼睛。

穆廷州摸摸她的眼角，低聲道：「四點了，起床吃早飯。」

明薇睏，還想再睡一下。

她賴床的模樣太可愛，穆廷州再也管不住自己，低頭要親她。明薇呆呆的，嘴唇被他碰觸，猛地反應過來，一把推開他，窘迫地捂住臉道：「還沒刷牙。」

穆廷州無奈笑：「那還不起來？」

明薇的睏意已經去了大半，尷尬笑笑，俐落下床去洗漱了。換好衣服走出臥室，意外發現餐桌上擺著兩份三明治，兩杯牛奶同樣冒著熱氣。意識到穆廷州起得比她更早，明薇感動極了，主動走到穆廷州面前抱住他：「真賢慧。」

穆廷州不愛聽這個詞，抬起她的下巴低頭索吻。

明薇昨晚就在期待這個吻，現在終於等到了，她情不自禁環住他的脖子，踮起腳迎接。她想，穆廷州比她更想，大手掐著她細細的腰，好幾次都險些失控，想不顧一切抱她去臥室的床上，做他夢裡夢到的事。

「滴滴滴……」

明薇的鬧鐘響了，擔心起不來，昨晚設了好幾個鬧鐘。

穆廷州艱難地鬆開她的嘴唇，手卻還抱著她。

明薇紅著臉打趣他：「是不是後悔了？」

穆廷州眸中情欲暗湧，抵著她額頭道：「回來給我。」

明薇別開眼，媚態橫生。

穆廷州再親她一口，這才牽著她去吃飯。親吻耽誤了很多時間，飯後穆廷州提起明薇的行李箱，兩人抓緊時間下樓。才四點多，公寓外面漆黑一片，穆廷州直接開明薇的車送她去機場，到了機場明薇不敢再冒險，說什麼都不許穆廷州下車。

穆廷州握著她的手，不讓她走。

天一點點亮了，再有半小時飛機就要起飛，明薇戴好墨鏡，主動親穆廷州臉龐：「我走了。」

穆廷州理智地放手。

明薇笑笑，拖著行李箱進了大廳。穆廷州同樣戴著墨鏡，靠在駕駛座目送她，直到看不到女朋友了，才拿起手機打電話。

機場大廳，明薇一邊前行一邊摸出手機，看到來電顯示，無意識地笑：「這麼快就想我了？」

穆廷州默認，補充道：『有話跟妳說。』

明薇安靜地等著。

『如果女人身邊註定需要一位男士，從今以後，妳生命中的那個男士角色，是我，只會是我，所以，其他男人是否珍惜妳，妳都不用在意。』

空曠的候機大廳，此起彼伏的行李拖動聲中，明薇聽見她的男人這麼對她說，傲慢張狂。

可她就是喜歡聽。

帶著這句典型的穆廷州式情話，明薇心情還算平靜地抵達機場，搭車回家，快到社區附近時她先打電話給穆廷州報平安，然後就一心惦記家人了。熟悉的社區闖入視野，跨下計程車那一瞬間明薇竟然生出一種「近鄉情更怯」的感觸。

但無論如何，這都是她的家。

明薇提著行李箱跨進電梯，一分鐘後，她站在了自家門前。看看腕錶，十點多了，門內安安靜靜。是不是出門了？明薇取出鑰匙，進門換拖鞋的時候，主臥傳來媽媽的聲音：「這麼早就回來了？」

熟悉的吳儂軟語，似江南三月的春風，不經意地吹到心間，勾起那裡最美好的記憶。

明薇做了一路的心理建設，她以為自己一定能穩住，然而只是聽到媽媽的一句話，明薇的眼淚就落了下來，怔怔地站在門口，視線模糊。江月在收拾東西，沒有得到帶著小女兒外出購物的丈夫的回應，疑惑地走了出來。

「薇薇？」見到本該明天回來的長女，江月先是驚喜，結果下一秒便看見女兒臉上帶著淚，無比可憐地望著她。

江月慌了，慌忙地跑過來，緊張地問女兒：「出什麼事了？妳先別哭，是被人欺負了嗎？」

對於子女來說，平時三分的委屈，見到親媽就會變成七分，現在明薇有十分委屈，被媽媽一問，明薇哭得更凶了，撲到母親懷裡嗚嗚哭。江月抱著女兒，後知後覺地記起一個人，她的臉白了，身體也開始顫抖：「薇薇，他、他是不是找過妳了？」

明薇哭著點頭。

江月聞言，美麗的眼睛無聲地落下淚來，擔驚受怕二十多年，終於還是沒能躲過這一天。

明薇聽到了不屬於自己的哭聲，抬起頭，看到捂著嘴哭的老媽，明薇頓時忘了自己的苦澀，連忙安慰起來：「媽妳別哭，不管我爸還認不認我，妳都是我媽，只要妳不嫌棄我，我就永遠是妳的女兒，我養妳一輩子。」

女兒會說話，江月又哭又笑，一邊抹淚一邊嗔女兒：「說什麼傻話，我跟妳爸疼了妳這麼多年，只怕妳知道後傷心，妳爸更是怕妳有了親爸忘了他，怎麼會不認妳。」

明薇呆住，難以置信地盯著老媽：「我爸知道？」

江月點點頭，看一眼房門，再看看不哭了的女兒，江月拍拍臉道：「走，我們去妳房間裡說。」

明薇丟下行李箱，迫不及待地挽著老媽去了臥室。

母女倆親昵地坐在床上，江月先問女兒與徐修見面的情形，大概瞭解後，她才不太好意思地講述她年輕時的經歷，包括徐修的趁虛而入，包括明強對她的小心呵護與照顧。

得知老爸對媽媽的深情，對她這個非親生女兒的真心寵愛，明薇一下子找到了主心骨。既然不用擔心被爸媽排斥，明薇終於有精力品評徐修了，憤憤道：「妳被人下了藥，我不信他看不出來，就是存心占妳便宜。」

典型的霸道總裁作風，但本質上依然是仗勢欺人。

江月嘆道：「不是他也會有別人，要怪就怪下藥的那個，怪我自己不小心。薇薇，這是媽媽的命，事後他沒糾纏我，我已經知足了，媽媽不恨他，也不希望妳恨他。妳要是覺得他好，私底下認了也沒關係，妳要是不喜歡他，那就別認，他家大業大，我們至少別得罪他。」

江月怕事，絕不希望女兒為了她抱不平而得罪徐修。徐修口口聲聲要認女兒，可女兒長這麼大他一次都沒抱過，能有幾分父女情？不過是一時新鮮罷了，這樣的生父，女兒要是真的觸怒了他，誰能保證徐修不會想法子教訓女兒？

反正江月對徐修沒信心，在她眼裡，徐修只是一個陌生的富豪。

「我才不認，我只有一個爸爸。」明薇抱住老媽，斬釘截鐵地道。

江月笑了，摸摸女兒哭腫的眼睛，想到丈夫，她又發愁了：「薇薇，妳爸知道我是怎麼懷上妳的，但我沒告訴他徐修的身分，怕他衝動去找茬，現在徐修要認妳，妳說，我該告訴他嗎？」

明薇想了想，猶豫道：「還是別說了吧。」對於老爸來說，徐修是欺負過他老婆的混帳，是要搶他女兒的小人，但徐修的身分擺在那，老爸絕無可能報復回去，那麼說出來，無異於在老爸面前樹立一座永遠翻不過去的大山。

這麼一想，明薇更肯定了，低聲囑咐老媽：「別說了，我肯定不會認他，我們就當什麼都沒發生過，繼續過自己的。」

江月也是這麼想的，如今女兒也支持她，江月懸了二十多年的心終於放下去了，語重心長地摟著女兒道：「妳爸爸最喜歡妳，對妳比橋橋還好，以後不許妳再胡思亂想，也不許妳嫌貧愛富，拋棄妳爸爸。」

「我爸一點都不貧，給我爸同樣的出身，說不定現在比徐家還有錢。」明薇哼道。

江月捏了捏女兒的小鼻子，心裡卻很滿意女兒對明強的維護。

母女倆剛解開心結，外面突然傳來明強驚喜的聲音：「薇薇回來了？我看到行李箱了。」

江月看女兒。

明薇嘿嘿一笑，丟下老媽衝了出去，嘴裡高聲喊爸爸。

第四十五章　風雨共存

除夕夜，吃完年夜飯，明薇一家四口坐在客廳看新年節目，氣氛溫馨。

每年新年節目都少不了幾個娛樂圈大明星，看到一個眼熟的女演員，明強轉向大女兒：「再過兩年，薇薇也能上這個了吧？」女兒比這幾個女星漂亮，演戲又那麼拼，拍出來的電視劇也好看，明強對女兒有信心。

明薇靠著老媽笑：「我努力！」

如果去年老爸這麼說，明薇一定會覺得上新年節目離她很遠，但經過今年，人氣高漲，明薇至少有了幻想的勇氣。

「欸，那個是陳璋吧？」鏡頭從觀眾席上掃過，江月忽然看到一個熟面孔，立即讓女兒看。

陳璋的鏡頭已經過去了，但明薇前幾天跟陳璋聊過電話，知道今年新年節目確實有陳璋，兩個節目後，陳璋果然與另外三個當紅鮮肉上臺合唱歌曲。江月一邊跟著節奏輕輕搖，一邊好奇問女兒：「穆廷州比他們名氣大多了，怎麼沒請他？」

女兒出道後主要合作過陳璋、穆廷州這兩個知名男星，江月都有特地瞭解過。

男朋友的名字就這麼從老媽口中說了出來，明薇心虛，忍不住瞥向妹妹。明橋與姐姐對視一眼，跟著若無其事地繼續盯著電視，明薇也連忙自然地猜測道：「應該邀請過，但穆廷州好像不喜歡這種曝光。」

江月點點頭。

明強警惕地觀察大女兒：「妳跟他真的沒關係？馬上又要合作《白蛇》了，他演許仙是不是又能占妳便宜？」《龍王》還沒上映，但官方放出過一張吻戲圖，明強看了覺得特別刺眼，一次、兩次專業親吻他能接受，但他擔心穆廷州那小子是存心要跟女兒合作，趁機接近女兒。

明薇嘟嘴，瞪著老爸道：「什麼便宜不便宜的，爸你能不能專業一點。」

知道老爸根本不介意她不是親生的，明薇雖然有點遺憾父女間少了血脈緣分，但老爸還是那個老爸，日常相處中明薇並未覺得哪裡不一樣，還是該撒嬌撒嬌，該抱怨抱怨。

「好好好，我們都專業。」明強笑著賠罪，末了發表了一下他對穆廷州的看法：「穆廷州確實有本事，什麼都玩得精，但他太傲了，看誰都不放在眼裡似的，跟這種人談戀愛女人多半要倒貼哄著他才行，薇薇妳千萬別被他的臉迷惑了，找男朋友要找老爸我這樣的，平時洗衣、做飯、端茶、倒水什麼都幹。」

一邊說著，一邊咧著嘴看老婆。

江月故作嫌棄地瞪他，明橋唇角上翹，明薇嘴上打趣老爸厚臉皮，心裡卻在想穆廷州。穆廷州確實傲，不喜歡她的時候，一句話都不屑多說，說了也都是氣人的，但有一點老爸看錯了，戀愛中的穆廷州暖著呢，一日三餐都包了。

思念起了頭，便再也剎不住，陪家人過了這麼多次除夕，這是第一次，明薇身在自家，心卻飛到了另一個男人身上。手機訊息時不時叮叮兩聲，大學好友、圈內朋友紛紛發來春節祝福，唯獨穆廷州一直沒有動靜，就連徐凜、肖照都傳了，而徐修的號碼早被明薇拉進了黑名單。

晚上十點多，明薇藉口睏了，先回了臥室。關上門，明薇走到書桌前，一邊開筆電一邊傳訊息給穆廷州，編寫了一則別人傳過來的內容。訊息已發送，穆廷州幾乎秒回：『一個人？』

明薇開玩笑：『跟我男朋友。』

穆廷州：『視訊。』

明薇看一眼門口，先調低音量戴好耳機，再接通男朋友的視訊電話邀請。

畫面出來了，穆廷州穿著一件黑色毛衣，所處房間與他的別墅裝修風格一樣，簡潔大方。心虛地打量完背景，明薇這才看向男朋友，卻對上穆廷州幽幽的注視，隔著螢幕，依然電力十足。明薇心慌，只看著他的胸口，聊些沒營養的日常：「伯父、伯母都休息了？」

穆廷州『嗯』，視線始終落在女朋友的臉上，見她又臉紅了，穆廷州忽然想起自家晚飯期間的一個話題：『我媽問我，準備什麼時候帶妳回家過年。』

明薇震驚地瞪大了眼睛看著穆廷州，半晌才反應過來，壓低聲音問：「你什麼時候告訴他們的？」兩人談戀愛還沒半年，穆廷州的消息上報得也太快了吧，這麼早就說了，拍攝《白蛇》時她與穆崇相處會不會尷尬？

『前幾天。』穆廷州簡單道，捕捉到女朋友豐富的表情變化，穆廷州挑了挑眉：『怎麼？妳不願意？我以為通知家長是對這段戀情重視的表現。』

明薇抱住抱枕，幽怨道：「我沒有不願意，只是開機後我怎麼面對伯父啊？」

穆廷州意味不明地笑了下：『不用擔心，我爸對劇組成員向來一視同仁，不把我當兒子，自然也不會把妳看成準兒媳。』

準兒媳……

明薇刷地紅了臉，心裡甜滋滋，嘴上小聲道：「女朋友是女朋友，未必就是未來的結婚對象。」

她說著氣他的話，下巴卻抵著抱枕，不給他看她可愛的臉。明知道碰不著，穆廷州還是情不自禁往前移了移，注視她似羞似惱的模樣道：『怎麼？妳計畫跟我分手？』

明薇慢吞吞搖頭，漂亮的大眼睛飛快地瞄了他一眼：「我沒那麼計畫，但以後的事誰說得准，也許哪天你會發現我有很多缺點，突然不喜歡我了，或是你遇見一位更有吸引力的優秀女士，立即移情別戀了呢。」

那瀲灩的眼神似兩根鉤子，準確地抓住了他的心，穆廷州喉頭滾動，目光落在了明薇紅潤的嘴唇上：『妳的笑容告訴我，妳並不認為我是那種人。』

明薇當然知道自己是怎麼想的，不需要他做心理分析。不滿意男朋友沒有任何含糖量的回答，明薇擋住鏡頭不給他看，自己卻光明正大地湊近螢幕，欣賞男朋友的表現。鏡頭中，穆廷州皺眉，低聲催她：『拿開。』

「不拿。」明薇忍笑說。

穆廷州抿唇，下一秒忽的又恢復如常，開始打字。

明薇好奇地等著，幾秒後，穆廷州傳了一行字過來：『我現在非常期待，妳求我的時刻。』

明薇看了幾遍，沒看懂：「什麼意思？」

視訊中，穆廷州意味深長地笑了。

明薇突然心跳加快，緊張地結束了視訊電話。

正月初七，明薇與妹妹同一天乘機返回帝都，T大還沒開學，明橋暫時住在姐姐這邊。住了兩晚，正月初九，也就是二月十三號這天早飯後，明橋毫無預兆地道：「等等我就回學校，有個室友已經返校了。」

明薇本能地勸妹妹：「還沒開始上課，多陪姐姐住幾天。」

明橋直接問她：「明天妳不過節？」

明薇噎住，心虛地垂下眼簾，昨晚穆廷州還非常不客氣地問她妹妹什麼時候回學校。

姐姐有自己的私人生活，明橋並不排斥，只是不想當妨礙姐姐與影帝約會的電燈泡而已。

飯後，明橋想叫計程車，明薇堅持親自送妹妹去T大，當晚穆廷州又問妹妹走了沒，明薇沒說，只發了一則動態：『妹妹學校附近的花店。』配圖是一張擺滿玫瑰的花店。

陳璋：『需要我送大小姐嗎？』

明薇回：『單身狗就不要互相傷害了。』

肖照：『我想送，就怕妳不要。』

明薇沒理他。她可以拉黑欺負過媽媽的徐修，面對客氣疏離的徐凜，明薇不回應便可，只有肖照，兩人原本是很好的朋友，明薇實在狠不下心刪除肖照好友，但目前也不想陪肖照插科打諢就是了。

穆廷州給她點了個讚。

明薇撇撇嘴，妹妹走了，這下他高興了吧？

第二天情人節，卻也是工作日，明薇這個演員也不例外。《白蛇》的戲服都準備好了，明薇在沈素的陪伴下去試裝，忙完隨沈素回了經紀公司，意外收到一大堆鮮豔的玫瑰花束，據說都是粉絲送的。明薇很開心，擺好玫瑰，拍了幾張照片，最後挑出最美的一張上傳社群，感謝粉絲們的熱情。

上傳完照片，明薇坐在沈素的辦公室，一一拆看玫瑰花束中附帶的卡片。

在一堆粉絲卡片當中，明薇發現了一個異類：

祝我的公主無憂無慮，享受每一天。

From：一位並不受歡迎的X先生。

明薇咬唇，想到徐修在那則簡訊的結尾，曾自稱「尚未得到名分的徐爸爸」。類似的字眼，相同的語氣，再看面前這一大捧包裝奢華的三百六十五朵永生玫瑰，明薇並未感受到任何父愛，只覺得反感。

父女情是日積月累處出來的，是生病時老爸對她的呵護照顧，是暴風雨天老爸親自到學校接她回家，是她遇到挫折時老爸送的哄女兒開心的玫瑰。如果徐修以為他說幾句祝福、送幾朵進口玫瑰就能白白得到一個女兒……

「這捧扔了吧。」明薇對助理小櫻說。

小櫻沒有多問，抱起玫瑰花束出去了。

明薇與沈素聊了一會兒工作，下午四點左右開車返回公寓。下車前，明薇看看手機，穆廷州沒有任何訊息，但明薇有種預感，這傢伙可能已經偷偷溜到公寓等她了，畢竟他有她的公寓鑰匙。

到了樓上，明薇儘量放輕動作推開門。

玄關靜悄悄的，客廳能看見的地方也沒有二十多天未見的男人身影，地上更沒有明薇幻想中可能會有的玫瑰花瓣。明薇有點失望，說不清是因為玫瑰花還是沒看到人，只是當她帶上門跨進玄關，忽然聽到洗手間傳來一陣水聲。

明薇眼睛一亮，飛快換好拖鞋往裡走，瞥見洗手間的門關著，明薇下意識放輕腳步，到了門口，她頓了頓，然後像上次穆廷州嚇唬她那樣，突然敲門。

「咚咚咚」三聲，在安靜的房間異常突兀。

明薇收起手，想像穆廷州被嚇到的表情，她忍不住笑了。

房門忽地從裡面拉開，明薇笑著抬頭，卻意外撞見一堵結實健壯的男人胸膛！高高大大的影帝，只在腰間圍了一圈浴巾，下面兩條大長腿半遮不遮的！

「你……」

震驚過後，明薇轉身，逃跑似的躲去了主臥。

望著女朋友逃竄的背影，穆廷州一邊擦頭髮一邊淡笑道：「我化妝過來的，必須洗澡。」

明薇聽見了，但這個解釋並不重要，因為她的大腦已經完全被穆廷州半裸的身體占據。他還在滴水的黑色短髮、被水蒸氣熏紅的俊美臉龐、深邃的眼眸、線條硬朗的下巴、過分誘人的鎖骨、整齊結實的八塊腹肌，還有那雙有力的大長腿……

真的不是故意來色誘她的嗎？不然為什麼不等穿好衣服再開門？

明薇捂住臉，緊緊閉著眼睛，試圖揮散穆廷州的身影。

門外傳來腳步聲，明薇緊張到全身僵硬，確定門已經反鎖，才屏住呼吸，等他開口。

「我先準備晚飯？」穆廷州停在門前，平靜地問，稀鬆平常的語氣，彷彿並不知道今天是什麼日子。

明薇胡亂「嗯」了聲，回想客廳布置，真的一朵玫瑰都沒有。人生中第一次有男朋友陪著過情人節，卻沒有收到玫瑰，明薇說不失望那是假的，好在闊別多日的男朋友在身邊，那些錦上添花的東西，沒有就沒有吧。

默默安慰自己一番，明薇進洗手間洗臉，然後換了一身休閒家居裝。其實明薇提前選好今晚穿哪件裙子過節了，但穆廷州都沒特別準備，她自己穿得那麼正式太尷尬了。

走出臥室，明薇去廚房找穆廷州，穆廷州正在煎牛排，滋滋滋的聲音，格外勾人食欲。

好吧，看在美食的分上，明薇決定不計較男朋友的不浪漫了。

「拍戲那麼忙，你哪來的時間學廚藝？」掃一眼她曾經抱過並享受抱著的男人窄腰，明薇故意站在穆廷州身邊問。

「按照食譜做並不會占用太多時間。」穆廷州對著自己尚未完成的作品說。

明薇輕輕哼了聲，人與人之間的差距，有時候就是那麼大啊。

「抱我。」耳畔，他突然低聲說，簡短的兩個字，像命令。

明薇驚訝地看他，穆廷州側臉俊美，神情專注地盯著鍋裡的牛排，彷彿沒說過話。就在明薇覺得自己幻聽了的時候，穆廷州騰出一隻手，將她拉到了身後。明薇偷偷笑，腦袋先貼上去，再貪婪地抱住自己的男朋友。

親密地抱著，但誰也沒有言語，穆廷州專心準備兩人的晚餐，明薇閉上眼睛，享受地聞他的味道。偶爾穆廷州要去拿調味料，明薇也不鬆手，亦步亦趨地抱著他走，戀愛期間做什麼傻事都覺得甜蜜。

牛排、配菜都做好了，穆廷州留在廚房收拾，明薇心情愉快地端菜擺菜，然後遺憾地嘀咕道：「可惜我這邊沒有紅酒……」

「我買了。」穆廷州走出廚房，朝她舉起手。

看到他手裡的紅酒，明薇笑得特別燦爛。

這是一頓與明薇預料的完全不一樣的情人節晚餐，沒有筆挺的西裝與華麗的長裙，沒有浪漫的燭光與鮮紅的玫瑰，也沒有纏綿動人的情話，但穆廷州就坐在她旁邊，他什麼都不用說，就那麼優雅地坐著，慢條斯理地用餐，她便心滿意足。

情人節，心儀的情人才是最重要的。

吃完晚飯才六點多，身為明星，外出約會簡直是奢侈，然而困在房間可做的事情又太少，明薇只能提議看電影。穆廷州不置可否，率先坐在沙發上等著，明薇挑了一部沒有任何曖昧暗示的動畫電影，播放後自然而然地靠著穆廷州坐了。

在這一刻，明薇真的很放鬆，畢竟從見面到現在，除了厚臉皮秀身材，穆廷州沒有任何熱情舉動。

眼睛盯著液晶螢幕，明薇腿上忽地一重，是穆廷州的大手壓了上來。

身體保持不動，明薇的心卻陡然提到了半空中，不是吧，連親吻都沒有，直接摸大腿了？

一邊不相信穆廷州會那麼低俗大膽，明薇一邊僵硬地低頭，卻見穆廷州默默收回手，只留了一個包裝精美的長條禮盒在她腿上。意識到這就是她的情人節禮物，明薇努力咬住嘴唇內裡才沒有笑出來，故作不解問：「這是？」

「據說情人節不送禮物的男士，未來被甩的機率非常高。」穆廷州用講解科學的語氣說。

明薇瞪他，抱著禮盒轉身，背對穆廷州拆禮物。去掉包裝，裡面是個奢侈的首飾盒，上面印有某國際名牌商標。明薇身為女人的那部分虛榮心得到強烈的滿足，期待地打開首飾盒，然後便看見——一朵玫瑰花，一朵紅寶石雕刻而成的深紅色玫瑰，再用銀鏈串成一條華麗的項鍊，在客廳明亮的燈光下，熠熠生輝。

明薇看癡了。

穆廷州從後面抱住她，雙手繞過明薇，拾起項鍊要幫她戴上。

明薇屏氣凝神地等著。

穆廷州撥開她的頭髮，扣好項鍊，下巴抵住她的肩頭，一手擺正玫瑰吊墜在她胸口的位置：「這朵玫瑰，永遠不會凋謝，一如我對妳的愛。」

情人節的晚上，玫瑰花送了，甜言蜜語也說了，剩下的事情，亦如水到渠成。

穆廷州再次撥開明薇耳邊的長髮，低頭，輕輕地親她緋紅的側臉、耳垂、脖子……

每一次碰觸都像印了一點火在她身上，明薇閉著眼睛，心撲通撲通亂跳，全身被荷爾蒙控制，大腦再也無法思考。電視上還在播著動畫電影，卻絲毫無法吸引兩個觀眾，明薇隨著他的動作微微歪頭，露出更多的脖頸肌膚給他。

這樣的姿勢終究還是不方便，穆廷州轉過明薇，她羞澀地閉著眼睛，長長的濃密睫毛投下兩小片可愛的陰影。秀氣的鼻尖上冒了汗珠，臉蛋紅得像新開的桃花，白裡透著粉，嫵媚開始壓倒清純。女朋友太美，穆廷州看得移不開眼，指腹輕輕摩挲她的臉龐，熱得發燙。

穆廷州也熱，熱得吻住她的嘴唇，那想了快一個月的唇。

他高大的身體壓過來，明薇無意識地往後倒，靠在沙發上，被迫迎接他熱情的唇舌。紅酒的味道在兩人中間傳遞，明薇不知不覺中好像有點醉了，左手臂被壓得不舒服，明薇順從本能抬手抱住他的肩膀，兩手都抱住。

小小的舉動鼓勵了他，穆廷州胸膛壓著她，雙手挪到她的毛衣下擺，猶豫幾秒，不緩不急地伸向裡面。他的手很熱，但與明薇腰上還是存在溫度差，微微的涼意讓明薇從意亂神迷中驚醒，她羞澀地攔，碰到他結實手臂，試著用力往外拉，他分毫不讓，反而直接攀山越嶺，占據了高地。

不久前才被他擺正位置的紅寶石玫瑰吊墜一下子歪了，明薇窘迫地扭頭，嘴唇卻逃不過他的追逐，她應接不暇，他卻能一心兩用，雙手繞到她的背後，要解她的肩帶。可智商再高的男人，對於沒有接觸、沒研究過的東西都會手生，才耽誤一秒他的呼吸就重了起來。

明薇又緊張又想笑，心慌意亂地等著，旁邊突然傳來熟悉的手機鈴聲。

宛如被人撞破壞事，明薇下意識推他，卻被穆廷州壓牢，順手解開了釦子。

「電話……」明薇捂住衣襟，囁嚅著說，臉通紅通紅。

穆廷州幽幽看她一眼，一手仍然待在她的毛衣裡面，伸出另一手去拿手機，瞥見「A爸爸」三個字，穆廷州皺了皺眉。換個人，包括明薇親妹妹，他都不會把手機給她，但「A爸爸」不一樣，得知明薇的身世後，不管這位是哪個爸爸，穆廷州都不能擅自做主。

「快點。」穆廷州暫且鬆開她，目光落在她捂著胸口的手上。

迎著男人惡狼似的注視，明薇不敢看他，抓起一個抱枕塞懷裡，挪到沙發另一邊接電話。

『今天情人節，薇薇怎麼過的？』明強中氣十足的聲音清晰地傳了過來。

明薇儘量自然地道：「一個人過唄，橋橋非要回學校，讓她在這邊多住兩晚她都不願意。你們呢，是不是又帶我媽出去浪漫了？」

『剛吃完飯，妳媽非要看歌劇，我都看不懂，等等她看，我睡覺。』明強大咧咧地說。

明薇笑，瞄眼那邊對她虎視眈眈的男人，明薇硬著頭皮道：「那你們快去吧，我繼續看電影。」

明強並不著急，擔心女兒一個人過情人節太寂寞，繼續找話題聊。老爸這麼熱情，明薇找不到機會打斷，她也不好意思，怕穆廷州以為她急著繼續。聊了大概五分鐘，穆廷州突然靠過來，一句話都不說，直接抱住明薇親耳朵，明薇慌了，不得不勸老爸：「好了，你們倆快過節去吧，路上慢點開車。」

明強這才掛了電話。

穆廷州一把搶過明薇手機，設定成了靜音。

可經過老爸這一打岔，明薇後知後覺地意識到了幾個問題，她白天忙了一天，試裝時出了很多汗，還沒洗澡，而且地點也不對啊，第一次怎麼能在沙發上……

縮在沙發角落，明薇抱著抱枕拒絕穆廷州靠近，埋著頭道：「我、我想先洗澡。」

「我不介意。」穆廷州啞聲說。

明薇紅著臉抬頭，瞪他，又不是不給他，有必要猴急成這樣嗎？

穆廷州看懂了女朋友的嫌棄，抿抿唇，然後往後挪出了位置。

明薇抱著抱枕跑了，背後空蕩蕩的。

穆廷州坐在沙發上，黑眸盯著女朋友的背影，看到她關了主臥門，但並沒有反鎖聲。穆廷州喉頭滾動，屬於雄性的本能叫囂著讓他追過去，但他剛剛已經因為心急被女朋友鄙夷了，回想影視劇中那些急色的低俗男人形象，穆廷州選擇留在客廳，一個人看電影。

看著看著，穆廷州關了電視，背靠沙發閉目養神。

客廳很靜，靜地他能聽見主臥傳來的細微水聲，水聲停了，穆廷州手指微動，水聲繼續，他薄唇抿緊。

主臥，明薇耗費半小時，認認真真仔仔細細清洗了身上每一個角落。洗完了，明薇慢吞吞擦乾，然後換上一件淺粉色細肩帶真絲睡衣。鏡子上凝結了一層水霧，明薇摸摸脖子，一下子猶豫要不要穿這件睡衣，一下子又想……讓穆廷州看到一個漂漂亮亮的她。

站了不知多久，明薇拍拍臉蛋，然後鼓足勇氣，拉開浴室的門。她微微低著頭，不敢想像穆廷州此時的眼神，然而視線一點一點挪過去，一點一點環視一周，卻並沒有看到穆廷州的身影。明薇覺得很奇怪，就在此時，聽到客廳傳來男人的腳步聲。

明薇慌了，一鼓作氣，再而衰三而竭，她第一鼓的衝動勁已經過去，現在……

明薇飛快跑到床頭，先「啪」地關掉燈，再泥鰍般鑽進被窩，整個人都埋在裡面。

穆廷州推門而入，看到滿室黑暗，在門口站了一會兒，他返回去關掉客廳燈，然後重回主臥，進門第一件事，關門，第二件事，開燈。房間亮了，穆廷州直接看向床上，那裡鋪著她粉紅色的被子，乍一看平平整整，差點以為裡面沒人。

但穆廷州注意到了一團不起眼的隆起，那裡面一定躺著他膽小如鼠的女人。

穆廷州徐徐走了過去，每一步都很穩，目光卻一直盯著大床中間的女朋友，離得近了，她好像緊張地動了動。穆廷州笑，停在床邊，掃一眼地上的拖鞋，然後無聲無息抓住被子一角，頓了頓，猛然扯開。

明薇萬萬都沒料到穆廷州會直接掀被子，身體驟然暴露在外面，還是穿著特地挑選的睡衣，明薇驚呼著睜開眼睛，恰好對上穆廷州那雙幽深漆黑的眸子。他也沒料到會看到這樣活色生香的一幕，嬌嬌小小的年輕女孩蜷縮著躺在那，水汪汪的眼睛驚慌失措地望向他，雙手本能護住胸口，卻擋不住那雙修長白皙的美腿。

他看得眸色更深，明薇臊極了，爬起來要去搶被他扯出老遠的被子。

穆廷州反應過來，隨手將被子甩得更遠。

明薇急了，紅著臉叫：「給我……」

撒嬌抱怨的聲音，抱怨他胡鬧，害她如此丟人。

穆廷州故意曲解她的意思，大手鬆開被子，直接撲到她身上，雙手分別攥住她手腕舉到頭頂。燈光之下，她緊張得輕輕顫抖，水盈盈的眼對上他的馬上就移開，咬著唇試圖掙開手：「你、你把被子拉上來。」

她想循序漸進，想從最單純的吻開始，突然就這樣，明薇有點承受不住。

「沒必要。」穆廷州看著她羞紅的臉，低聲說。

明薇嘟嘴：「可……」

話未說完，他猛地親下來，比以前的任何一次親吻都急。明薇先是驚嚇，等反應過來時，已經澈底沒有拒絕的機會。他的大手用力攥牢她的手腕，薄唇熱如火，燒在她的唇舌上，燒在她的臉頰上，然後沿著耳朵，朝下蔓延。

明薇緊緊咬著嘴唇，但最後還是發出了聲音。

他是影帝，是高智商精英，他會做木雕、會畫畫、會廚藝，幾乎無所不能。但他從來沒有碰過女人，遇到明薇之前，他也沒有對女人產生過興趣。如今，他認定的女孩沒有任何遮攔地躺在自己的懷裡，如花似玉，穆廷州好奇每一處也傾慕每一處，所以在他看過的每一處都留下了熱情的吻。

明薇被他親哭了，雙手抓著男人硬刺的短髮，求他別這樣。

穆廷州置若罔聞。

明薇魚似的扭來扭去，甚至試圖用腿踢他，穆廷州卻強勢地按住她，直到明薇捂住嘴，不受控制地好一陣打顫。

「以後我讓妳做什麼，還會故意跟我對著幹嗎？」穆廷州爬上來，一手撐著身體，一手撥開黏在她臉上的碎髮，看著她汗濕的小臉問。

明薇不肯輸了氣勢，倔強地扭頭。

穆廷州親親她的臉，身體突然向前一壓。

明薇猛吸了口氣，剛剛軟成水的身體瞬間僵硬如冰，小手哆哆嗦嗦地抱住他肩膀，聲音也碎了：「別、別……」

別什麼？穆廷州沒給她機會說。

抓住明薇手腕重新舉到頭頂，穆廷州憋了一晚的火，在此刻澈底失控，露出曾經深深隱藏的礁石，一次次衝擊她這艘豆腐做成的小船。她慌亂無助，在風暴中起起伏伏，驚恐痛苦之後，竟慢慢找到了與風暴共存的節奏。

天亮了，大亮，然而拉得嚴嚴實實的窗簾，盡職盡責地擋住了所有陽光。

房間裡有人走動，進來了又出去，不知重複了多少次，當腳步聲再次離開臥室時，明薇醒了。眼睛好不舒服，又乾又腫，明薇揉了揉，習慣地翻身，腰間忽的傳來一股痠痛，比生理期第一天還痠！

明薇頓住，意識清醒，昨晚的一幕幕也清晰了起來。穆廷州緊扣她腰的大手，不知疲倦地出入，他響在她頭頂的沉重呼吸，以及最後一聲壓抑的克制悶哼。一次也就罷了，可他不是人，短短一個晚上，就像一臺定時啟動的機器，明薇根本記不得一共被吃了幾次，只記得穆廷州在她耳邊喊了無數次「薇薇……」

清醒的時候，他根本就沒叫過她薇薇。

明薇拉起被子，結果被子裡依然殘留昨晚留下的男人味道。

明薇趕緊露出腦袋，臉頰通紅。

腦袋裡亂糟糟的，全是少兒不宜的畫面，房門突然被人推開，明薇嚇了一跳，想也不想立即閉上眼睛，一動也不動。穆廷州推門進來，視線投向床上，瞥見女朋友紅彤彤的臉頰，他唇角上揚，一步一步走到床前坐下。

明薇屏氣凝神，大氣都不敢出。

「午飯快好了。」對峙三分鐘，穆廷州好笑地俯身，親她光潔的額頭，「起來吧。」

明薇拉好被子，慢慢睜開眼睛，看到他神采飛揚的俊臉，再感受自己身上的痠痛，明薇又羞又惱火，閉上眼睛道：「起不來。」他是享受了，可憐她這塊被耕了好幾遍的田，元氣大損，明知道她是第一次還那麼狠，一點都不體貼。

穆廷州比明薇更清楚她身上的情形，由衷道：「抱歉，昨晚失控了。」

明薇不想聽，拉起被子蓋住腦袋。

穆廷州很想躺下來再抱抱她，但鍋裡煮著湯，必須看著。

「我去做飯，妳再躺一下。」摸摸女朋友的腦袋，穆廷州又走了。

只剩她一個，明薇臉上的熱度慢慢褪去，昨晚運動量太大，早飯也沒吃，一聽穆廷州提吃飯，明薇的肚子便咕咕叫。雖然身體很痠，但還是要起來的，明薇揉揉腰，掀開被子艱難地坐正。坐好了，明薇好奇地看向床上，就見新換不久的淺色床單髒了幾小塊……

明薇臉紅又懊惱，早知道該墊點東西的，不知道還能不能洗乾淨。

適應了一會兒，明薇捲起床單，姿勢彆扭地去了浴室。床單、內衣塞進洗衣機，明薇揉揉頭髮，脫了睡衣淋浴。身上全是穆廷州留下的痕跡，公眾面前高冷禁欲的男人，到了她這邊簡直像變了一個人。

那Size，明薇都不知道自己是怎麼熬過來的。

打個激靈，明薇連忙將穆廷州甩出了腦外。

等洗完出來，穆廷州的午飯已經做好了，見明薇頭髮濕著，穆廷州主動提議幫忙吹頭髮。

明薇垂著眼簾將吹風機給他，坐在椅子上等著。

明薇的頭髮又細又軟，順滑潤澤，穆廷州的手指在她髮間穿梭，腦海裡卻是昨晚明薇小手抓著他頭髮的情形。靜默的氣氛刺激曖昧念頭滋生，穆廷州看看她側臉，低聲道：「昨晚，妳感覺如何？」

其實昨晚就想知道她的感受，可惜她的身體太弱，他收拾殘局的那一下子，她竟然累到睡著了。

「沒感覺。」明薇硬邦邦地說，大白天的，誰要跟他交流這個。

穆廷州知道她在說氣話，既然她不高興，便暫且先不提。

午飯很豐盛，穆廷州做了四菜一湯，明薇吃得很滿足，只是嚴重缺乏睡眠，吃飽喝足了，明薇又睏了。在沙發上坐了一會兒，明薇打個哈欠，扭頭對穆廷州道：「我去午休，你隨便幹點什麼吧，有事先回去也行。」

「我陪妳。」穆廷州跟她一起站了起來，神色平靜。

明薇警惕地斜了他一眼。

穆廷州正色保證：「單純午休。」

明薇半信不信，哼著威脅道：「這是你說的，做不到今晚就回去。」

穆廷州沒接話，忽地托住她的肩膀將人打橫抱了起來。明薇心慌，剛要罵他，穆廷州低頭親了一口：「昨晚累到妳了，我抱妳進去。」

明薇咬牙，紅著臉別開眼。

一分鐘後，穆廷州慢慢將明薇放到了床上，身體自由了，明薇立即移到床的另一側，將一床被子都捲到她那邊，背對穆廷州道：「你把次臥的被子拿過來，我們井水不犯河水。」

「我不用蓋被子。」穆廷州直接躺她旁邊，面朝她說。

明薇真的很睏，反正房間暖和，不蓋被子也不冷，也就不管穆廷州了，閉上眼睛睡覺。

睡了沒多久，身上的被子好像被人扯了下，淺眠狀態下的明薇混混沌沌的，直到被人摟到懷裡，明薇才反應過來，嘟囔著推他：「我睏……」

「妳睡妳的。」穆廷州幽幽地說，嘴卻堵住了她紅紅的唇。

明薇抗議，抗議被他霸道鎮壓，手按著她的手，下巴往她的領口蹭。

明薇有點被他撩到了，可也是真的很累，加上還沒有完全恢復過來，便好言好語地跟他商量：「晚上吧？」

「現在。」穆廷州拽她的毛衣。

明薇抬手阻攔，態度堅決。

穆廷州看看她，鬆開手，埋到她脖頸道：「距離《白蛇》開拍還有半個月，我們該珍惜這段時間。」

明薇不以為然，小聲嘟囔道：「跟《白蛇》有什麼關係？」現在兩人要偷偷見面，真的進組了，連續四、五個月住在同一家飯店，約會只會更方便。

穆廷州親親她的臉，無奈道：「拍攝期間，我可能挑不起妳的性趣。」

明薇不懂了，扭頭看他：「為什麼？」因為工作忙？這人是不是太低估他的雄性魅力了？

穆廷州與她對視片刻，忽然用頭頂蹭了蹭她下巴，簡短提示：「我也演法海。」

法海……

明薇腦中頓時浮現出一個老和尚的模樣，再看看男朋友一頭烏黑濃密的短髮，幸災樂禍地笑了，一本正經地拍拍穆廷州肩膀，安慰道：「穆老師放心，你的顏值高，變成和尚，也是高顏值的和尚。」

穆廷州是個專業的演員，既然角色要求他剃頭，他就會沒有任何心理障礙的接受，何況他是個男人，並不在意別人如何評價自己的外貌形象。但現在他是有女朋友的人，穆廷州擔心明薇會介意他的光頭。

「妳的意思是，我留光頭，不會影響我們同居的次數？」抬起頭，穆廷州盯著明薇問。

明薇：「……」

到底會不會，她也沒把握啊，萬一穆廷州光頭的樣子太搞笑，強行開車可能中途笑場翻車也不一定。

穆廷州讀懂了她的答案，既然她可能會嫌棄，那便珍惜現在。

捧住她的臉，穆廷州繼續剛剛的吻，明薇一開始還在笑他光頭的問題，漸漸的被他的熱情感染，明薇不睏了，雙手勾住他的脖子，羞澀地配合。兩人的衣服一件一件被穆廷州丟到地上，床上的溫度也越來越高。

明薇還是不太適應，輕輕吸了口氣。

昨晚剛飽餐一頓，穆廷州不再急切，頓住，親吻她臉頰，無聲且溫柔。

明薇發白的臉龐慢慢紅潤起來，穆廷州的高智商與超強的身體協調能力在這種事上也得到了完美體現，明薇迅速從苦主變成了贏家，在他懷裡嫵媚生姿。

漫長的親密結束，明薇趴在穆廷州胸口，慵懶無力。

穆廷州有一下沒一下地繞著她的長髮，看著明薇滿足的眉眼，他低低道：「是不是相見恨晚？」

明薇在心裡罵他無恥，嘴上冷笑：「相見早了也沒用，你二十四的時候，我還未成年。」

穆廷州無言以對。

明薇得意地笑，笑容還沒完全漾開，穆廷州突然翻身，眨眼就把她壓在下面了。明薇一下子慌了，怕他動真格的，乖巧討好：「我開玩笑的，睡吧，真的睏了。」

她笑得乖巧，穆廷州用目光描繪她的眉眼，情不自禁想像她十六、七歲時的樣子，一定是個活潑愛笑的高中生，走到哪裡都會成為一群毛頭小子的焦點。

這麼一想，他真的覺得，與她相見恨晚。

但穆廷州沒有告訴她，親親她清秀的眉毛，翻身躺好，將她撈到懷裡抱著，一起睡覺。

逍遙了三夜，年後同居第四天，穆廷州終於被肖照的電話叫走了，兩個都是大忙人，又逢新劇開拍在即，並沒有太多私會時間。

半個月後，《白蛇》在杭州開機，這才再次同框。

第四十六章　白蛇

為了掩人耳目，明薇故意晚穆廷州一天抵達杭州，走出機場上了保姆車，明薇靠著椅背傳訊息給穆廷州：『下飛機了。』

穆廷州：『恭候多時。』

四個字，撩得明薇心尖癢癢。

高速公路、市區都塞車，明薇傍晚七點多才到酒店，剛下車，附近就有粉絲認出她了，興奮地過來要簽名。明薇面帶微笑，幾乎來者不拒，好在酒店這邊粉絲並不多，五、六分鐘後明薇順利進了電梯。

助理小櫻一直將明薇送到房間才下樓去自己的房間。

明薇關上門，正猶豫要不要通知穆廷州她已經入住了，穆廷州的電話便來了。

情人節那三晚，兩人曾親密無間，但小半月的分離沖淡了那短暫的熟悉感。猜想穆廷州可能會說的話，明薇心怦怦跳，緊張地將手機舉到耳邊。

『開門。』

熟悉的低沉聲音，熟悉的簡短俐落。

明薇又想他，又怕他，小聲解釋：「我跟小櫻約好八點一起吃飯。」只剩半小時，她想洗個澡，上下飛機都遇到粉絲圍堵，坐飛機又那麼累，明薇現在最想做的就是洗澡。

『不會耽誤妳。』穆廷州幽幽地說。

明薇腦海中的小天平不受控制地朝男朋友傾斜，「嗯」了聲，一邊維持通話一邊去開門，隨即馬上往回走。通話還在繼續，明薇聽到穆廷州的關門聲，一秒、兩秒、三秒，明薇這邊的房門被人推開。

明薇背對門口掛斷電話，很想裝得自然，但就是不敢回頭。

戀愛就是這麼奇怪，沒確定關係前還能大大方方相處，不高興就給他臉色看，戀愛了，再跟他同處一室，周圍的氣氛便全變了，像有無形的火，溫溫柔柔地烘著她。但這溫柔的火中，突然伸出來一雙灼熱的大手，抱住她的腰，燙得她的心跟著顫抖。

他收緊雙臂，明薇立即撞到他的胸口，他低頭親吻她的脖子。

這樣的親吻像迷藥，一點一點侵蝕她的理智，明薇反手按住他的頭，白皙手指探進他依然尚在的短髮。他繼續親，明薇一邊躲一邊底氣不足地勸阻：「等等還要吃飯……」

「很餓？」穆廷州問，灼熱的呼吸吹在她耳上。

明薇只是一點點餓，但還是點點頭。

「我也餓。」穆廷州這麼說，然後就在明薇竊喜暫且可以避免被他吞了時，穆廷州突然抱住她的腿，將她高高舉了起來。明薇「啊」地驚叫，看不到穆廷州的臉，只看見中間的大床離自己越來越近。男人的意圖太明顯，明薇羞惱地拍他結實手臂，低聲罵他：「你就不能多等兩小時？」

「不能。」停在床前，穆廷州直接將明薇丟到床上。

床墊柔軟，明薇摔得不疼，但她被穆廷州這狂野的做派嚇到了，雙手撐床剛要起來，身上突然一重，那一百九十公分的人肉引擎全面壓了下來。明薇試著掀開他，卻被穆廷州烙餅似的翻了個面，沒等明薇看清楚，嘴唇就被他吻住了。

「晚餐」時間有限，穆廷州精確安排，一分鐘不到，明薇便成了被剝皮的糯米粽子，一塊純白的不含任何配菜的粽子，賣相誘人，但吃起來還缺點味道。穆廷州喜歡吃肉粽，所以他緊緊按著明薇這顆糯米粽，快速又精準地幫她加餡。加餡料也是技術活，必須讓糯米完全包住才行，不然露在外面，不好看。

他確實是精準的機器，流水線生產般不知疲倦，然而他只有一顆糯米粽子，看著顫巍巍彷佛隨時可能被晃散的糯米粽，穆廷州雖然有些不忍，但還是死死按住她，盡職盡責地履行著他的職責，加餡，加得快、準、狠。

明薇這顆粽子澈底殘了，廢成一灘米水，嗚咽著捂住臉。

旁邊手機再次響起，穆廷州抱緊他的白粽子，給了最重要的一擊。

明薇的粽子皮都要被他撐破了……

「還去吃飯嗎？」穆廷州埋在她腦側問，意猶未盡地親她耳朵。

明薇狠狠掐了他一把，掐在他汗淋淋的肩膀上。

穆廷州閉著眼睛笑，俊臉躲在她長髮中，掩飾了濃濃的饜足。

鈴聲斷了，再次響起，明薇推穆廷州，穆廷州繼續留戀了幾秒才離開，視線下移，明薇已眼疾手快拉好被子，整個人都躲了進去，腦袋也蒙著，免得看見不該看的東西。穆廷州先去拿手機，然後坐在床邊遞給明薇：「妳的助理。」

一隻小手從被窩裡探了出來。

穆廷州笑著放上去。

「你別說話，別發出任何聲音。」明薇悶悶地警告道，翻個身，背對穆廷州接電話。

穆廷州連續抽了幾張紙巾，默默地收拾，聽她讓助理先去餐廳，自己十分鐘後到。穆廷州已經讓女朋友失約了一次，此時吃飽喝足，穆廷州不想再浪費明薇的時間，等明薇掛斷電話，立即轉身將明薇撈到懷裡，順手扯開被子。

明薇面紅耳赤。

「我抱妳去洗澡。」穆廷州低低解釋一句，不容拒絕地抱她去了浴室。一個淋浴間淋兩個人，身體不可避免地發生碰撞，眼看穆廷州又「情難自已」了，明薇急著跑出去，抓起浴巾躲到門外擦拭。

穆廷州沒追。

三分鐘後，明薇換了一身休閒裝，剛被愛情滋潤過的她臉頰紅撲撲的，大眼睛水盈盈動人，如果馬上與穆廷州同時出門，絕對會被人猜到兩人做了什麼。

「我先下去，你走時小心別讓人撞見。」喝了半杯水，明薇聲音還有點啞。

穆廷州點頭，坐在床上，目不轉睛地看著她。

明薇紅著臉轉身，抓起包，走到門口又冷靜一分鐘，這才拉開房門。跨出去，明薇本能地觀察左右，見走廊沒人，明薇鬆了口氣，輕輕帶上房門，故作從容地走向電梯。

明薇離開不久，她左側的套房，有人不緊不慢地走了出來，然後靠在對面走廊上，耐心等待。一分鐘、兩分鐘，隨著一聲輕響，明薇房間的門開了。肖照繼續懶散地背靠牆壁，黑眸透過眼鏡，敏銳地觀察穆廷州。

剛做完一番激烈的「健身運動」，穆廷州白皙的臉龐也泛了紅，但他比明薇鎮定多了，看到肖照，隨手關上房門，面無表情，不知道的還以為那是他的房間。

「三十五分鐘。」肖照看一眼手錶，別有深意地盯著穆廷州：「聊什麼聊了這麼……久？」

最後一個字，咬得特別重。

穆廷州目光變冷。

肖照見好就收，站直了，恢復正常語氣道：「走吧，餓了半天了。」

知道明薇晚上抵達酒店，穆廷州計畫與明薇一起用晚飯，身為男方的經紀人兼女方的親哥，肖照也在等這頓飯。

穆廷州看他一眼，面無表情走了。一個是好友，一個是女朋友，既然明薇不反感與肖照接觸，穆廷州便決定置身事外，繼續把肖照當朋友，同時正常與明薇戀愛，至於兩人最後會發展成什麼關係，穆廷州不插手。

樓下自助餐廳裡，明薇跟小櫻已經挑好了位子，她們來得晚，餐廳的客人本就不多，就算有人認出明薇，也禮貌地沒有選擇在這個時候打擾明薇用餐。

「薇薇，快看！」小櫻突然興奮地道。

明薇心裡有數，抬頭，果然看見穆廷州來了，但明薇並未做好晚飯期間會遇見肖照的準備，對上肖照溫文爾雅的笑容，明薇默默低頭，不反感也不熱情。徐修與母親那一晚，母親不是自願的，徐修所為是人品問題，明薇不想認，也不想與肖照走得過近，讓徐家人覺得她對徐修的拒絕只是欲迎還拒。

肖照沒有錯，但她與肖照真的不適合再做朋友，相信肖照能理解她，知道她沒有惡意。

都是熟人，穆廷州、肖照光明正大地坐到了兩位女士旁邊。

穆廷州沒說話，慢條斯理地用飯，與他真正單身時的表現相仿。

肖照扶扶眼鏡，先朝熱情的小櫻點點頭，再微笑著打趣明薇：「明小姐最近對我似乎有些冷淡，請問我哪裡得罪妳了嗎？如果有，請明小姐直言相告，我會盡力改正。」

小櫻瞪大了眼睛，疑惑地看明薇。

肖照裝糊塗，明薇就扮無理取鬧，對著餐盤道：「突然就想冷淡了，如果肖先生是個合格的紳士，就請不要再跟我搭訕，免得彼此尷尬。」

火藥味這麼濃，小櫻緊張到不敢吃飯了，只有穆廷州，什麼都沒聽見似的，神色平靜。

而剛剛被明薇炮轟了的肖照，非但沒有冷臉，反而笑了，用一種寵溺的眼神看著明薇：「明小姐溫柔大方美麗動人，我就喜歡跟妳搭訕，妳儘管隨心所欲，就算不理我，我也不會覺得尷尬，只會甘之如飴。」

明薇咬唇。

小櫻紅了臉，腦袋卻越來越迷糊了，她一直覺得明薇與穆廷州是一對，可肖照剛剛那番話，聽起來怎麼好像在調戲明薇？穆廷州真的不介意嗎？抿抿嘴唇，小櫻偷偷瞄向那位高冷淡漠的影帝，明薇公主的公認CP。

「你影響我用餐了。」穆廷州優雅地擦擦嘴角，轉身，直視肖照道：「所以，請你閉嘴。」

穆廷州讓他閉嘴，肖照充耳未聞，見明薇幸災樂禍地翹了嘴角，肖照便真的閉嘴用餐。

晚餐即將結束，肖照笑著詢問兩位女士：「明天髮型師過來幫廷州設計髮型，妳們要圍觀嗎？」

明薇正在喝檸檬茶，聞言差點噴水，飛快抓起紙巾捂住嘴，背過去咳嗽。小櫻也憋紅了臉，想笑不敢笑，埋著腦袋假裝不懂。可穆廷州一人演許仙、法海，許仙的髮型的確需要設計，法海……就是剃頭啊！

穆廷州面無表情地盯著對面的女朋友，只是剃個頭，有必要這麼激動？

「抱歉。」終於不咳了，明薇紅著臉轉過來，「我……」

然而目光才對上穆廷州，明薇再次破功，實在受不了了，一邊悶笑一邊拎起包快步離開，小櫻飛快跟上。其實小櫻不是很想笑，可看著明薇一直笑個不停，她也忍不住了，離開餐廳時兩個女人互相扶著，笑到肚子痛，惹得路人頻頻側目。

女朋友的表現，穆廷州全部看在了眼裡。

「光頭而已，有那麼好笑嗎？」肖照一本正經地質疑，實際是幫明薇朝穆廷州身上捅刀。

穆廷州冷冷看他一眼，起身離座。

明薇回房後重新洗了一次澡，頭髮也洗了，出來時聽到手機鈴聲，走過去一看，果然是穆廷州打來的。有一個三十多歲才開葷的大齡健壯男友，真是甜蜜熱情的負擔，明薇拿起手機，一邊插吹風機一邊接聽。

『開門。』

明薇無語：「我要吹頭髮。」

穆廷州：『我幫妳。』

明薇拒絕：「吹完還要跟家裡講電話，你等等。」好歹給她喘口氣的功夫啊。

穆廷州不想等，可女朋友不幫他開門，也只能忍著。

明薇吹頭髮、塗護膚品花了十分鐘，跟家裡老爸、老媽報平安聊了十分鐘，通知穆廷州可以過來時，已經快十點了。穆廷州隨叫隨到，推開門繞過玄關，看見明薇披散著頭髮坐在窗邊的沙發上低頭玩手機。

房間飄蕩著她自帶的沐浴乳的清香，無聲刺激著男人對女朋友曼妙身體的回憶。

「這個時間，該睡覺了。」走到沙發前，穆廷州單膝蹲下，大手扶住女朋友膝蓋。

明薇嗔了他一眼，將剛剛搜尋到的圖片給他看，笑著問：「你會比他們帥嗎？」

穆廷州低頭，在手機螢幕上看到幾張男明星光頭照，聚集在一起，她的手機螢幕好像更亮了。穆廷州其實已經忘了晚飯時明薇的笑場，現在明薇主動送上來討罰，穆廷州便搶走手機放到旁邊，就著單膝蹲地的姿勢，直接埋到她胸前：「妳覺得他們很帥？」

男人溫熱的呼吸透過單薄的睡衣噴在身上。

這種姿勢讓明薇心跳加快，只是一低頭，看到男朋友那頭濃密短髮，明薇的緊張一下子變成了愉快。他繼續搞小動作，唇如金魚在蓮花台周圍碰來碰去，明薇又喜歡又想笑，俯身用下巴蹭他頭髮。她喜歡穆廷州，喜歡他很多很多，但這一刻，明薇覺得穆廷州的頭髮最招她喜歡，喜歡到依依不捨。

穆廷州感覺到了，明薇玩他的頭髮，也就是在分心，默默給她玩了一會兒，穆廷州摟住她的腰，抬頭尋找她的嘴唇。明薇不要，她現在就喜歡他低著腦袋讓她蹭頭髮，特別舒服。一個躲一個閃，是戀人間獨有的小情趣，最後明薇還是被穆廷州捉住，熱情深吻。

吻著吻著，明薇雙手沿著他後背往上攀，再次抱住了他的腦袋，唇角也不自覺翹了起來。

穆廷州呼吸一變，猛地抱起明薇，一轉身卻將明薇壓在床邊，面朝被子。

明薇的腳還站在地上，想起來，他不許她動，想澈底趴下去，腰被他穩穩提著，上不上下不下，不得不雙手撐床，抗議間身體碰到他，變成了更大的誘惑。穆廷州及時把握機會，一手撩她裙擺，一手摸向長褲口袋。

明薇腰痠、腿痠、手臂也酸，五分鐘便堅持不住了，被穆廷州抱坐在床邊，依然是背對他的姿態。

明薇不服，反手打他：「我要看你。」

穆廷州早就注意到床上有個小鏡子了，伸手拿過來，體貼地舉著。鏡子的出現毫無預兆，明薇下意識看過去，視線恰好在鏡中與穆廷州相對。他在晃，他的手臂在晃，鏡子也在晃，然而那雙眼睛帶來的電力，還是準確地擊中了她。

明薇臊得不行，抬手要搶鏡子。

穆廷州避開，調整角度，讓鏡子照出她紅紅的臉，啞聲道：「我也看看妳。」

腦袋裡轟的一聲，明薇覺得自己要炸了，立即捂住臉，手臂也巧妙地擋住下面。

穆廷州欣賞了大概一分鐘，而後扔了鏡子，雙手霸道地塞到她的手臂之下，勢如破竹。

明薇又廢了，被穆廷州放到床上，腿都是他幫忙擺平的，那叫一個疲。

穆廷州拉好被子，側身將人摟進懷裡。

明薇摸出手機，快零點了。

閉上眼睛，明薇再次在心裡罵他，穆廷州不是人！

「拍戲期間，我會克制。」猜到她在想什麼，穆廷州提前保證道。後日開機，這兩天他與明薇只有些準備工作，別後再聚，穆廷州控制不住也不想控制，但拍戲費心費力，一整天工作下來，穆廷州的體力支撐得住，但他絕不會給明薇增加不必要的負擔。

「鬼才信。」明薇嘟嘴。

穆廷州笑，事實會證明。

明薇睏了，攆他：「睡了，你回去吧。」

穆廷州皺眉，下意識抱緊她，親她額頭：「一起睡。」

明薇堅定地拒絕。拍戲不同於休假，睡前醒後一個人待著她可以好好揣摩人物劇情、反思自己的表演，如果穆廷州在她身邊，明薇肯定會分心。戀愛很甜蜜，但既然要工作，大家就該拿出最好的狀態。穆廷州的演技早已嫻熟，明薇剛剛上路，平時必須付出更多精力。

女朋友的道理講得很清楚，穆廷州感情上不太滿意，但理智上支持自己的女人。

「那我走了，需要我留下時記得告訴我。」

明薇點頭。

穆廷州又親了她一口，貼貼臉，這才鬆開人轉身離開。

明薇趴在被窩裡，大眼睛水汪汪地盯著他的一舉一動，看著看著，視線挪到了穆廷州頭上。明薇笑了，突然爬起來撲到穆廷州背上，跪立著，雙手揉他頭髮，小聲地嗚嗚：「明天就摸不到了，什麼時候才能長出來。」

拍攝預期長達五月，也就是說，接下來的小半年她都再也享受不到這種手感了。

穆廷州的臉有點黑，背對她道：「據說在某些鳥類之間，啄異性羽毛是一種求偶方式。」

明薇一聽，立即鬆開他的腦袋，重新鑽回被窩。

穆廷州繼續坐了一會兒，回頭看看，穿上衣服悄然離去。

門關上了，明薇探頭出來，回想今晚的一切，羞澀又甜蜜，拿出手機傳訊息給他：『晚安，穆老師。』附帶一個摸頭的貼圖。

穆廷州：『睡吧，別鬧。』

明薇咬牙：『開拍在即，請穆老師儘快入戲，背熟清規戒律。』

穆廷州笑了下：『然後妳來勾引我？』

明薇認輸。

明天才開機，明薇昨晚沒設定鬧鐘，但還是被鈴聲吵醒了，明薇瞇著眼睛接聽。

『八點了，下樓吃早飯。』

精神十足的聲音，來自她那外表禁欲、內心兇猛的影帝男友。

明薇睏，嘟囔道：「不吃，直接吃午飯。」

昨晚一夜大餐，穆廷州理解她睏倦的原因，但不吃早飯有害身體。

『髮型師上午十點到。』穆廷州拋出一個誘餌。

髮型師……

明薇秒醒，笑了：「你先下去吧，我十分鐘後到。」

女朋友終於願意起床了，穆廷州卻沒有感覺欣慰，沉著臉走出房間。明薇不想跟肖照一起吃飯，穆廷州也不想，可肖照彷彿在他房間裝了攝影機一樣，穆廷州前腳出來，那邊肖照也拉開了門。

視線相碰，穆廷州無情道：「她不歡迎你。」

肖照冷笑：「拍《大明》期間，她更不歡迎你。」

穆廷州不記得也不屑爭辯，下樓去吃自助餐。肖照先挑好東西落座，穆廷州轉身見了，掃一眼別的座位，最終還是端著盤子朝肖照走去。戀情尚未公開，兩個主角帶著各自助理吃飯是普通的同事交情，如果他丟下肖照，等等明薇見了肯定不會坐他旁邊。

十分鐘後，明薇、小櫻並肩走了進來，遠遠看到那兩個男神，一個影帝、一個徐家低調的二公子，明薇淡淡一笑，選好早餐，領著小櫻去了離男神們最遠的那一桌。肖照見了，嘴角苦笑一閃而逝，穆廷州深深看他一眼，低頭吃飯。

飯後小櫻跟著明薇去了頂樓套房，忐忑地問明薇：「薇薇，妳跟肖照鬧彆扭了？」

早飯都沒一起吃，她還能親眼目睹影帝剃頭的全過程嗎？

明薇輕鬆道：「算是吧，一點小事，妳不用管，安心做事就好。」

小櫻點點頭，看肖照的表現，應該是想賠罪討好明薇的，不是大恩怨就行。

九點半左右，有人敲門，隨即傳來肖照愉悅的聲音：「明小姐，廷州要剃頭了，妳有興趣旁觀嗎？」

小櫻捂嘴笑。

明薇輕咬嘴唇，做好不笑場的準備了，這才跟在小櫻後面。

房門打開，走廊中站著四個男人，除了穆廷州、肖照，還有穆廷州的御用髮型設計師吳淵，以及他的助理小弟。明薇與穆廷州合作過兩部戲了，當然認得吳淵，笑著打招呼：「吳老師，好久不見。」

吳淵微笑：「其實我們見面的頻率算高的了。」意味深長地看了看穆廷州。

穆廷州對自己的髮型師、化妝師有著超高要求，能被他接受、並長期聘用的專業人士，基本上也都成了他的朋友。也許粉絲們還在期待穆廷州、明薇戀愛的鐵證，作為圈內人，吳淵自有判斷。

明薇裝糊塗，熟稔地調侃道：「穆老師請您來為他剃頭，算不算大材小用？」

難道知名髮型師剃出來的光頭會比菜鳥髮型師剃的好看？

吳淵笑而不語。

穆廷州先去開門了。

明薇期待地跟進了房間。

專業設備擺好，穆廷州坦然落座，肖照雙手抱臂在旁邊看著，明薇矜持地坐在斜對面的沙發上，托著下巴看。當準備工作做好，吳淵彎腰站在穆廷州面前，舉著推刀即將開始時，明薇突然特別緊張，尷尬地道：「我還是不看了。」

多好笑，剃光頭的是穆廷州，穆廷州大大方方，她居然慌了。

說完了，明薇逃也似的走了，小櫻當然跟著離開。

明薇一個人待在客房，莫名地坐立不安，什麼都做不下去。光頭的穆廷州會是什麼模樣？萬一太搞笑怎麼辦？會不會影響他的綜合顏值分數？明薇肯定不會因為男朋友剃光頭就不喜歡他了，但如果形象太彆扭……

光頭啊光頭，青青的大腦殼。

越想越緊張，訊息突然響了，肖照：『剃了一半，需要照片嗎？』

明薇：『再說話我刪了你！』

肖照沒回應，過了一會兒，突然傳來一張圖片，手機顯示正在接收。

明薇心跳加快，本能地捂住照片，過了不知道多久，她才瞇著眼睛移開手，再心情複雜地睜開一條眼縫，然後就看到，圖片還在接收中……明薇愣住，仔細看看圖片終於看懂了，原來是個「接收圖片」的動圖！

明薇咬牙切齒，把肖照刪了，反正她與肖照沒什麼正事可聊的。

一分鐘後，肖照傳簡訊：『娛樂圈某女明星名利、愛情雙收，立即刪除昔日經紀人好友。』

明薇噗哧笑了。

「叮」的一聲，肖照傳來好友申請。

明薇不加。

肖照傳簡訊：『好妹妹。』

他嬉皮笑臉，明薇的心跳漏了一拍，儘管不想承認徐修，可肖照確實是自己的異母哥哥。

簡訊又來了：『加我，給妳看光頭帥哥。』

明薇猶豫，不加，肖照實在讓她討厭不起來，加了，剛刪完就加回去，太便宜他了。

搖擺不定間，又一則訊息跳了出來。

穆廷州：『看照片，還是直接看人？』

明薇呆住，想像穆廷州房間的情形，她試探問：『你在洗手間？』

隔壁，正在洗手間檢查自拍效果的穆影帝看到這則回覆，笑得像條狼。

第四十七章　光頭影帝

因為肖照還在穆廷州房間，所以穆廷州問她要不要看照片，明薇就猜測他是在洗手間自拍的，好奇問了問，穆廷州不理她了。明薇還以為是突然有事在忙，然而等了半小時穆廷州都沒有回覆，明薇終於意識到了不對。

該不會她那個問題太犀利，並不想讓人知道自己在洗手間自拍的穆影帝，不高興了？

明薇連忙傳了一個笑臉過去：『照片呢？』

等了幾十秒，穆廷州：『刪了。』

明薇便知道男朋友是在耍小脾氣。

明薇笑：『生氣了？我就隨便問問，我也喜歡在洗手間自拍。』

穆廷州又不理她了。

明薇趕緊跑到洗手間，秒拍了一小段影片，作為證據傳給穆廷州。

影片中的女孩，年輕漂亮靈動朝氣，隔壁房間裡，穆廷州背靠沙發，不知不覺重播了三、四遍。

明薇催他：『該你了。』

穆廷州：『過來，門沒關。』

明薇膽怯了，她想看穆廷州的光頭造型，又害怕看到他，彷彿網戀男女第一次在現實中見面的心情。不敢過去，明薇找藉口：『走廊人多，我怕被人看見。』

穆廷州：『我今天都在房間吃，妳不過來，沒機會看到我。』

脾氣真夠大啊，明薇嘟嘴：『這樣啊，那穆老師好好休息，開機見。』

收到回覆，穆廷州抿了下唇，看一眼對面的牆壁，他神色如常放下手機，瀏覽網頁，只不過每隔幾分鐘，穆廷州都會習慣地看看手機。

明薇就是不理他，中午跟小櫻下去吃飯，飯後戴上墨鏡帽子，去附近景點玩去了，故意挑了幽靜的地方，一個下午過得愜意又享受，晚飯也是在外面吃的。吃完了，大概傍晚六點多，接到穆廷州電話。

『一起吃晚飯。』男人的語氣聽起來與平時沒什麼不同。

明薇一手托著下巴，看著窗外優美的夜景道：「我剛吃完。」

她那邊有雜音，不同於酒店客房的安靜，穆廷州皺眉：『妳在外面？』

明薇：「是啊。」

穆廷州：『什麼時候回來？』

明薇下午也偷偷看了好幾次手機，本來就沒怎麼生氣，現在穆廷州主動低頭，明薇就沒再故意氣他，實話實說道：「再過十五分鐘吧。」飯店、酒樓都在景點旁邊，離得很近，明薇準備步行回去，散步消食。

『路上小心。』穆廷州低聲叮囑道。

明薇甜甜地「嗯」了聲。

離開酒樓，明薇只花十分鐘便走回酒店，刷牙漱口，從洗手間出來就接到穆廷州的電話。

『回來了？』

「嗯。」

『開門。』

明薇忍不住小聲哼道：「不是說我不過去，就沒機會看到你？」

穆廷州：『我已經在妳的門外了。』

明薇一聽，哪還有心情諷刺男朋友，朝門口跑去。拉開房門，明薇還沒想好要不要立即看穆廷州的腦袋，男人就直接從她身邊進去了，明薇心情複雜地回頭，卻見穆廷州戴了一頂網球帽，帽子下面露出小半個禿腦殼，一身黑衣高大挺拔，頭戴帽子，背影依然帥得不行。

明薇撇嘴，走那麼快肯定是不好意思讓她看正臉吧？

關上門，明薇故作坦然地走向穆廷州。

穆廷州坐在了沙發上，帽檐壓得很低，他又在低頭玩手機，明薇連他的臉都看不完整，更不用說腦袋瓜了。他坐沙發，明薇坐在他對面的床上，盯著穆廷州瞧了一會兒，她好笑道：「怎麼？穆老師不好意思抬頭了？」

既然不好意思，那為什麼來。

剛說完，訊息提示響了，明薇拿起手機，是穆廷州：『妳不過來，我不會摘帽子，妳也就沒機會看。』

居然跟她玩文字遊戲！

明薇冷笑，乾脆脫鞋鑽進被窩，抱著筆電哼道：「不給看就不給看，我看電影了，您隨意。」

穆廷州唇角上揚，繼續玩數獨。

男朋友就在那坐著，還是換了新髮型的男朋友，明薇嘴上逞強，其實電影根本看不進去，忍了十分鐘左右，她偷偷歪了歪腦袋，視線緊擦著筆電螢幕邊緣射向對面的沙發。穆廷州一身黑衣，低頭坐在那，明明是在玩手機，卻散發出認真專注的迷人氣場。

明薇心癢癢，好想去摘他的帽子，可她剛剛放了狠話。

明薇不肯認輸，裝模作樣下去找耳機，戴耳機看。

半小時後，明薇再次偷瞄自己的男朋友。

男人一動也不動，帽子底下卻傳來他略帶諷刺的聲音：「掩耳盜鈴。」

明薇臉紅。

既然已經被戳破，好奇心迅速戰勝千瘡百孔的羞恥心，明薇一把放下筆電，穿好拖鞋朝穆廷州跑去，注意到穆廷州將手機放到茶几上的小動作，明薇更開心了，坐到穆廷州旁邊，低頭往他帽子底下瞧。

穆廷州神色淡淡，一雙黑眸波瀾不驚地看著她。

明薇不爭氣地被電了一下，臉一紅，情不自禁低下頭，有點像臨陣退縮。

穆廷州等了她一整天，好不容易等到女朋友主動來到身邊，穆廷州絕不會給她退縮的機會，大手一撈便將明薇抱到腿上，扣著她的後腦親，直接深吻。明薇小臉通紅，乖乖地被他抱著，鬧了一天的小彆扭，再次被他這樣親，別有一番動人滋味。

一吻結束，穆廷州慢慢抬起頭，黑眸沉沉地看著她：「想睡覺？」

他的聲音暗啞，別有深意，明薇連忙搖頭，視線移向他頭頂。

穆廷州一動也不動。

明薇嬌小的身軀靠在他的胸膛，與他對視片刻，她慢慢抬起手，一點一點湊向他的帽子。碰到了，明薇緊張地吞口水，再看穆廷州一眼，男人依然鎮定從容。明薇的心怦怦跳，鼓起勇氣，澈底拿走那頂黑色網球帽。

他真的變成了光頭，頭頂反射燈光，那叫一個閃亮。

明薇想笑，但視線下移對上穆廷州俊美清冷的臉龐，對上那雙專注凝視她的眼睛，明薇剛剛湧起的玩笑心情蕩然無存。心跳不知為何越來越快，臉上溫度也越來越高，鬼使神差的，明薇竟然覺得兩人現在這樣抱著不太合適。

明薇想先下去。

穆廷州卻抱緊她的肩膀，俯身靠近她的臉，直視她水盈盈的眼睛問：「能接受嗎，明小姐？」

這一刻，他好像變成了一個陌生人，一個陌生的光頭男，情色滿滿的抱著她，卻用紳士的語氣問她願不願意接受他這個光頭。顏值、話語、動作三重刺激，明薇一方面覺得陌生，但與此同時，腎上腺素卻脫離了控制，在穆廷州的薄唇將要碰觸她嘴唇的前一秒，達到了頂峰。

她閉上了眼睛，心為他顫慄，這個男人，天生就有讓女人著魔的本事。

穆廷州沒有親她的嘴唇，直接朝她的脖子以下去了，隨著那必須打馬賽克的不純潔動作，他新剃好的腦頂時不時地碰到她的下巴。硬硬的頭髮鬚蹭得明薇癢癢，又想笑想躲，又好像希望他多刺幾下。明薇分不清自己到底想要什麼，她擋住下巴、脖子，他便蹭她的手心，她不得不抱住他的腦袋，卻又冒出自己在與和尚亂來的禁欲感。

明薇受不了了，太熱了，她呼吸急促地推他。

穆廷州攥住她的手舉到頭頂，霸道地給。

大火過後，一共三塊沙發墊子，兩個都沒辦法用了，穆廷州抱起明薇，存心提起一個墊子舉到明薇面前。明薇扭頭，看到一道水沿著墊子表面蜿蜒而下……

明薇臉如火燒。

穆廷州扔了墊子，低頭在她耳邊道：「如果妳喜歡，我可以留一輩子光頭。」

明薇羞惱地抓他。

穆廷州抱她去泡澡，坐在浴缸中，明薇始終不敢看穆廷州，只趁他低頭時偷偷打量，然後每看一次，明薇便忍不住覺得光頭的穆廷州似乎比留著短髮更有味道。那是一種無法形容的感覺，但明薇已經能夠想像，當穆廷州飾演的法海亮相時，粉絲們一定會高呼法海、白蛇CP，澈底將許仙甩一邊。

影視劇中，留著頭髮的美男角色多如過江之鯽，穆廷州扮演的光頭法海，便是眾男神當中的那條龍。

明薇真的好喜歡，預想的尷尬或笑場全是浮雲。

穆廷州突然抬眼，再次抓包女朋友的偷窺。

「我幫你洗頭。」都親熱過了，明薇不怕他知道，厚著臉皮湊過去，示意穆廷州低頭。

繼頭髮之後，女朋友對他的腦袋的癡迷又超過了他的人、他的臉，穆廷州淡漠拒絕：「不用洗。」

明薇偏要洗，撲到穆廷州懷裡，一手抓一把泡沫，笑著往穆廷州腦上抹。穆廷州躲了一下，躲第二下時，因為女朋友緊抵著他胸膛的「誘餌」分了心，於是明薇如願以償地抱到了男朋友的禿腦袋，卻也付出了兩頓饅頭的代價。

洗完澡上了床，明薇鑽到穆廷州懷裡，悶悶地說了三個字。

穆廷州沒聽清楚：「什麼？」

明薇當他故意的，轉身要氣：「快走吧。」

穆廷州後知後覺反應過來了，剛剛她說——「別走了。」

看著她氣鼓鼓的背影，穆廷州笑，掀開被子身體往下挪，然後頭頂貼住她的背。

微微的刺癢傳來，明薇當場笑出聲，笑著笑著，被穆廷州猛地轉過肩膀。

燈還亮著，男人頭頂自帶柔光。

明薇眨眨眼睛，身隨情動，舉起白皙纖細的手臂，嬌嬌地抱住他脖子，抬頭送吻。

光頭的影帝，她好喜歡。

《白蛇》開機，恰好在杭州開商務會議的徐氏集團董事長徐修，抽空過來觀禮了。

徐氏是《白蛇》第二大投資商，過來瞧瞧並不奇怪。

他出現的低調，明薇正全神貫注地看臺上的人致辭，餘光中忽然瞥見穆廷州朝另一側扭頭。穆廷州高高大大，戴著那頂黑色網球帽，鶴立雞群，一點小動作都會引人注意，見他往外看，明薇下意識也側頭看了過去。

會場中央，一個穿黑色訂製西裝的男人徐徐走來，迎著兩側劇組成員好奇的目光，氣度雍容，如王者蒞臨天下，半生歲月匆匆而過，在他臉上留下幾道皺紋，卻也送給他一份內斂儒雅的韻味，如上品良玉。

認出徐修，明薇立即收回視線，唇角暗抿。

穆廷州身後肖照輕輕咳了咳。

明薇沒理他。

晚上開機宴，明薇、穆廷州與青蛇扮演者王靈都被安排在了高層那一桌。早在白天徐修出現的那一刻明薇就料到會有這種情形了，但開機、殺青宴對劇組意義重大，明薇人在劇組，不參加不合適。

「薇薇、廷州，這是徐董。」兩大主角一來，製片人先從投資商們開始介紹。

「妳好，明小姐。」徐修笑著伸出手。

明薇露出一個客氣微笑，簡單握了握。

徐修也沒有對女兒表現出明顯的異常，客套過後，眾人落座。

明薇左邊是穆廷州，右邊是青蛇王靈，而穆廷州的左邊，是導演穆崇。與徐修相比，明薇今晚更關注她男朋友的老爹，也是未來五個月的頂頭上司。穆崇與徐修差不多的年紀，同樣是氣質出眾的帥氣中老年大叔，但不知道是不是心理原因，明薇覺得穆崇看起來比徐修正派多了，更像一個嚴肅的文化工作者。

看得入神，高跟鞋突然被人輕輕抵了下。

明薇反應神速，也沒看穆廷州，低頭吃飯。

生父、未來公公都在飯桌上，這頓飯明薇吃得味同爵蠟。不過用餐期間徐修除了與穆廷州聊了兩句，也沒跟其他演員說話，只在餐後分別前，微笑著提醒小輩演員們：「慢慢拍，注意安全，不用趕進度。」

目光依次掃過穆廷州、明薇、王靈，最後頓在了導演穆崇臉上。

穆崇面無表情。

徐修這就走了。

明薇也想走，被穆廷州用眼神制止，然後經過穆廷州巧妙的時間安排，十分鐘後，明薇便與穆廷州父子一起等電梯了……

「爸，這是明薇。」進了電梯，都是自家人，穆廷州終於開口了。

明薇臉頰通紅，她與穆崇早就見過面了，穆廷州現在的介紹，自然是帶女朋友見家長的意思。

穆崇看看明薇，淡淡「嗯」了聲，冷漠的表情與曾經的穆廷州幾乎如出一轍。

雖然早就聽說了穆崇的性格，但身為一個初次見家長的女朋友，面對男朋友父親如此冷淡的反應，明薇多少都有點尷尬。就在她猶豫是該乖乖沉默還是努力找個話題時，對面再次傳來了穆崇的聲音：「廷州媽媽很喜歡妳，有空來家裡吃頓飯。」

明薇的心情瞬間多雲轉晴，笑靨如花，乖巧道：「好……謝謝伯父。」

穆崇點點頭，電梯停穩，他原地不動，紳士地等明薇先出。

明薇心花怒放，回到房間立即打電話給穆廷州：「伯父真可愛。」

穆廷州無語，對她那麼冷淡，哪裡可愛了？

第二天正式開始拍攝。

在此之前，國內已經有過多部基於白娘子這段傳說的改編作品，每個版本都有自己的創新，但白蛇配許仙、法海棒打鴛鴦是基本核心。東影這版《白蛇》更大膽，開篇便是白蛇與書生許賢相愛，違反天條，被天庭責罰，鎮壓於雷峰寶塔之下。

這個開篇相當於楔子，電影真正情節始於白娘子逃離雷峰塔之後，重回人間西湖，白娘子在斷橋上偶遇醫館學徒許仙。許仙與白娘子昔日情郎許賢長的一模一樣，名字也極其相像，白娘子便認定許仙是情郎轉世，要與許仙再續前緣。

白娘子貌美傾城，又有蛇妖特有的妖媚風情，且情深意濃，許仙一見傾心，白娘子幾番試探，許仙便澈底拜倒在她的石榴裙下，與白娘子洞房花燭。甜蜜日子沒過多久，城裡來了一位得道高僧法海，法海去雷峰塔與大師論禪，意外發現塔下鎮壓的白蛇早已逃之夭夭。

法海立志降妖除魔、拯救蒼生，當即便搜尋白蛇行跡，並成功找到了白蛇。

白蛇嫁給許仙後，過得還算幸福，唯一一點小遺憾，是她沒在許仙左肩找到前世情郎所有的竹葉胎記。法海上門，突然又遇到一個與情郎完全酷似的人，白蛇心頭猛震，要求法海露出左肩給她看。

對一個高僧而言，白蛇此話無異於故意羞辱，法海直接動手除妖。

白蛇在雷峰塔下修行數百年，修為更上一層，法海根本奈何不了她，兩人只能打個平手。鬥法中間，白蛇僥倖扯下法海身上的僧袍，震驚的發現法海身上果然有片竹葉胎記。自此之後，白蛇不管冒牌貨許仙了，想方設法往法海跟前湊，試圖喚醒法海的記憶。

法海收服不了白蛇，苦無對策，只能回避。

白蛇追不到心上人，便又去與許仙做夫妻了，假夫妻，只為了刺激法海。法海一邊回避白蛇，一邊又擔心白蛇害人，便一直留在杭州城。親眼目睹許仙被白蛇迷得神魂顛倒，法海向許仙言明真相。

許仙不信，用雄黃酒試探，白蛇不怕雄黃，但她知道這是法海的計策，便故意現出原形。許仙嚇死，白蛇慵懶看熱鬧，法海自作自受，不得不親赴崑崙山借用靈芝草，仙翁不予，正派的法海只能跪地相求。

他跪了三天三夜，白蛇旁觀了三天三夜，最終不忍法海因自己受苦，白蛇跟法海講了兩人前世的故事，然後叫上好姐妹青蛇盜取靈芝。靈芝被偷，仙翁大怒，欲往天庭告狀，法海凡心已動，心知天庭出面白蛇難逃一死，便承諾期限收服白蛇。

救活許仙，白蛇知道自己會被追究，便趕走青蛇，法海暗中捉了青蛇，希望白蛇主動歸案。白蛇得知後大怒，一人水淹金山，法海、白蛇再次鬥法，生靈塗炭之際，仙翁突然出現，要與法海聯手擊殺白蛇。

法海只想將白蛇收回金鉢，仙翁卻招招要白蛇的命，眼看白蛇將死，法海冒死替她挨了一掌，並不顧一切擋在白蛇面前。仙翁質問法海以何面目見枉死的黎民百姓，法海深受感情與理智前熬，遲遲做不出決定。

白蛇心軟，流淚與法海道別，主動跳入金鈸，千百年道行一朝消散，化成一條渺小白蛇。

法海按照約定將白蛇重新鎮壓雷峰塔底，而他也終生坐鎮雷峰塔，為情為佛，只有他知。

這部戲，對明薇、對穆廷州，都非常挑戰演技，第一場戲便是難點。

按照劇本，白蛇要與書生許賢夜遊花燈會，白蛇天生嫵媚妖冶，舉手投足全是風情，許賢癡迷地跟在後面，眼中是書生的溫柔纏綿。難點就在於明薇第一次演妖媚女人，穆廷州則是第一次演這種小白臉書生，還是一個被女人迷得魂不守舍的書生。

夜幕降臨，湖面波光粼粼，花燈隨波緩流，群演們也都準備就緒。

煙波浩渺，一艘烏篷船慢慢地飄了過來，船篷薄紗被湖風吹得起起伏伏，篷內，明薇身穿仙氣飄飄的白裙，跪坐於矮桌旁，一手慵懶地托著下巴，一手提著鎏金細嘴酒壺高高舉起，水流下落，她紅唇輕張，清澈瀲灩的美眸媚如絲地瞟著對面的青衫男人。船輕輕蕩漾，她的身體跟著輕搖，酒水全部倒進了口中。

男人頭戴黑漆方巾，俊美無雙，此刻目不轉睛地盯著飲酒的美人……

「卡！」

氣氛沒了，明薇連忙放下酒壺，低頭擦拭嘴角，心中惴惴不安。這一幕拍了九次了，有一次是她提酒壺的姿勢不對，有兩次是她酒水沒接穩，有兩次是她的眼神不夠媚，剩下四次是穆廷州的問題，不知道這次是誰。

「許賢眼神還不夠癡迷，從根本上來講，許賢只是一個普通書生，眼裡要有情，神態也要表現出小人物的弱。」監視器後，穆崇嚴肅地講戲，因為卡了太多遍，穆崇此時的語氣很不好。

穆廷州垂眸靜默，三分鐘後再次拍攝。

明薇現在是一個人操兩人份的心，怕自己出錯被準公公罵，也擔心穆廷州被他親爸罵出氣來，所以拍攝時既要小心翼翼維持自己入戲的狀態，又忍不住分出一點點精力觀察穆廷州的表現，結果當穆廷州按照角色要求色瞇瞇地癡迷地望過來時，與他平時的禁欲臉判若兩人，明薇噗哧笑場了，嘴裡的水全噴了出去。

穆廷州眼疾手快接住她手裡的酒壺。

明薇背對穆崇咳嗽，小心臟慌得都快沒力氣跳了，好不容易穆廷州成功詮釋了角色，她卻在卡機十次後犯了這種最低級的笑場失誤，穆崇會不會氣炸肺，會不會覺得她根本沒有演技，完全是靠與穆廷州的緋聞紅起來的？

嗆水咳嗽的本能暫且止不住，別人可能都以為她在笑場，然而明薇真是要哭了，被並不熟悉的未來公公監督拍戲，壓力好大！

「休息五分鐘。」

沒有斥責，沒有批評，只有一句冷若冰霜的話。

船內空間不大，攝影收音等工作人員都隨導演退到了船外，給主演們時間醞釀狀態。

明薇垂著腦袋，沮喪極了，被罵了不好受，該被罵卻沒被罵，照樣忐忑。

「妳演得很好，別給自己太大壓力。」隔著桌子，穆廷州低頭安慰女朋友。

明薇抬頭。

穆廷州眉眼溫和。

工作受挫，明薇忍不住朝男朋友發洩小脾氣，瞪著他道：「都怪你，平時冷冰冰的，現在突然變成那樣，我不笑場才怪。」

穆廷州幽幽地望著她：「妳這是遷怒。」

明薇嘟嘴。

穆廷州投降，想到什麼，他笑了下：「晚上回去，我們對對戲。」

他的聲音曖昧，一聽就是在打壞主意，明薇瞪他一眼，卻沒有剛剛那麼緊張了，勸穆廷州好好準備，她閉上眼睛，專心找狀態。五分鐘後，穆崇等人歸位，明薇、穆廷州繼續拍。這次稍微順利了一點，眼神戲沒被卡。

「相公為何一直盯著我？」放下酒壺，明薇喝醉般伏在桌上，腦袋枕著左臂，右手點著桌子，一點一點伸向穆廷州。穆廷州眼睛看著她，喉頭滾動，大手抬起來又守禮地放下，心虛地看眼外面，沙啞地勸道：「天色不早，咱們回酒……」

剛說完，察覺明薇陡變的眼神，穆廷州也意識到自己說錯臺詞了，立即閉嘴。

劇本上，許賢急色，看到白蛇媚態，想勸白蛇與他回家睡，可穆廷州居然說成了「回酒店。」

「回家、回家，這句臺詞很難嗎？」

卡了十次，好不容易過了一段，兒子居然又犯了一個低級錯誤。早在剛剛明薇笑場時，穆崇已經瀕臨發火的邊緣了，怕嚇到準兒媳婦才忍了下來，現在兒子自己撞上槍口，穆崇憋了許久的燥氣頓時發作。

明薇僵硬地坐好，噤若寒蟬。

穆廷州淡淡回應：「抱歉。」

「繼續。」穆崇冷聲說。

許賢想回家，白蛇不想，拉著相公上了岸，在燈影中穿梭，這段主要表現白蛇的美，明薇有顏值加成，拍得很順利，但一到兩人互動鏡頭，就容易卡了。晚上六點開拍，晚上十點結束，這四小時，明薇戰戰兢兢，回飯店的路上感覺身心俱疲。

『需要我過去嗎？』洗完澡，穆廷州打來電話。

明薇苦澀道：「算了吧，這五個月我們就當不認識，全心拍攝。」

如果她與穆廷州不是戀人，沒那麼熟悉，拍互動戲份應該不會那麼困難，《大明首輔》、《龍王》都是正面例子。

穆廷州沒有反對。

接下來幾天，明薇都跟配角在一起，儘量與穆廷州保持距離，確實有了一定效果。

忙碌中，清明節到了，江南處處風景如畫，迎來了旅遊旺季。雖然劇組儘量挑遊客稀少的景點拍攝，但架不住粉絲們太熱情，保姆車開到哪裡，就一定會吸引一批粉絲循跡而來，圍觀拍攝。

這日中場休息，明薇坐在樹蔭下補妝，閉目養神，忽聞一道嬌滴滴的聲音：「廷州哥哥……」

明薇眼皮動了動，強忍著才沒有睜開，她夠冷靜，化妝師卻八卦地看了過去，就見一個年輕漂亮的女孩躲在兩個保鏢後，踮起腳尖，熱情燦爛地朝穆廷州擺手：「廷州哥哥，他們不讓我進去，你快替我作證。」

化妝師再轉向穆廷州。

穆廷州側對這邊而坐，目光掠過那個女孩，不帶任何感情地離開了。

化妝師笑了，認定那個女孩在故意吸引眼球，念頭剛落，卻聽那女孩頤指氣使道：「肖照，你還不過來幫我，信不信我把你的祕密抖出去！」

這下連明薇也睜開了眼睛。

第四十八章　法海與白蛇

徐琳穿著一件藍色小短裙，搭配乾淨的白襯衫，燦爛陽光下，年輕女孩的肌膚晶瑩剔透。威脅完肖照，她微微揚著下巴站在防護線外，笑容甜美，絲毫不在意附近的粉絲們喀擦喀擦對著她拍照的行為，而她也確實有無所畏懼的資格，徐氏集團唯一的千金，親爸爸與大伯父都是金融界巨頭，她需要顧忌什麼？

掃一眼那邊戴著帽子仰頭喝水的穆廷州，聽著附近粉絲們的小聲議論，徐琳反倒盼望能傳出她與穆廷州的緋聞。穆廷州喜歡不喜歡她不要緊，當務之急，是澈底打破穆廷州與明薇漫長的緋聞。

視線落到明薇身上，徐琳臉色冷了幾分，她不管明薇是怎麼想的，反正誰霸占穆廷州女朋友的位子，誰就是她的敵人，緋聞女友也不行。

穆廷州澈底無視徐琳，明薇假裝不知道徐琳對自己男朋友的心思，他們兩個可以置身事外，肖照卻難辦了。不讓徐琳進來，徐琳大聲喊他二哥怎麼辦？肖照瞭解這個堂妹，任性不懂事，什麼事情都幹得出來，可如果他放徐琳進來，豈不是暗示他或穆廷州與徐琳有什麼關係？

短短幾秒的頭疼後，肖照有了對策，帶著公式化的微笑走過來，用周圍粉絲能聽見的聲音笑道：「原來是徐小姐，昨晚徐總打電話說妳要來劇組玩，托我幫忙招待，但他說妳明天到，早知妳今天來，我一定會去機場接機。」

說完笑著對守衛防護線的保鏢道：「這位是徐副董事長的掌上明珠，過來看看。」

保鏢一聽，立即放行。

徐琳不太滿意堂哥的說辭，但她現在只想近距離見穆廷州，因此越過肖照就要過去。

肖照笑容轉冷，伸手攔住徐琳，繼續用旁人能聽見的聲音道：「徐小姐，我知道妳是廷州的忠實粉絲，但廷州最近拍戲很辛苦，拍攝期間還請妳保持距離，不要打擾劇組拍攝。」

徐琳氣結！

周圍的人聽見肖照的解釋，頓時恍然大悟，原來這個女人也是穆廷州的粉絲，並且仗著家裡有錢，利用關係搞特殊待遇來追星，回想穆廷州對她的冷淡態度，對比女人那聲肉麻的「廷州哥哥」，粉絲們突然特別心疼穆廷州！

影帝又怎樣，照樣有他不能得罪的巨頭公司，所以穆廷州雖然不喜歡徐家的千金，卻又不得不默許那女人的接近，而他唯一能做的，便是不理會徐家千金！

「人家在拍攝，沒看我們都在外面看嗎，真的喜歡廷州就要尊重他，他忙著拍戲，妳湊過去幹什麼？」

「就是就是，有些富二代啊，就喜歡仗勢欺人。」

吱吱喳喳的閒言碎語全都湧進了徐琳的耳朵。徐琳小明薇兩歲，從小到大身邊的人都捧著她，突然被一群人當面指指點點，徐琳又生氣又窘迫又委屈，惱羞成怒朝肖照發火：「都怪你、你……」

「我送徐小姐回飯店。」肖照一把攥住徐琳肩膀，將人往外推。嘲諷指責還在繼續，徐琳臉上無光，確實不想再留在這裡，沉著臉跟著肖照走了。到了車上，徐琳氣惱地打了肖照一下，肖照還沒喊疼，她先哭了：「你就這麼當哥哥的，我要告訴大伯！」

「去吧。」肖照漠然開車。

徐琳嘟嘴，還真的把手機拿出來了，打給一直很寵她的大伯父。

徐修正在開會，手機靜音螢幕閃動，見是姪女的徐修繼續開會，半小時後散會了，他才回播。徐琳已經進了飯店房間，肖照正試圖勸她回帝都，徐琳不想聽，接到電話立即委屈地告狀：「大伯父，我來杭州找二哥玩，他故意當著一群人給我難看，氣死我了……」

兄妹倆鬧彆扭，徐修沒放在心上，一針見血道：『妳去那邊是要追廷州？』

長輩這麼犀利，徐琳不吭聲了。

徐修繼續道：『我讓人幫妳訂機票，馬上回來。』

徐琳不高興了，不服道：「為什麼啊，爺爺都答應不干涉我戀愛自由了，大伯父你怎麼也變老古董了？」老爺子不喜歡娛樂圈的人，之前一直反對她追穆廷州，徐琳花了一年的功夫才成功勸老爺子同意她追穆廷州的。

『廷州那種人妳降服不了，留在那只會自討沒趣。』徐修一點都不委婉地說。

徐琳的心都要碎了，一方面覺得長輩語氣太硬，根本不考慮她的自尊，一方面又希望見多識廣的長輩提點她。回頭看一眼肖照，徐琳小聲求助道：「那大伯父覺得，他會喜歡什麼樣的女人？」穆廷州喜歡什麼樣的，她就變成什麼樣的，那麼出色的男人，她認定他了。

徐琳豪情滿志。

徐修還有公司事務要處理，接過祕書遞來的合約，徐修最後跟姪女說了一句話：『肯定不是妳這樣的。』

徐琳：「……」

徐修掛了電話，簽完名，想到遠在江南的寶貝親生女兒，徐修拿起手機，傳訊息給女兒：『廷州各方面都還可以，在遇到更好的戀愛對象之前，可以先接受他，開心工作、戀愛，其他事情，爸爸會幫妳解決。』

明薇忙著拍戲，上午的戲結束，上了保姆車才有空看手機。

徐修的訊息明薇點開看完直接刪掉。

剛刪完，肖照傳了訊息過來：『我今天的表現能換白娘娘一聲哥哥嗎？』

明薇笑：『你先變成一條蛇給我看看。』

肖照傳了一條蛇的貼圖過來。

明薇癱在椅子上，懶得陪他聊這些沒營養的，而是傳訊息審問某影帝：『廷州哥哥是什麼梗？』

穆廷州從始至終都沒把徐琳放在心上，徐琳來或走，穆廷州都不覺得那與他有關，自然想不到需要向女朋友解釋什麼。現在明薇這麼問，穆廷州疑惑回：『什麼梗？』

明薇：『她為什麼叫你「廷州哥哥」？（哆嗦）』

穆廷州：『我怎麼知道？她一直那麼喊。』

一直……

想到徐琳追著穆廷州喊了不知多少年「廷州哥哥」，明薇覺得胸口突然有點堵，嘟著嘴回覆：『挺好聽的，好像偶像劇裡青梅竹馬的女主角喊男主角。』

穆廷州盯著這則回覆看了幾十秒，隱約懂了：『吃醋了？』

明薇傳了一個嘔吐的貼圖過去。

穆廷州笑：『我沒有青梅竹馬，如果可以有，我希望女方是妳。』

明薇看了，怦然心動。

四月初，《白蛇》的劇情發展到了一個次高潮點，法海要找上白蛇了。

開拍前一晚，穆崇與穆廷州、明薇共進晚餐，飯後低聲跟兩人講戲，先對明薇道：「白蛇真正愛的是她前世的情郎許賢，沒在許仙身上找到竹葉胎記，她對許仙的感情便只是一種寄託，法海出現後，白蛇本能地肯定法海才是情郎轉世，所以明天初遇法海，白蛇有兩種主要情緒，一是等待了數百年的情愛，一是急於確認的迫切。」

明薇認真道：「嗯，我努力」。

穆崇再看向兒子：「法海此時只想替天行道，情緒並不複雜，但你要把握好法海與許仙的區別，別混了。」

穆廷州點點頭。

小會議結束，三人一同走向電梯，穆崇離開後，明薇與穆廷州只是對個眼色，便各自回房了。白蛇、法海見面就要開打，明日幾乎全是打戲，兩人都要養精蓄銳。許仙、法海相當於精神分裂，只是不同性格，對穆廷州來說這點並不難，所以他很快便入睡了，明薇關燈躺在床上，不受控制地想了很多。

法海與許仙，同一張臉，不同的性格，一個傾慕白蛇，一個把白蛇當妖要壓回雷峰塔下。

去掉複雜的經歷，其實這兩個角色與影帝、太傅挺像的。

明薇失眠了。

與穆廷州熱戀後，她很久沒想到太傅了。有人說，治療失戀的最快辦法是迅速展開一段新的戀愛，明薇不知道這話到底有幾分道理，但放在自己身上，似乎確實對上了。如果影帝還是那個高冷傲慢目中無她的影帝，明薇絕對不會動心，她也不會快速開展新的戀情，太傅那麼好，哪個男人能輕易讓她走出那段戀情？

只有影帝穆廷州，因為影帝與太傅一樣出色、一樣體貼，因為明薇知道他們是同一個人。

可如果太傅有獨立的記憶，如果太傅知道她在他離開後與影帝戀愛了，會不會失望？

第二天拍攝，面對法相威嚴的高僧法海，明薇除了震驚、懷疑、癡念，還表現出了第四種情緒：愧疚。

明薇對面，穆廷州一手立掌，一手持擎天禪杖，身體不動，人卻出戲了。這一刻，他本該只是法海，看不懂白蛇眼中的複雜情緒也無心計較，他本該只想著收了這條蛇妖。可角色之外的穆廷州看得懂明薇前面三種眼神，也明白那是角色需要，但不懂明薇為何要流露出愧疚。

監視器後，理應掌握全域的穆崇，注意力都集中到了明薇身上，作為一位知名導演，或許穆崇沒有提前分析出白蛇該有第四種情緒，但當他看到明薇表現出愧疚時，穆崇突然懂了，再看鏡頭中那個年輕的白蛇，穆崇眼神不知不覺柔和了下來。

「卡！」注意到兒子的出戲，穆崇第一次平靜地喊卡。

穆廷州並不意外，明薇心頭一跳，不禁忐忑是不是自己的問題。

穆崇離開監視器，先提醒兒子，淡淡道：「出戲了。」

穆廷州默認。

穆崇隨即毫不吝嗇地誇獎明薇：「薇薇剛剛的眼神很到位，說說妳的理解。」

明薇還在為準公公那聲親昵的「薇薇」震驚，聽後面穆崇竟然在誇她，自她進組後第一次誇她，明薇先是高興，跟著偷偷地心虛，瞄了穆廷州一眼，明薇微微低頭，小聲解釋道：「既然白蛇懷疑法海才是她前世情郎，現在被情郎撞破她把另一個男人認成了他，儘管法海不記得，白蛇還是會愧疚，怕情郎怪她吧。」

果然如此，穆崇再次誇明薇對角色理解得很透徹。

明薇受之有愧，她是占了自身經歷的便宜，情不自禁把法海代入太傅了。

「準備一下，繼續拍攝。」溝通過了，穆崇重新回到監視器後。

明薇目送准公公轉身，然後隨意地看向穆廷州，卻見穆廷州正用一種晦澀難懂的眼神看著她。明薇愣住，奇怪道：「為什麼這麼看我？」

劇組人員都在準備，現在不是私聊的時機，穆廷州也不想影響明薇的入戲狀態：「進步很大。」

被影帝男友誇讚專業技能，明薇開心地笑了，沒注意到穆廷州抿緊的唇角。

「Action！」

這個鏡頭第二次拍攝，明薇發揮穩定，表現完美，穆廷州……

「卡！」

穆崇揚聲喝道，遠遠地罵兒子：「法海只想收妖，與白蛇沒仇，眼神不用那麼冷！」

穆廷州默默調整狀態。

明薇同情地看著自己的男朋友，堂堂影帝，別的導演都客客氣氣的對他，親爹卻完全不留情面……

嗯，今晚安慰安慰他吧。

第四十九章 龍王的魅力

今天明薇與穆廷州拍了幾幕打戲，電影上映時可能只閃過幾秒，但兩人拍得很辛苦，一次次卡機，一次次被鋼索吊起擺姿勢力爭呈現最完美的鏡頭，可謂身心俱疲，因此下班時間一到，穆崇便宣佈今日可以完工了，沒有任何拖延。

明薇請了一位專業按摩師，三十分鐘按摩結束，一身疲乏幾乎也消失得無影無蹤。懶洋洋泡個澡，想到晚飯期間穆廷州清冷嚴肅的臉，明薇靠在床上傳訊息給他：『法海和尚，你的元氣恢復了嗎？』

穆廷州坐在書桌前，電腦螢幕上是明薇去年二月份的發文，收到訊息，他看了看，放下手機繼續瀏覽，過了一、兩分鐘，男人又拿起手機，回覆：『想勾引我？』

明薇瞪眼睛，心裡又不得不承認自己有那麼點意思。開機一個多月了，為了專心拍攝，她與穆廷州雖然就住隔壁，但兩人保持著一週一次的「動作戲」規律，今晚距離上次差不多又要一週了，明薇身體確實冒出了一點點讓人羞澀的饑渴感。

可穆廷州幹嘛要直白地說出來？

明薇口是心非地回覆：『想太多，晚安。』

穆廷州看了，直接關掉筆電，一邊往門口走一邊提醒明薇開門。

明薇笑著打開一條門縫，開完立即跑回沙發，假裝看劇本。

穆廷州熟門熟路繞過來，看到女朋友假正經的姿態，他的眸色變暗，走過去搶走劇本丟在茶几上，然後撈起明薇，一邊摟著她的腰親，一邊帶著她靠近牆壁，最後將明薇抵在了牆上，一如既往地熱情。

他的身強體壯，明薇攀著他，意亂情迷。

這一晚，暴風雨來勢洶洶，且彷彿天荒地老般漫長。

明薇就是暴風雨中那艘脆弱可憐的小船，一開始她享受暴風雨帶來的新奇刺激，但連續幾次被拋到風口浪尖，船身幾乎快要散了，明薇終於受不了了，無力地趴在他的肩頭求饒：「高僧，饒了小妖吧。」

隨著情侶親密度越來越高，明薇在這種事情上也越來越放得開，偶爾也會來幾句情趣之語。白蛇與法海相遇之前，明薇喊過穆廷州兩次相公，每次都把穆廷州吃得死死的，現在她突然改成高僧，強烈的禁欲感突然襲來，穆廷州這位高僧瞬間把持不住，金缽委地，數十年佛家修行種子般灑向凡間。

明薇鬆了口氣，閉上眼睛，懶懶地趴在男友肩膀享受暴風雨過後的平靜。

「喜歡嗎？」穆廷州沒有立即抱她回床上，繼續站在牆邊，大手穩穩托著她。

明薇無聲笑，依然埋在他寬闊肩頭，輕啞的聲音媚如水：「不喜歡。」

「那就再來一次。」穆廷州對著她的耳朵說。

明薇怕他來真的，連忙撒嬌：「我累……」雖然力氣全是他出的，但這樣被他抱著，她的腿照樣累。

穆廷州不動，額頭與她相抵，黑眸收盡她所有神色變化：「白蛇愧疚，妳也愧疚？」

鵲橋相會兩情繾綣，突然從他那邊吹來一股冷風。明薇眼裡的媚與慵懶慢慢地褪了下去，她垂著的眼簾顫了幾顫，感受著影帝男友犀利的審視，明薇在說謊與實話中間，選擇了後者：「法海和許仙，與你跟太傅有些類似，昨晚我分析角色，確實代入了自己，想到他時也確實有過那種情緒。」

怪不得她向穆崇解釋白蛇的「愧疚」後，穆廷州臉會轉冷，原來又吃醋了。其實明薇可以否認，但穆廷州絕不會信，與其雪上加霜惹他更生氣，不如坦白。

穆廷州什麼都沒說，抱她去洗澡。

明薇看得出他在生悶氣，主動坐到他懷裡，抱住他的脖子哄他：「不想那個行不行，我現在沒有愧疚。」她終究是個認清現實的人，既然已經相戀了，就不會在明知影帝、太傅是同一人的情況下，還自尋煩惱非要將兩人分清。

穆廷州抱住她，低頭親她額頭。

明薇笑著閉上眼睛。

穆廷州看著女朋友被他滋潤地紅撲撲的臉頰，心情複雜。

他不喜歡假設某種事情會發生，但今天得知她居然對太傅感到愧疚，穆廷州忍不住想，如果太傅突然回來，她會不會很快忘了他，毫不留戀地與太傅破鏡重圓？又或者如果太傅擁有獨立的身體，重新出現，那麼在他與太傅中間，明薇會選擇誰？

穆廷州想知道答案，但他沒有問，因為明薇自己可能也說不清。

接下來的拍攝，明薇與穆廷州都進入了工作狂的狀態。明薇要對同一張臉的法海、許仙表現出不同的情感狀態，穆廷州也要一人分飾兩角。明薇壓力更大，她覺得維持狀態很難，所以提前跟穆廷州說了，希望這段時間私下儘量保持距離，不然再加上男友的身分，她就要多分清一種情緒。

穆廷州清楚明薇的演技，剛剛起步的新人還沒到駕輕就熟的地步，因此用行動支持女朋友，除了臨睡前一句「晚安」，或是工作上的交流，儘量避免與明薇說話。

七月酷暑，四個月的拍攝後，白蛇、法海、仙翁的打戲開始了，也是這部電影的高潮戲。打戲拍得慢，月中才拍到白蛇受傷、法海捨身相救那一幕。按照劇情，白蛇身受劍傷匍匐於地不能動，仙翁發出最後一擊時，法海突然從一側飛身而來，承接了那一擊，白蛇保住一命，他卻被當場震飛，撞到一塊聳立的巍峨山石。

飛撲救人與撞石的鏡頭武術指導建議使用替身，穆廷州婉拒，真身上陣。

穆廷州不喜歡用替身，業界聞名。

明薇有點擔心，但她現在是白蛇，只能繼續躺在地上維持狀態。

穆崇先後與影帝兒子、鋼索負責人溝通過，確認無誤後開拍。

高溫酷暑，穆廷州飛身救人的鏡頭拍了七次，撞頭那一幕拍了五次，前後拍了兩個多小時。明薇在地上躺著，聽到穆崇終於喊「好」了，她高高懸著的心也終於落回了肚子，偷偷看向穆廷州。工作人員幫穆廷州解開鋼索裝備後，穆廷州背對她往前走了兩步，就在明薇準備移開視線時，那熟悉的高大身影，卻沒有任何預兆地朝一側栽了下去！

明薇傻了，明明看到發生了什麼，可這一刻，她的身體完全失去了控制，只能眼睜睜看著一群工作人員蜂擁而去，直到穆崇高聲喊醫護人員，明薇的聽覺、意識才再次恢復，立即朝人群跑去。

然而太亂了，好心幫忙的工作人員、醫護人員圍了好幾圈，明薇根本擠不進去。她很急，很想知道穆廷州到底怎麼樣了，可她什麼都不能做，不能光明正大地以女朋友的身分請那些人讓開……

穆廷州被擔架抬走了，前往醫院。

肖照、穆崇也去了，離開前穆崇宣布今天暫且收工。

明薇怔怔的，心早就跟著穆廷州一起去了醫院，小櫻勸她先回保姆車，明薇沒有思考能力，機械地跟著她走，走出幾十公尺，幫她拎包的小櫻突然將手機遞給她說有電話。明薇接過來，見是肖照，立即接聽。

『廷州是中暑昏厥，現在人已經醒了，告訴大家不用擔心。』

肖照聲音低沉平靜，夾雜著隨行醫護人員對穆廷州的詢問。

明薇心有餘悸，身上出了一層冷汗，知道肖照那邊忙，明薇很快就掛了。

下午肖照又打了一個電話，說穆廷州身體過於虛弱睡著了，建議明薇晚上來探班。

明薇「嗯」了聲。

『我這麼體貼，及時向妳通風報信，怎麼感謝我？』

明薇心裡踏實了，肖照還有心情調侃她，看來穆廷州是真的沒有危險。

「謝謝你。」明薇輕聲說。

『叫二哥。』肖照低低道。

明薇下意識反駁：「難道沒有那層關係，你就不通知我？」

肖照笑：『既然已經承認我們之間有那層關係，為何不叫？』

明薇當即掛了電話。

晚上明薇與扮演仙翁的前輩一起去探班。穆廷州這一住院，媒體緊跟著大肆報導，醫院外面圍了一堆記者、粉絲，發現明薇二人，記者們立即將鏡頭轉了過來。明薇戴著墨鏡，神色嚴肅，與普通探望的同事無異。

進了醫院，耳邊清淨了不少，肖照下來接她們，禮貌地代替穆廷州表示感謝，然後等前輩演員走過去後，肖照無聲朝明薇做口型：「妹妹。」

明薇假裝沒看見。

穆廷州還沒醒，人躺在床上，臉龐蒼白，但眉骨挺拔，依然凝結著幾分冷傲。

他住在高級病房，肖照直接讓明薇在裡面坐一下，然後請前輩演員去外面客廳喝茶。「仙翁」心裡有數，笑著去了，明薇不好意思地低著頭，餘光悄悄跟隨兩人，瞥見肖照關門前朝她比了個「ＯＫ」的手勢。

明薇垂眸。

門關好了，明薇坐到床邊，終於可以無所顧忌地打量男朋友了，見穆廷州額頭冒了汗，她小心翼翼地幫他擦。

「微臣……」

剛擦完，男人喃喃出聲，明薇驚訝低頭，穆廷州嘴唇又抿緊了，眉也蹙著，好像只是說了一句夢話。明薇心疼，可想到男朋友竟然在睡夢裡喊她的小名「薇薇」，不知做了什麼樣的夢，明薇心裡就變得甜甜的了。

穆廷州確實在做夢，又好像不是夢，那一切陌生又熟悉，好像真的發生過。

手突然被一隻清涼小手握住，穆廷州陡然驚醒，大手本能地反握住對方。

明薇嚇了一跳，一抬頭，對上穆廷州那雙深邃清冷的眼，對視幾秒，他非但沒有放手，反而攥得更緊了，弄得明薇有點疼。可明薇不在乎，腦袋湊到他面前，小聲問道：「好點了嗎？有沒有哪裡不舒服？」

穆廷州只是盯著她，看了好久，移開視線淡淡道：「還好。」

病人臉色都虛弱，明薇沒注意到男朋友深藏的異樣，關心問：「要喝水嗎？」

穆廷州點頭，手卻沒有鬆開。

明薇好笑地提醒他：「鬆開啊。」

她的笑容明媚，帶著幾分憨傻，穆廷州情不自禁勾住她的脖子，仰頭，輕輕親在她的唇間，無限溫柔。

穆廷州這個溫柔無比的吻，並不在明薇的意料之中，等她回過神，穆廷州輕輕含了含她的唇，便躺下去了，黑眸平靜又定定地看著她，如看珍寶，又彷彿情人久別重逢。明薇莫名害羞，先去幫他倒水，等她轉過來，穆廷州已經坐了起來，背靠床頭。

「以後不舒服就說出來，別硬撐。」明薇坐在床邊小聲教育男朋友，突然暈倒快嚇死她了。

穆廷州默默喝水，沒有告訴明薇他這次暈倒，中暑可能是一方面，另一方面則是昏倒前腦海突然出現了一些回憶，那些不時閃過的畫面讓他頭疼，這才與高溫同時造成他的體力不支。

明薇看著他喝了幾口水，瞅瞅門口，低聲道：「我去跟肖照說一聲？孫老師跟我一起來的，還在外面等著。」今晚並不適合他們聊天促進感情。

「等等。」穆廷州突然拉住她的手臂。

明薇疑惑地看他。

「辛苦妳了。」對視幾秒，穆廷州簡單地說，他讓她傷了很多神。

明薇不太懂，穆廷州生病，她幾乎什麼都沒做，談何辛苦？

穆廷州捏捏她手：「去吧。」

扮演仙翁的孫老師在電影中小氣吝嗇，生活裡卻是個和藹可親的長輩，叮囑了穆廷州很多注意事項。穆廷州客氣地表示感謝，慰問了十幾分鐘，看出孫老師詞窮了，明薇體貼地勸穆廷州好好休息。

「慢走。」穆廷州平靜地道別。

明薇跟在孫老師後面，出門前她忍不住回頭，視線與穆廷州的隔空相遇。明薇心裡甜甜的，戀戀不捨地走了，回飯店的路上收到穆廷州的訊息：『明天見。』

明薇不放心：『不多在醫院住幾天？』

穆廷州：『我沒那麼弱。』

明薇：『是誰中暑暈倒了？（挖鼻孔）』

穆廷州：『明晚見。』

明薇：『……』

第二天晚上，明薇果然在自己的房間看到了大病初愈的男朋友，並且像是為了向她證明健康程度似的，穆廷州可謂生龍活虎，只不過與兩人上次那場單方面霸道強勢的激烈戰況相比，今晚的穆廷州溫柔多了，明薇說不清楚，但能夠感覺到他異於往常的熱情。

事後，明薇窩在男人懷裡，聽著穆廷州強健有力的心跳，她特別安心。

前面幾個月，明薇雖然主要精力都集中在拍戲上，但自從穆廷州因為太傅吃醋後，明薇就覺得穆廷州對她的態度發生了一絲改變，他還喜歡她，可喜歡中摻雜了一點點醋意，他沒有幼稚地選擇冷戰，卻再沒有之前那樣黏她了。

明薇知道穆廷州在吃醋，她也知道此時的穆廷州不吃醋了。

真好。

解開了心結，《白蛇》也順順利利殺青了，明薇與穆廷州馬不停蹄地又開始了電影《龍王》的宣傳。《龍王》去年九月殺青，定檔今年暑期，這是明薇的第一部電影，她自然要賣力配合各種宣傳活動，穆廷州本來對這些沒興趣，但他喜歡陪女朋友。

七月底，劇組接受了一次媒體採訪，明薇、穆廷州都到場了。明薇是指揮官周靜的常服打扮，黑色長褲搭配白襯衫，長髮盤在腦後，甜美的氣質被大大削弱，換成了軍人的俐落幹練。穆廷州……一如既往的黑衣，只不過頭上多了一頂網球帽，誰叫他濃密的黑髮還沒長出來。

這種採訪，CP主演始終都是焦點。

主持人瞭解穆廷州的性格，那是位說什麼話題都能冷場的影帝，便打趣明薇：「廷州在《龍王》中大秀肌肉，每天面對一個行走的荷爾蒙，薇薇是什麼感受？」

明薇在媒體面前一直都是大方從容的，看一眼旁邊的穆影帝，她笑著道：「說實話，《龍王》剛開拍時，我真的不太敢看他，視覺衝擊力太強，畢竟我只是個凡人……後來拍著拍著就習慣了，好比一條青龍，第一眼稀奇，天天看，青龍也就那麼一回事，跟動物園裡的老虎差不多。」

主持人笑，試著引穆廷州說話：「薇薇這麼說，廷州覺得是恭維嗎？」

穆廷州目不斜視，面無表情道：「不足五個月，龍王在她心中就能變成普通的老虎，我只覺得她可能是個容易喜新厭舊的人。」

明薇愣在當場，什麼情況？採訪就採訪，他怎麼突然人身攻擊了？

「薇薇要不要反駁一下？」主持人善意地笑。

明薇當然要反駁，笑容燦爛地道：「也有可能，是那條龍王魅力不夠。」

廖導連忙充當和事老：「廷州演的青龍是條魅力滿滿的龍王，薇薇也將女指揮的深情演得入木三分，當然我這是老廖賣瓜自賣自誇，大家還是親自去電影院一探究竟吧，絕對是一場視覺盛宴。」

主持人也識趣地轉移話題。

採訪結束，明薇立即回了公寓。

晚上穆•外賣員•廷州不請自來，他有明薇公寓的鑰匙，來之前也沒打招呼，明薇洗完澡出來，突然看見沙發上坐著一個人，嚇得差點尖叫。本來就在生穆廷州亂說話的氣，現在明薇更氣了，冷嘲熱諷道：「我可能是個容易喜新厭舊的人，您還來做什麼？」

穆廷州離開沙發，一步一步走向她：「我來驗證，妳成為那種女人的機率有多高。」一邊說著，一邊抬手解襯衫釦子，從領口第一顆開始，陸續往下。

明薇渴了，骨氣告訴她應該馬上轉身，可眼看穆廷州露出的胸肌越來越多，她整個身體都失去了控制，目光離不開，雙腳也像黏在地板上似的走不動，就連心跳也越來越快。當穆廷州解開所有釦子，脫下襯衫直接甩到地上，當他做出一手摘帽子一手解腰帶的動作，明薇嗓子眼都開始冒火。

「還沒看膩？」身體逼近，穆廷州將她抵到房門上，扣著她的手問。

「膩了，我這人喜新厭舊。」明薇臉紅心跳，口是心非。

「既然如此，今晚我們換一個。」目光逐寸掃過她紅紅的臉，知道她很滿意自己的身體，穆廷州低頭，啞聲在她耳邊建議：「高陽公主與辯機和尚，如何？」

明薇的臉一下子紅了，她學文科，當然知道那位唐朝公主的風流韻事。

「公主，妳臉紅了……」嘴唇落在她脖子上，穆廷州閉著眼睛說。

第五十章　臭和尚

穆廷州想要玩花樣，便真的做得到，整個過程，穆廷州都在喚她公主，調戲的、邪魅的，憐惜的、呵護的，公主、公主，明薇如置身溫泉，全身骨頭都要被他低低的情語融化了。

「叫我。」他親著她眉說。

「穆廷州。」明薇攀著他的肩膀，然而他的肩背都是汗，隨著他的動作，她兩隻小手一點點下滑，被大手抓住，緊緊按在兩邊，黑眸凝霧般看著她：「不對。」

明薇兩眼茫茫，紅唇微微張開，不受控制地發著破碎的聲。

「我叫妳公主。」穆廷州啞聲提醒。

明薇懂了，羞惱地抱住他的禿腦袋：「臭和尚……」

穆廷州狠狠親了她一口：「不對。」

明薇便哼哼地喚：

「高僧……」

「好和尚……」

「辯機……」

「穆廷州！」

「混蛋……」

她喊了好幾次和尚，可他都不滿意，明薇氣得罵他，可她越罵，他就越胡鬧，發狠地壓著她。大風大雨的，明薇殘存的理智被暴風雨毫不留情地擠走，一會兒罵、一會兒求，最後自己都聽不清自己說了什麼，只知道沒一個是對的。

漸漸的，明薇耳邊只剩一個聲音，「公主、公主……」

公主的CP是誰？

理智消失，被她深深埋在心底的兩個字終於在身體數次崩潰時，自作主張地冒了出來。渾渾噩噩的，明薇死死纏住他脖子，嗚嗚地求他：「太傅、太傅……」

這個管用，才喊三聲，穆廷州就不動了。

頭不暈了人不晃了，明薇閉著眼睛，只剩喘氣的份。

穆廷州埋在她的脖頸，平復得差不多了，他蹭蹭她耳邊的長髮，啞聲問：「剛剛叫我什麼？」

明薇還在喘，聞言本能地回想，這一想，心底一冷，軟綿綿的身體也僵了起來。完了，穆廷州一直把太傅當她的前男友看，現在她居然在跟現任翻江倒海的時候，喊出了前男友的名字，對戀人而言還有比這個更尷尬的瞬間嗎？

穆廷州察覺到了她的身體反應，不想嚇她，撐起身來，皺眉對她道：「妳是不是跟我要過簽名？」

沒頭沒腦的問題，明薇一心琢磨喊錯名字的對策，根本沒細想，剛要否認，對上穆廷州疑惑的眼神，明薇突然記起了兩人的初遇。那晚她以翻譯的身分初遇穆廷州，閨蜜林暖托她要簽名，她鼓足勇氣要了，結果穆廷州不給。

可穆廷州從太傅變回影帝時，澈底忘了與她相關的所有記憶……

「你、你記起來了？」

明薇不喘了也不怕了，身體好像也突然有了力氣，緊張地抱住穆廷州的肩膀。

穆廷州頭疼般捏額：「剛剛妳喊我太傅，我腦袋裡突然閃過一幕，好像是妳跟我要簽名，妳真的要過？」

明薇連連點頭：「是啊，林暖托我要的，我……」

話沒說完，滿眼都是自己男人的明薇，敏銳地捕捉到穆廷州眼裡閃過一絲不悅。兩人床單滾了這麼久，明薇多少能猜到穆廷州的想法，不由撇撇嘴，哼道：「幸好是幫林暖要的，如果我以你粉絲的身分被你當面拒絕，我會傷心死。」

「因為妳是假粉絲，所以要不到簽名。」穆廷州冷冷地強調因果關係，雖然當時他並未看出她是幫別人要的。

明薇不想哪個，興奮地重複：「你真的記起來了？」

穆廷州搖頭，躺到一旁，沉默片刻道：「如果要簽名真的發生過，那基本可以說明那部分記憶可能要恢復了。」

明薇心花怒放，忍著腰間痠痛翻身鑽到他懷裡，緊緊抱住。胸口的激動平復了，明薇抬頭勸他：「明天去醫院吧。」既然有了恢復的苗頭，那麼專業醫療介入後，穆廷州恢復的肯定更快。明薇喜歡穆廷州，就算他永遠記不起太傅，她也不會介意，可她更想他記起，記起那段獨屬於他們的特殊經歷。

「不去。」穆廷州果斷拒絕，不想去，也沒必要再去。

明薇不懂，忍不住晃了一下他手臂：「為什麼啊？」

穆廷州抱著她的腰往上提，直視她眼睛反問：「妳就那麼想太傅？」

明薇：「……」

得了，又開始吃醋了。

這個問題，明薇不能接，接了就容易打翻醋罎子。

「隨便吧。」怎麼說都不對，明薇抿抿嘴，準備從他身上挪下去，意興闌珊的。穆廷州扣住她的腰，也將她的小腦袋按回胸口，揉揉她的頭頂道：「去醫院媒體又要報導，以後妳可以多叫我幾次太傅，或許能刺激記憶。」

明薇一驚，對著他胸膛問：「你不吃醋了？」

頭頂傳來一聲嘲諷的嗤笑：「我們這樣，我需要吃誰的醋？」

一邊說著，一邊用膝蓋頂開她的腿……

明薇深深地吸了口氣。

穆廷州看著她紅起來的小臉，看得明薇害羞地捂住他的眼睛，他才低低的問：「那麼想太傅，是不是也想跟太傅睡覺？」

明薇腦海裡一片空白，被他一句話送到了頂，手還捂著他的眼睛，看到他唇角上揚，邪魅狂狷。明薇臊得慌，他會不會覺得她真的很想睡太傅？可她對天發誓，她與太傅的感情純潔無比，哪像穆廷州，一點都不矜持，什麼話張嘴就來。

「可惜再想，妳也只有我。」穆廷州猛地翻身，將她壓在了底下。

他越說越離譜，明薇想捂臉，被他按在她兩邊……

穆廷州晚上八點到的，兩人快零點才睡覺。

第二天穆廷州早起做飯，明薇懶洋洋趴在被窩裡滑手機。昨天《龍王》的採訪，她為了活躍氣氛故意說穆廷州的胸肌看得時間長了，在她眼裡就沒什麼特殊的了，沒想到這句話戳了穆廷州的自尊心，當場嗆了她一回。

知道他們在戀愛的，肯定會嘲笑她與穆廷州厚顏無恥，公然秀恩愛，然而對於絕大多數不知情的粉絲來說，兩人那番互嗆就有了特殊意義，甚至成了兩人私交不合的證據，理由是穆廷州雖然高冷，但他幾乎沒有當眾給人難堪過，昨天他竟然指責明薇是「喜新厭舊」！

好強有力的證據啊……

滑著那些乍一看很有道理的分析，明薇肚子都要笑疼了

結果三天後，穆廷州再次在採訪上，語出驚人。

記者：「《大明首輔》、《龍王》、《白蛇》，算起來你與明薇連續合作三次了，不知道還有沒有第四次給我們期待？」

穆廷州高冷臉：「如無意外，《白蛇》應該是我跟明小姐最後一部影視作品。」

記者震驚臉：「有什麼原因嗎？」

穆廷州露出一個深不可測的淡淡淺笑。

採訪一上傳，「廷薇」粉們紛紛表示遺憾，盼望穆廷州早點與明薇撇清緋聞的粉絲們卻歡欣鼓舞，再次搬出明薇配不上穆廷州的那套理論。但明薇現在也有了一批死忠粉，一看到這種

評論，立即罵回去，你來我往，別提多熱鬧了。

而據說私交不合的兩大主角，一起參加了《龍王》的首映。

一部成功的電影，演員們的表演是關鍵因素，後期製作也必不可少，明薇拍完一場戲能看到重播，但最終大螢幕上播放出來的效果美得讓她幾乎都要認不出自己了。女指揮官動作戲剪輯俐落漂亮，青龍人身俊美高貴，龍身猙獰又威武霸氣，不知不覺一個多小時過去了，當電影最後定格在青龍孤獨游回碧藍海洋的畫面時，明薇心情激蕩。

這是自己第一部電影，至少她很喜歡。

晚上她與穆廷州各回各家，電話溝通觀後感。穆廷州是影視圈老人了，見過大場面，全是明薇在談，談精彩的地方，談她覺得可以稍微改進的部分，談她遺憾被刪掉的鏡頭。暢談結束，明薇忽然意識到穆廷州過於沉默，尷尬問：「你沒什麼想說的？」

她可不想變成一個聒噪惹人煩的女朋友，如果穆廷州的回應表現出對她的長談沒興趣，以後她就不找穆廷州傾吐興奮了。

電話那頭傳來男人偏冷的聲音：『妳很美。』

明薇傻眼，這算什麼回應？

他繼續道：『電影是電影，現實生活裡我會給妳最圓滿的愛情。』

明薇被甜暈了，原來她滿心工作的時候，男朋友心裡想的是她。

情場得意，職場進展也一路驚人。雖然有誇的也有罵的，但憑藉媲美國際領先水準的震撼特效與導演、主演們的名氣，《龍王》票房在暑期檔一路領先，並成功打破了幾項票房紀錄，專業人士預估，明年電影頒獎節上《龍王》定會大放異彩。

《龍王》爆紅，明薇接到的片約也越來越多，這些明薇都交給經紀人沈素，她一心準備十月武俠劇的拍攝，兩個月的密集武術培訓後，明薇丟下熱戀中的男朋友隨組去影視城了。武俠劇拍起來更累，每次明薇回到飯店都睏得不行，簡單與穆廷州聊幾句便睡覺，穆廷州能想像她的辛苦，後來便改成睡前用訊息說個「晚安」。

明薇忙於新片，穆廷州沒她那麼忙，但最近過得也很充實，已經開始挑選他的導演處女作劇本了。元旦前夕，他放下劇本，正對著日曆思索哪天去找分別兩個月的女朋友最合適，突然接到一個電話，備註顯示：「明薇助理：小櫻」。

穆廷州立即接聽。

『穆老師，薇薇進急診室了……』

演員這個行業，其實也有一定的危險，每年都能看到幾起明星受傷事故，這還是因為明星吸睛度高，明星之外肯定也有很多小角色掛彩的案例，只是沒被報導罷了。

明薇入行時間短，但小傷也吃過幾次了，這次拍跳崖戲，她的運氣不太好，下降時意外撞到石壁，撞得頭暈眼花，左臂一抽一抽地疼。到了醫院，醫生們很快得出結果，她的左臂輕微骨裂，要打石膏養三週左右，腦部暫時沒發現問題，但需要二十四小時密切觀察。

明薇有點上火，問導演：「會不會耽誤進度？古裝袖子寬鬆，我先把文戲拍了？」

如果她還在當翻譯，受了這種傷肯定會安安心心養病，可現在她是一部戲的女主角，耽誤三週的進度，她的責任心過不去。

導演早就考慮過了，安慰明薇道：「我先安排別人的戲份，十天後再看情況，這十天妳好好休息，別有壓力，十天後真的要妳上，那時候妳想休息也不行。」

明薇鬆了口氣。

劇組成員紛紛過來探望，半小時後病房才安靜下來，只剩小櫻守在旁邊照顧她。

「剛剛妳在急診室，我打了電話給伯父、伯母，還有穆老師了。」小櫻一邊幫明薇開機，一邊心疼地看著明薇。她當時就在拍攝現場，親眼目睹明薇撞的那一下，嚇得她的心都快跳出來了。

明薇聽了，接過手機第一件事就是打給穆廷州。老爸、老媽肯定會趕過來，多著急幾分鐘沒什麼，但明薇必須先聯繫穆廷州，確保穆廷州別來這邊探望她。兩人關係曖昧，她拍戲受傷媒體應該得到消息了，那她的緋聞男友穆廷州絕對會成為重點監督對象。

距離她進急診室剛過一個多小時，應該來得及。

才「嘟」一聲，電話就通了，速度太快，明薇突然不知道該說什麼了。

『薇薇？』

親昵的稱呼，明薇一秒淚崩，右手舉著手機，習慣地想用左手擦眼睛，動了一下才記起那邊打了石膏，不方便動。小櫻見了，體貼地過來幫她擦眼淚，故意對著明薇手機打趣道：「我還以為妳真的那麼堅強呢，原來在等著跟穆老師撒嬌。」

明薇狠狠地瞪她。

小櫻識趣地去了外面。

明薇想哭的委屈感也過了，吸口氣道：「我沒事，左臂輕微骨裂，養半個多月就行了，你別擔心。」

儘管她掩飾得很好，穆廷州還是聽出了一絲哭腔。他的女人哭了，再看前面長的好像看不到盡頭的車陣，穆廷州的焦躁突然達到了頂點。塞車、塞車，從他出門就開始塞，他新訂的第二張機票都快作廢了！

『那妳好好休息。』猜到她單手行動困難，穆廷州平靜地勸道。

明薇抿唇，聽電話那頭好像有喇叭聲，警惕地問：「你在哪？」

穆廷州如實道：『去機場的路上，塞住了。』

明薇又甜蜜又遺憾，她也想見男朋友，想朝男朋友撒撒小嬌，可誰叫他們在談地下戀情。

「別來了，媒體肯定在盯著你，而且我爸媽等一下就到了。」明薇小聲地說。

穆廷州沉默，然後道：『好。』

勸住了男朋友，明薇掛了電話，打給老媽報平安。明強夫妻也在路上，明強開車，開得飛快，得知女兒傷的不算太嚴重，理智地減緩車速，安全駕駛。兩個小時後，夫妻倆急匆匆進了醫院，直奔病房。

明薇疼，看到最疼愛她的家人，忍不住掉了幾滴金豆子。

明強心疼女兒想去找劇組算帳，被老婆、女兒一起勸阻，不許他去鬧。如果可以，誰也不想發生事故，劇組自然會處理失誤人員，明強再鬧場面就難看了。明強只好忍氣吞聲，指著女兒手臂上的石膏教訓道：「以後要麼別拍戲，要麼就用替身，再敢自己拍危險戲試試看！」

明薇乖乖縮著腦袋。

明強猶不解氣，在病房走來走去，一手養大的寶貝女兒因為工作躺在病床上了，看到就一肚子火！他不需要女兒賺大錢，也不需要女兒當大明星為他帶來榮耀，只希望女兒平平安安開開心心的，一輩子無病無災。

正氣著，瞥見小櫻在門口探頭探腦，暗暗朝女兒使眼色。

「有事？」明強沒好氣問。

他濃眉大眼威風凜凜，小櫻怕他，求助地看向明薇。

明薇奇道：「怎麼了？」

小櫻便在明強吃人的目光中，硬著頭皮跑到明薇身邊，湊在她耳邊說悄悄話：「記者拍到穆老師下飛機的照片了，猜到他是來探病的。」拍攝基地附近就有一個機場，穆廷州早不來晚不來，偏偏在緋聞女友受傷後第一時間過來，意思太明顯。

明薇傻了，穆廷州不是答應她不來的嗎？

「又出什麼事了？」見女兒神色不對，明強皺眉問小櫻，以為是劇組那邊有情況。

小櫻低著腦袋，示意明薇做主。

明薇看一眼太過緊張她的老爸，忽然一個頭兩個大，老媽應該挺喜歡穆廷州的，可穆廷州剛變成太傅時，想接她離開別墅的老爸曾經被穆廷州甩過臉色，然後就一直不喜歡網路上關於她與穆廷州的緋聞，並多次告誡她別被穆廷州的男色騙了……

現在穆廷州來了，以她男朋友的身分過來，毫無準備的老爸會怎麼做？

明薇不敢想像，更頭疼的是，老爸老媽都在身邊，她沒機會給穆廷州通風報信啊！

高級病房配置了一個小廚房，江月準備親手為女兒做飯，詢問過護士女兒近期適合吃什麼，她列了個單子，讓明強去買菜。

「爸，別光買我吃的，也買點你跟媽愛吃的菜。」明薇躺著說。女兒這麼孝順，生病還想著爸媽的口味，明強欣慰地出發了。

江月守在床邊陪女兒。

明薇看眼窗外，默默計算時間，穆廷州來得巧啊，可能他到的時候，老媽剛好做完晚飯，前後差不了太多。終究是自己挑的男朋友，還不顧一切來找她，明薇當然也要顧及他，不能讓他一人面對兩位長輩。

所以明薇決定先幫穆廷州拉攏一個。

「媽……」明薇甜甜地叫了一聲，甜軟的吳儂軟語喊得江月骨頭都要酥了，心疼地摸摸女兒額頭：「在呢，哪裡不舒服？」以為女兒是因為受傷想撒嬌。

明薇臉紅了，水潤潤的眼睛躲閃地看著老媽：「等等的飯菜妳多做點。」

江月想到了女兒的助理，理解道：「知道，小櫻忙前忙後的，讓她跟我們一起吃。」

明薇：「……」

怎麼辦，突然覺得好對不起小櫻啊，辛辛苦苦給自己當助理，結果她只想著男朋友，還不如老媽會疼人！

垂下眼簾，明薇臉熱得可以煎雞蛋了，小聲嘟囔道：「除了小櫻的，還要多做一份。」

這下子江月不懂了，好奇地問女兒：「給誰吃啊？」劇組成員一個比一個忙，真的來探班也是一批一批的，就算自家客氣留飯，對方應該也不會答應。

明薇害羞極了，閉上眼睛，讓老媽自己看網路，距離穆廷州離開機場已經快兩小時了，以兩人CP的名氣，肯定上了熱門話題。

見女兒害羞，江月突然心中一動，飛快拿出手機，熟門熟路地找到熱門話題了，一下子看到兩個與女兒有關的話題，一個是女兒拍戲受傷住院，這個出現的早，她來醫院路上就看到了，但此時此刻，這則新聞居然被新出的一則壓下去了：#明薇住院，穆廷州探病#

江月有點傻了，穆廷州來探病了？她就在女兒病房，沒看見啊？

大腦疑惑著，手已經點了進去，然後就看到了穆廷州走出機場的影片。《白蛇》殺青小半年了，穆廷州又恢復了原來的短髮髮型，眉眼清冷，面對記者鬧哄哄的圍堵與追問，穆廷州不怒也不燥，直接上車。

江月呆呆地看著播完影片的手機螢幕，記者說穆廷州要來探望女兒，女兒又讓她多準備一個人的飯……

作為一個資深的「廷薇」粉，江月粉絲的那一面竟然在此刻壓過了她的母性，反應過來立即激動地問女兒：「你們真的在一起了？」

明薇一聽老媽這麼興奮，頓時有了底氣，睜開眼睛見老媽果然一臉驚喜，她紅著臉「嗯」

了聲：「去年十月開始的，沈姐說我剛入行，最好先保密……」

「妳跟粉絲保密，為什麼不告訴我？」江月嗔怪女兒，跟著開始八卦，滿眼粉紅泡泡地問女兒：「誰先追誰的？」

明薇嘟嘴，這是什麼問題？一般戀愛都會認定男追女，老媽這麼問是覺得穆廷州太好，她是倒追的？在老媽眼裡她的寶貝女兒就那麼沒有魅力？

江月確實覺得穆廷州挺好的，不是一般的好，那是男神級別的、傳說中的人物。女兒沒這種想法可能是因為跟穆廷州打交道的次數太多了，她雖然早就被傳成了影帝的岳母，可直到如今，她連穆廷州的人都沒見過啊。

不過看女兒傲嬌的眼神，江月就懂了，趕忙誇女兒：「我們薇薇最漂亮、最能幹，連影帝都被妳迷住了。」

明薇噗哧笑了。

江月卻開始緊張，起身把乾淨整潔的病房又整理一遍，然後想到自己，低頭看看，擔憂地問女兒：「我這身是不是太隨便了？還有妳爸，一聽說妳出事，我們倆衣服都沒換就趕過來了……現在去附近的商場還來得及嗎？」

明薇是希望老媽站在她這邊，等等幫忙緩和老爸與穆廷州之間的氣氛，但看到老媽這麼重視穆廷州，要見上級長官似的，明薇又不高興了，撇嘴道：「他現在只是我男朋友，能不能轉正還不一定，媽妳這麼緊張做什麼？」

江月剛要說話，門外小櫻突然敲門：「薇薇、伯母，穆老師到了。」

明薇驚呆，怎麼這麼快？

江月的緊張則猛然衝向巔峰，說到就到，她還沒做好準備啊！

可是再緊張，待客之道還是要守的，江月瞪一眼女兒，趕緊去迎客。

門開了，小櫻早已讓到一旁，只有穆廷州一人站在門口。江月夫妻來的匆忙，穆廷州也是得到消息就出發的，只穿著一身黑色休閒服，但他顏值高、氣質好，別看先後經過塞車、坐飛機、記者圍堵等糟心事，現在出現在病房中的他，依然面容俊美衣衫齊整，如青竹美玉，看得讓人移不開眼。

第一次近距離接觸男神，江月看愣了。

穆廷州禮貌地寒暄：「伯母好，我是穆廷州，薇薇的男朋友，沒打招呼就過來，給您添麻煩了。」

臉上表情沒有多柔和，依然是常見的清冷，就像他在家人、明薇面前一樣，但話說得很好聽。

江月受寵若驚，略顯局促地招呼：「客氣了、客氣了，這麼遠還趕過來，快進來坐坐。」

穆廷州頷首，抬腳進屋。

明薇偷偷瞄他，心裡七上八下的，剛剛她跟老媽的對話，穆廷州聽到了多少？

穆廷州首先看她的臉，忽略女朋友做賊心虛的表情，只觀察她的臉龐，確定臉上與脖子沒受傷，目光馬上落到了明薇的手臂上。中間一段打了石膏，石膏上面露出一段紅色的擦傷，與周圍嫩豆腐似的肌膚相比，觸目驚心。

有很多話想說，但病房裡還有一位岳母。

看出江月的緊張，穆廷州再次道歉：「我跟薇薇戀愛我家裡已經知道了，二老都很喜歡她，薇薇這邊因為我表現不好，還在轉正考察期，沒能爭取到讓伯父、伯母知曉的資格，這是我作為男朋友的失職，希望伯母別怪薇薇隱瞞。」

他面上一本正經，語氣也是一本正經，但經常被明強言語調戲的江月，如何聽不出穆廷州是在打趣女兒？江月情不自禁地笑，掃一眼病床上恨不得找條縫鑽進去的女兒，再看對面渾身散發著男神氣息的影帝，江月依然興奮，中了彩券似的，但卻沒有那麼緊張了，笑道：「薇薇亂說的，剛剛還提醒我做你那份晚飯呢。」

穆廷州聽了，看向明薇。

明薇惱羞成怒，故意道：「我是讓妳做小櫻那份。」

江月瞪女兒：「妳就嘴硬吧。」

明薇冷哼。

穆廷州看著她笑，淡淡的笑容，透露出男人對自己女人的寵溺。

病房中頓時彌漫出不容忽視的曖昧氣息，江月莫名跟著甜了起來，體貼地對女兒道：「廷州大老遠趕過來，妳先陪他聊聊，我問問妳爸到哪了。」順便提醒老公多買幾道菜，招待未來女婿，這第一頓飯可不能敷衍湊合。

「麻煩伯母了。」穆廷州彬彬有禮地送人，一直把岳母送出病房，還是江月隨手帶上了門。

明薇扭頭看窗，餘光卻時時刻刻關注著穆廷州，知道他在身邊坐下目不轉睛地看自己。

「不是說好不來的嗎？」右手被他握住，寬厚溫熱的掌心讓人貪戀，明薇終於不彆扭了，慢慢轉過來，嘴上埋怨他出爾反爾，一雙晶瑩的眼睛卻盈盈地望著他。這麼久沒見，好想他。

「看到我，妳很不高興？」穆廷州俯身問，俊臉距離她只有一尺。

他好似要吻她，又可能只想挨近點說悄悄話，但看著他俊美的臉、偏薄的嘴唇，明薇不爭氣地動了一點小色心，腦海裡冒出各種不和諧的畫面，果然小別勝新婚嗎？為了不讓穆廷州看出來，明薇及時轉移話題，發愁道：「這下肯定要曝光了。」

穆廷州諷刺笑，盯著她的眼：「怎麼，明小姐擔心曝光了，以後不好甩了我？」

明薇頭大，她安慰老媽的無心之語，他要不要這麼酸？

「是啊。」明薇故意氣他，誰叫他酸。

穆廷州黑眸危險地睇了睇，然後就在明薇準備說幾句軟話哄哄男朋友時，穆廷州突然親了下來，親得兇猛，卻沒忘了用一隻手按住她的左肩，免得她亂動受傷的手臂。明薇慌了，老媽就在外面，隨時可能進來……

她使勁扭頭，試圖用右手推開他。穆廷州卻將上半身都壓在她身上，捧著她的臉深吻，熱情如火。拍戲出意外，明薇其實一直都在後怕，突然撞到石壁，身體的痛苦是一方面，心裡的陰影又是一方面，家人來了她安心了點，可心底還是在怕。

但現在，被男朋友霸道地壓著親著、愛著，明薇的理智迅速被情感壓下，忘了這是病房、忘了老媽就在外面，她單手抱著他的脖子，隨心所欲地回應。穆廷州滿意了，明薇意亂情迷，他卻記得這是哪，親了一會兒就準備撤退。

明薇還沒親夠呢，小手用力按著他脖子，唇也捉著他舌尖不讓走。

穆廷州的火一下子就起來了，可起來也沒用，該停還是要停。

他戀戀不捨地抬起頭，眸中跳躍著墨色火焰。

明薇瞅瞅他，意識到自己做了什麼，害羞了，尷尬地閉上眼。

「看來妳比較想我的身體。」穆廷州啞聲說，不肯放過她。

「閉嘴。」明薇心慌意亂地喝斥。

穆廷州乖乖閉嘴，人也坐正了，大手卻握著她的小手，拇指指腹不停地揉她手心，靜靜地揉了十幾分鐘，外面突然傳來一陣急促的腳步聲。明薇趕緊收手，低聲提醒男朋友：「你失憶時得罪過我爸，他不太喜歡你。」

穆廷州淡淡道：「妳喜歡我就夠了。」岳父喜不喜歡不重要。

明薇：「就你這態度，我爸打你我都不攔著。」

穆廷州笑：「不用擔心，他打不過我。」

明薇氣結，有那麼一瞬間她都想投奔老爸打壓女婿的陣營了！

穆廷州摸摸她的腦袋，氣定神閒地起身，準備迎接買菜歸來的岳父。

明強接到老婆電話的時候，正在超市水產區這邊挑魚，聽老婆喜滋滋叮囑他多買幾個菜，理由是穆廷州來了，意識到這句話背後的含義，明強氣得火冒三丈，隨便指條活蹦亂跳的大魚就走了，老婆讓他加的菜一個都沒買！

車子開到醫院，果然看到一片記者，不知多少是被穆廷州帶過來的。明強更氣了，這穆廷州肯定是故意的，故意讓所有人都知道女兒在跟他談戀愛，好早點占穩女兒男朋友的名分！

腳下生風，明強拎著幾個購物袋衝上了頂樓病房。

「怎麼沒買？」江月接過購物袋，不高興地問。

明強見病房裡面的門竟然關著，沒理老婆，直接去敲門，手還沒碰到門忽然從裡面打開了，露出一個一身黑衣的年輕男人。明強身高體壯，穆廷州沒他那麼肌肉發達，但身高卻比明強高了一些，男人之間，個子一高氣勢跟著就提了一段。

面對明強威風凜凜的虎眸，穆廷州神色如常，客氣道：「伯父回來了。」

明強沒理他，逕自從穆廷州身邊經過，沉著臉往裡走。

病床上，明薇朝老爸擠眉弄眼，明強板著臉，遞給女兒一個「等著秋後算帳」的眼神。

老爸不肯主動說話，穆廷州也是個傲嬌的，明薇只好當中間人，不太好意思地向老爸介紹：「爸，那是我男朋友，姓穆，叫廷州，職業演員，您可能在電視上看過他，演技一般，也才拿過一次影帝。」

一開始不好意思，後面越說越順，變成了嬉皮笑臉。

明強背對穆廷州瞪女兒。

老爸畢竟是岳父，沒道理岳父先討好女婿的，明薇就朝男朋友使眼色：「你不自我介紹一下？」還想不想轉正了？

穆廷州想轉正，而且明強明知薇薇不是親生的還那麼寵愛，穆廷州也由衷地尊敬明強。

「伯父，聽薇薇說，我失憶期間曾對您不敬，我很抱歉，希望您別放在心上。」走到明強身側，穆廷州鄭重道。

明強還是不說話。穆廷州說來就來，一點預兆都沒有，突然過來跟他搶女兒，他很不爽。

「爸……」男朋友的態度夠了，明薇又來勸老爸。

明強看看女兒受傷的手臂，想想穆廷州第一時間從帝都趕過來，這份心意還勉強可以，他稍微順了點氣，坐到床邊，審犯人似的瞟了穆廷州一眼：「什麼時候追到薇薇的？怎麼不告訴我們？」

穆廷州從容道：「前年拍《大明》時開始追，去年十月薇薇才答應跟我在一起，我已經跟我家裡說了，薇薇，可能另有考量。」

明強吃了一驚，穆廷州追了女兒這麼久？以穆廷州的顏值、氣質、才幹，女兒堅持了一年半，夠可以了。

明薇更是震驚，拍《大明首輔》時穆廷州有追她？她怎麼不知道？胡說的吧？

明薇狐疑地盯著穆廷州。

穆廷州看她一眼，繼續等待岳父出題。

明強不知道該說什麼，沒有應付女婿的經驗，說狠了，女兒不高興，可讓他高高興興認了女婿那也不可能。兩方僵持時江月來了，笑著問女兒：「薇薇，廷州喜歡吃什麼口味？聽說北方人愛吃辣……」

他們一家四口都喜歡吃清淡點的。

穆廷州立即道：「伯母客氣了，您隨意做，我不挑食。」

江月不信，堅持看女兒。

穆廷州確實不挑食，只要菜好吃，鹹辣甜淡他都吃，明薇對老媽的廚藝有信心，叫她放心做。江月懂了，跟著對明強道：「讓他們倆說話，你來幫我的忙，快點做好快點吃，廷州還沒吃午飯吧？」

千里迢迢飛過來，應該沒心情。

穆廷州確實沒吃午飯。

可明強不想給穆廷州單獨跟女兒說話的機會，外強中乾地拒絕親親老婆：「就幾道菜，妳自己弄。」魚在超市已經收拾好了，給女兒燉個魚湯，再炒一盤雞蛋、一盤芥菜，真的累不到老婆。

江月生氣了，不是氣老公不幫忙，而是氣老公存心要為難男神女婿，就又勸了一次。明強怕老婆，腦海裡疼老婆與護女兒兩種意念正在打架，忽聽穆廷州道：「伯母，薇薇總是拍戲，您跟伯父見薇薇一次不容易，你們多陪陪薇薇，今晚我做飯。」

明強難以置信地抬頭。

江月也愣住了，跟著就道：「不用不用，菜不多，你們一起陪薇薇，我自己弄。」說完就往外走。

穆廷州直接跟了過去，江月再三勸阻，穆廷州堅持要幫忙，並倚仗身體優勢繞過岳母的阻攔去廚房忙了。江月沒轍，讓女兒勸穆廷州。明薇卻知道這是穆廷州表現的好機會，反正是自己的男人，讓他勞動一次也沒什麼。

「媽，他做飯挺好吃的，妳就等著嚐吧。」明薇笑容甜蜜。

女兒不管用，江月自己去廚房拉女婿。

明強不樂意了，穆廷州這招夠聰明啊，母女倆一起討好了，那他算什麼？

明強也跟去廚房，沒一會兒江月就被兩個男人攆了出來。江月不放心，守在廚房外面聽動靜。

明強：「薇薇愛吃我做的菜，你也出去。」

穆廷州：「我做魚湯，其他兩道菜您負責。」

明強：「換過來，薇薇愛喝我做的魚湯。」

穆廷州：「好。」

接著裡面就沒人說話了，只有洗菜、切菜的聲音。

江月偷笑，老公這是被女婿繞進去了，一下子就把兩道菜的烹飪權分給了女婿。見男人們沒打架，江月放心了，讓旁邊偷笑的小櫻去跟護士說一聲，等等再送菜來。

晚上六點鐘，明薇的病房飄滿了飯香。

小櫻堅持不上桌，一個人在外面吃，房裡江月幫女兒夾好菜，放在女兒面前的小桌子上。

明薇左手不能動，右手好好的，吃一口菜，偷偷看看穆廷州跟老爸，見兩人各吃各的，井水不犯河水，一個比一個傲嬌，明薇就覺得特別幸福。

父母疼她，男朋友也夠體貼……

穆廷州的手機突然響了，明薇的一直關機，避免打擾。

穆廷州拿出手機，朝岳母一家人說聲抱歉，去外面接聽。

明薇有點擔心，等穆廷州回來，她試探問：「工作上的事嗎？忙的話你趕緊回去吧。」

穆廷州看著她道：「我最近很空，在這邊訂了一個月的房間。」

言外之意，接下來的一個月，他都會留在明薇的拍攝地。

不是情話，卻讓明薇瞬間紅了眼眶。

江月欣慰極了，雖說她很滿意穆廷州，可穆廷州的名氣擺在那，江月隱隱擔心女兒是這段感情中處於劣勢的那一方，如今穆廷州又是親自下廚給女兒做菜，又是不顧大紅大紫的事業騰出一個月時間來陪女兒，這麼好的男人，還需要擔心什麼？

「既然廷州留下來陪妳，我跟妳爸後天就回去了，妳爸店裡忙，我那邊也走不開。」江月柔聲道。女兒大了，有她自己的感情與事業，當父母的要給女兒自由空間。她是女人，知道女兒現在肯定更喜歡男朋友的陪伴。

明薇不好意思地笑。

明強鬱悶，嘴裡的飯菜更沒滋味了。穆廷州訂了一個月的房間，可醫生說女兒傷勢不重，兩三週就能康復，那剩下的小半月時間，穆廷州會不會趁機占女兒便宜？身為一個男人，明強自然知道眼下是穆廷州討好女兒的絕佳時機。

明強不放心。

「你去洗碗。」江月再次使喚老公。

明強掃一眼穆廷州，搶著收拾碗筷端出去了，江月也去了廚房，留給小情侶說悄悄話的時間。

「真的不忙？」明薇拉住穆廷州的大手，目光柔得要滴水。

穆廷州反手握住她，放在嘴邊吻：「那些瑣碎，都比不上妳。」

人活著是為了什麼？錢，他有了，名，他也有，事業抱負，他亦有後半生慢慢實現，但從他想清楚明薇對自己的特殊意義的那一刻起，明薇便是他以後生活中最重要的一部分。現在他的女人受傷住院，陪在她身邊，親眼看著她澈底康復，才是他未來一個月最想做的事。

明薇心裡暖暖的，示意他靠過來。

穆廷州俯身，以為女朋友要獎勵他一個吻。

明薇卻小聲對著他耳朵道：「表現得這麼好，給你轉正了。」老爸、老媽都認可了，只要以後沒有變故，穆廷州便正式從明薇男朋友升級成明家的準女婿了。

「謝謝。」吻沒盼到，等來一句甜言蜜語，穆廷州輕聲道，然後低頭主動索吻。

這一次，兩人都沒敢戀戰，碰了碰就分開了，明薇臉頰紅紅的，甜甜地與他目光交纏。

「妳的手機關機，剛剛肖照打我電話，說他現在沒立場過來，讓我幫他轉達關心。」握著明薇的小手，穆廷州還是幫了肖照的忙。

明薇「嗯」了聲。

廚房的水聲停止了，穆廷州看看腕錶，最後捏了捏明薇的手：「那妳早點休息，我先回飯店。」

明薇繼續：「嗯。」

穆廷州正式向岳父、岳母告辭，江月讓明強去送送，明強不太情願地將穆廷州送到樓層轉角就回來了。江月照顧女兒漱口刷牙，晚上明強睡外面沙發，她讓護士加了一張床，跟女兒並排躺著。

明薇因為藥物作用，早早睡了，江月偷偷滑社群。

「廷薇」討論區炸了，全是在討論女兒與穆廷州的關係，穆廷州急匆匆趕來探病，基本上就是兩人在交往的鐵證了，但這畢竟只是猜測，兩個主角沒有互動沒有正式承認戀情之前，穆廷州的探病就也可以理解成好朋友的關心。

江月忍不住笑，今晚之前她也是看熱鬧的人，今晚之後她就是知情人士了。

江月特別高興，女兒找了個二十四孝好男友，那男友還是自己喜歡的男神演員，感覺下半輩子都更明亮了，充滿了各種期待。還想再看看女兒的社群，螢幕上突然跳出一則陌生號碼傳來的簡訊：『薇薇還好嗎？』

江月的好心情立即變得複雜起來。

猶豫幾分鐘，她回了幾個字：『還可以。』

陌生號碼：『抱歉，我對不起妳們。』

江月沒再回覆，刪了簡訊，關機睡覺。陳年往事，她不恨不怨，也不想再提。

第二天一早，穆廷州又來了，這次他準備得很充分，帶了花束與水果，水果全是明薇現在適合吃的，並親手幫明薇削著吃。明薇心裡甜蜜蜜，明強看了覺得刺眼，本來老婆說明天走他還不太樂意，現在他也想走了，不然看寶貝女兒眼裡只有另一個男人，難受。

親手養了二十多年的漂亮小白菜，真的被一頭豬拱了。

又住了一晚，早上醒來竟然在下雨，趕上了暴雨，夫妻倆就決定多在醫院住一夜。傍晚吃完飯，穆廷州要回飯店，這麼大的雨，江月堅持送他到醫院大廳，明強只好陪著，沒想到三人剛下樓就見幾個護士推著擔架匆匆跑了進來，有人高喊病情：「車禍急診……」

三人同時望過去，擔架上的男人，臉上、身上都是血。

明強夫妻沒看清楚，穆廷州臉色卻陡變，幾個箭步衝過去，低頭一看——是徐修。

第五十一章　一輩子的爸爸

護士們推著擔架進了急診室，穆廷州僵在原地。

「是認識的人嗎？」江月、明強湊過來，江月擔心地問。

穆廷州看看這對夫妻，目光在岳母臉上多停留幾秒，卻不知該怎麼回答。說實話，岳母可能會失態，致使岳父猜到徐修便是薇薇的生父，讓夫妻關係生出變數。可是不說，徐修傷的那麼重，岳母現在走了，萬一徐修……岳母會不會遺憾沒能見徐修最後一面？畢竟是曾經的戀人。

江月與徐修之間只是陰錯陽差的一晚，但為了母親著想，明薇對穆廷州隱瞞了一些事。

這邊穆廷州正在猶豫，後面護士們又推了一個人過來，身上也有血，但人很清醒。擔架從旁邊經過，穆廷州沒印象，傷者卻認識他，激動叫道：「穆先生，徐董出車禍了！我現在不方便，請你聯繫一下徐總！」

穆廷州立即看向岳母。

江月僵硬地立在那，臉色蒼白。

「抱歉，我去打個電話。」穆廷州低聲說，快步朝遠處走去，留岳父、岳母處理過去的問題。

「月月？」明強還以為老婆受到了驚嚇，擔心地扶住老婆，「沒事吧？」

江月搖搖頭，低著腦袋，心慌意亂。

明強勸她：「妳先上去，我在這看著。」出車禍的是穆廷州的熟人，自家既然撞上了，怎麼樣都該有所表示。

江月六神無主，腦海裡全是徐修一身血的刺目慘狀。她對徐修沒有任何男女感情，連普通的朋友都算不上，這麼多年，她把徐修當陌生人。如果沒有女兒，徐修是死是活對她毫無影響，但徐修是女兒血緣上的親爸爸，如果徐修真的撐不住了……

江月哭了，心疼女兒。她默默提防了徐修那麼多年，除了當年徐修對她不夠君子，江月沒發現徐修有什麼大缺點，徐家有錢，一直致力慈善事業，徐修也養了兩個好兒子，其中一個還是女兒的好朋友。江月很清楚，徐修是個有魅力的成功男人，也是一個好爸爸，女兒不肯接受徐修，主要原因是在替她打抱不平，但有肖照做潤滑劑，只要徐修真心想認女兒，女兒早晚會接受他。

或者說，女兒現在其實有點傲嬌，是在替她懲罰徐修，徐修好好的，女兒能心安理得地不理會他，可徐修如果真的有什麼三長兩短，女兒能不受影響？

江月害怕，怕徐修死了，怕女兒承受不了喪父打擊，越怕，眼淚就越收不住。

明強看出不對了，但他還沒有想到那層關係，急著把老婆扶到角落，緊張地問：「好好的，妳哭什麼啊？」

江月再也瞞不下去了，撲到老公懷裡，哽咽著道：「他、他就是那個人……」

明強如遭雷擊，當年趁虛而入欺負他老婆害老婆一直不敢去帝都的人，就是出車禍的什麼徐董？

明強不知道徐董是誰，人都傷成那樣了，跟他一樣五十多歲的老男人，明強暫且也沒有心情計畫如何替老婆教訓對方。腦袋裡亂了一陣，明強突然想到兩件事，一是女兒知道了會怎麼樣，二是……

「妳擔心他？」明強抱緊老婆問，都是徐董了，家裡肯定有大公司，老婆難道……

「我怕薇薇受不了。」江月心亂如麻地說。

明強鬆了口氣，老婆沒惦記那人就行。

不吃醋了，明強迅速冷靜下來，幫老婆擦擦眼睛，沉著道：「先別告訴薇薇，等那邊情況穩定下來再說，妳先上去，薇薇問起來就說廷州回飯店了，我去超市買零食吃。」

有老公出主意，江月鎮定不少，點點頭，牽腸掛肚地走了。

明強去找穆廷州，穆廷州剛與肖照通過電話。

「薇薇知道了？」明強心情複雜地問，剛剛穆廷州不肯介紹徐修，肯定是女兒跟他說過。

穆廷州點頭，沉默片刻，補充道：「謝謝這麼多年，伯父對薇薇的照顧。」

明強怒了，瞪他：「我養我女兒，還需要你謝？」

穆廷州立即閉嘴。

明強猶不解氣，轉到穆廷州對面，一手扣住穆廷州的肩膀，咬牙切齒道：「我再說一遍，薇薇是我女兒，以後除非她先甩了你，否則你敢對不起她，看我怎麼收拾你！」別以為他這個岳父摻了一點水分，就不把他放在眼裡。

男人手上力氣很大，緊緊抓著穆廷州的肩膀，穆廷州卻神色如常，淡淡道：「伯父放心，我跟薇薇會一起孝敬您與伯母，我們孝敬不動了，還有您的孫子、孫女。」

言外之意，明薇這輩子都不會甩了他，

言外之意，明強這輩子，都是他與明薇的爸爸。

明強愣住，回味出穆廷州這句話的意思後，他一半高興，一半不爽，高興穆廷州沒想去認另一個岳父，但也不爽穆廷州囂張狂妄的語氣。什麼孫子、孫女，薇薇只是跟他談戀愛，還沒有進展到求婚、訂婚的地步，穆廷州哪來那麼大的臉？

「想得挺美。」冷哼一聲，明強自己去一旁待著了，遠遠觀望形勢。

兩個小時後，徐修的司機先脫離危險，穆廷州過去瞭解情況。徐修是個說一不二的人，他讓司機冒雨從上海出發來這邊，司機便沒問原因，只負責開車，沒想到車子開到市區突然被一輛違規駕駛的私家車撞了。

司機蒙在鼓裡，穆廷州卻清楚。明薇受傷住院，徐修肯定是想過來探望，好天氣不敢來，怕記者聯想什麼，故意選擇記者休息的暴雨天，打算悄悄地來再悄悄地走。離開病房，穆廷州繼續去急診室外面等，偶爾接一下電話。

等肖照、徐凜兄弟倆匆匆趕來時，徐修已經手術完進了加護病房，全身多處骨折，腦震盪昏迷不醒。

徐凜面容冷峻，肖照摘了眼鏡，一手捏著額頭。

「薇薇怎麼樣？」打了幾個電話，安排好公司與公關事務，徐凜突然問穆廷州。

「輕微骨裂，需要休息三週左右。」穆廷州審視地看著他，徐修這次車禍，多少與明薇有關，他好奇徐凜兄弟會怎麼看明薇。

徐凜點點頭，叮囑穆廷州道：「薇薇那邊先瞞下來，讓她安心養病。」

並沒有遷怒的意思。

穆廷州「嗯」了聲。

徐凜兄弟在醫院守了一夜，穆廷州也守了一夜，早上回了一趟飯店，換身衣服，再若無其事地去看另一間病房的女朋友。明薇這兩天睡得都很沉，六點多還沒醒，穆廷州在客廳向江月夫妻解釋徐修的病情：「應該沒有生命危險，但無法確定何時會醒。」

江月嘆氣，早知道那晚她該回徐修的簡訊的，好好解釋女兒病得不嚴重，也許那樣徐修就不會冒雨過來看女兒。

「我們再多住幾晚？」明強跟老婆商量，徐家人離女兒這麼近，他不放心。

江月拿不定主意。

穆廷州勸道：「伯父、伯母先回蘇城，等我準備告訴薇薇了，會提前通知你們。」

江月看老公，明強沉默，過了幾分鐘才默許了。認不認徐修，註定是女兒這輩子的一個重要選擇，明強想給女兒空間單獨考慮，如果他一直守在旁邊，女兒可能會顧忌他的心情，委屈自己，那絕不是明強想要的。

夫妻倆陪明薇吃過早飯，由穆廷州送到樓下，回蘇城了，自始至終，江月沒有流露出想去探望徐修的意思，徐凜、肖照兄弟倆也沒來這邊打擾她。

「走了？」男朋友回來了，明薇有些緊張地問，現在病房中只有他們，穆廷州會不會情不自禁？

穆廷州點頭，坐到明薇床邊，看出女朋友的害羞，他雖然想親近，卻不可能在這種時候動手動腳。

「吃水果嗎？」摸摸她的腦袋，穆廷州輕聲問。

明薇只想吃他，老爸、老媽在的時候他還找機會親她，現在好不容易可以肆無忌憚了，他裝什麼裝？

她眼睛水潤潤地望著他，像饞魚吃的貓，身為那條魚，穆廷州只覺得是甜蜜的苦惱。餵她，隔幾間病房女朋友親生父親還在昏迷，不餵，又怕明薇胡思亂想。

穆廷州不想女朋友誤會他的感情，扶明薇躺下，按著她的左肩道：「昨晚，徐董來看妳了。」

明薇震驚地張開嘴，徐修來了？在她睡著的時候來的？可昨晚老、爸老媽一直在病房……

穆廷州親親她額頭，緩緩道：「路上出了車禍。」

明薇心跳一滯，呼吸都停了，穆廷州後面說了什麼，她根本沒聽清，好半晌才喃喃地問：「他現在……」

「沒有生命危險，但還在昏迷。」穆廷州握住她手說，密切關注明薇的情緒。

明薇腦袋裡一片空白。徐修昨晚發生了車禍，到現在還沒醒，是因為來看她，徐修才會出車禍。

空白之後，明薇腦海裡漸漸浮現一道西裝筆挺的身影，五十多歲的男人，氣度雍容。他不是個好男人，曾經欺負過她的媽媽，可同樣是這個男人，經常假冒粉絲送花給她，每逢節假日都會傳祝福簡訊，夏天拍戲，他還會提醒她不要中暑……

明薇從來沒有給過回應，反而拉黑過好幾次，但拉黑一次他就換一個號碼，還笑她幼稚。

床邊忽然傳來「叮」的一聲，打斷了明薇的回憶。

穆廷州拿起手機，肖照的訊息：『徐老爺子到了。』

出車禍的兒子與拍戲受傷的孫女住在同一家醫院，一大早就趕過來的徐老爺子先去看了看兒子。徐修額頭纏著紗布，臉上脖子上也有玻璃刺傷，足以想像當時的驚險，徐老爺子都快八十了，到老突然被沉穩懂事向來不用他操心的長子來了這麼一擊，別提有多心疼。

問過病情，得知兒子最嚴重的情況會變成植物人，徐老爺子呆坐了半小時。

「爺爺，您別太擔心，我爸身體好，一定能醒過來。」徐凜安慰老爺子道。

徐老爺子點點頭，目光移到次孫身上：「薇薇住哪間？你帶我去看看。」

肖照猶豫：「薇薇還不知情，您……」

徐老爺子什麼都沒說，直接站了起來，肖照只好帶路，路上不放心地勸老爺子：「爺爺，這次車禍完全是意外，我爸醒了肯定也不會怪在薇薇頭上，您……」

「我還沒老糊塗。」徐老爺子目視前方，不鹹不淡地說。

肖照訕訕地推了下眼鏡，心中腹誹，老爺子表情那麼凝重，他能不多想嗎？

老爺子這邊沒問題，到了病房前，肖照先傳訊息給穆廷州，很快穆廷州便走了出來。

看到徐老爺子，穆廷州低聲道：「薇薇已經知道了，我認為她現在需要一定的私人空間。」他不希望任何人給明薇壓力，就算是江月夫妻，穆廷州原本的計畫也是先告訴她徐修住院，隔一日再通知岳父、岳母。

「薇薇不想見我？」雙手拄著拐杖，徐老爺子平靜反問，如山頂的老松，歷經風霜雨雪，再不會輕易動怒。

穆廷州實話實說：「她並不知道您來到這邊了。」

徐老爺子便道：「那你去問問，她真的不想見我，我再離開。」

穆廷州直視他的眼：「您這是為難她。」明薇非常懂禮貌，得知老爺子來了，即便不想見，看在長輩一把年紀的分上，也會請徐老爺子進去。

徐老爺子看他一眼，淡淡道：「有些事，薇薇都不一定理得清，你想保護她無可厚非，但那未必是她現在真正需要的。」

「你去問問。」肖照充當和事佬，往裡面推穆廷州。

老爺子的話在理，穆廷州請兩人先進客廳，他去裡面問明薇。明薇心裡很亂，但如穆廷州預測那般，她做不到將一個年近八十歲的老人拒之門外，就朝穆廷州點點頭。

「等一下別勉強自己。」穆廷州扶她坐好，輕輕親她的額頭。男朋友就在身邊，明薇好像有了主心骨，柔柔地笑了。

穆廷州再去外面請徐老爺子。

明薇有點緊張，知道自己與徐家的關係後，明薇曾更仔細地瞭解過徐家眾人的資料。徐修是金融大亨，屬於物質方面的巨人，徐老爺子卻是國內著名書法家，那是精神方面的巨人，見沈萬三與蘇軾，興奮度能一樣嗎？

明薇不懂書法，但那不妨礙她敬重這門傳承幾千年的傳統藝術。

房門被人推開，徐老爺子拄著拐杖領頭走了進來。快八十歲的老人，短髮全白了，臉頰偏瘦，依稀可見年輕時俊美的風采。年輕時帥氣的男人，沉澱過歲月與數十年書法清韻，老了就變成了仙風道骨，如幽靜庭院中擺放的松石盆景，第一眼讓人覺得與眾不同，卻又吸引人靠近，不會給人高不可攀的疏離感。

老人身後，穆廷州清冷如霜，肖照溫潤如玉，可此時此刻，兩大男神都是徐老爺子的綠葉，有點像服侍太上老君的小藥童。

受徐老爺子身上的平和氣息感染，明薇漸漸放鬆下來，誠懇道：「讓您老擔心了。」

徐老爺子笑了。他一直不喜歡娛樂圈，真真假假的八卦太多，太浮躁，連親孫子都因為這點被迫改名當了經紀人。但徐老爺子並不反感看電視劇，只看好演員，不去瞭解那個圈子，看得只是角色。明薇的演技還無法吸引他，可眼緣這種事沒有任何道理，徐老爺子就是覺得明薇笑起來好看，像亡妻年輕時候的笑，因為這點，他很喜歡這個年輕的女演員。

但得知明薇是他的親孫女後，徐老爺子才開始瞭解螢幕外的明薇，越瞭解越喜歡，喜歡明薇在公眾場合的大方，喜歡明薇對妹妹的疼愛，喜歡明薇工作的認真，喜歡明薇秀氣的簽名。今天見到真人了，明薇只說了一句話，徐老爺子就又喜歡上了孫女的懂事。

孫女的開場白是「讓您老擔心了」，為她擔心也好，為兒子擔心也好，都很真誠，小姑娘若是說句「謝謝您老來看我」，假裝不知道徐修受傷，雖然也能理解，卻不夠大方。再對比另一個孫女刁蠻任性的脾氣，徐老爺子簡直有種撿寶的驚喜感。

「你們兩個都出去，我跟薇薇單獨聊聊。」朝孫女笑笑，徐老爺子回頭打發兩個小藥童。

藥童肖照很聽話，藥童穆廷州卻先看向自己的小仙女。

仙女明薇點了下頭。

藥童穆廷州這才心甘情願退到了客廳。

徐老爺子坐到明薇身邊，明薇又緊張了，不知道該說什麼。

她把徐老爺子當陌生人，徐老爺子卻早把她當親孫女了，自然無比地詢問明薇手臂的情況。聊明薇聊了幾分鐘，徐老爺子突然嘆了口氣，看眼窗外道：「妳爸爸從小就比別人家的孩子聰明，年輕氣盛時都沒讓我操心，我還以為他不會犯大錯，沒想他居然連自己有個好女兒都不知道，害我少了一個好孫女。」

這話說得有點親熱。

明薇尊敬老爺子，但她更愛另一個男人，垂眸道：「我爸爸叫明強。」

徐老爺子笑著糾正孫女：「你的好爸爸叫明強，壞爸爸叫徐修。」明強是個好男人，丈夫與父親的身分上，自己的兒子比不上人家。

明薇的眼眶紅了，說不清是為了什麼，也許是因為她有個壞爸爸的事實，也許是因為老爺子哄人的語氣。

徐老爺子假裝沒看到小姑娘要哭的樣子，繼續嘆道：「妳的心情爺爺理解，一個見都沒怎麼見過的男人，還是一個不負責任的渣男，憑什麼突然跑出來讓妳喊他爸爸？妳不喜歡他，爺爺支持妳，但妳不能因為他不好，就連我跟妳兩個哥哥也不認，是不是？薇薇這麼好，我跟妳哥哥們想認妳，有錯嗎？妳爸爸犯了錯，我們沒有，是不是？」

明薇低著頭，不知道該怎麼說。

徐老爺子自顧自地道：「妳爸爸不中用，哄不好妳，爺爺本來是想等妳哥哥哄好妳，然後領妳來見我，沒想到妳二哥也不管用。好好的孫女卻見不到面，爺爺急了一年了，直到今天才有藉口過來瞧瞧。一年啊，爺爺錯過了妳那麼多年，現在一把老骨頭，還有幾個一年可以浪費？」

明薇心裡酸酸的：「您別這麼說……」

「我也是有感而發。妳受傷的影片爺爺看到了，當時就嚇了一跳，緊跟著妳爸爸又出車禍。唉，妳們都還年輕，不懂我們老人的心情，越老才越懂『珍惜』這兩個字。就說妳爸爸，如果他真的再也醒不過來，妳會不會遺憾沒能喊他一聲？現在不遺憾，等妳當了媽媽，明白父母對子女的感情了，那時候會不會遺憾？會遺憾就說明心裡是想認的，既然想認，為何不珍惜越來越少的時間？父母總歸要走在子女前頭……」

明薇閉上眼睛，擠掉兩串淚。

「妳是大明星，身邊大事小事記者都會報導，讓妳認我們，確實影響妳們一家四口的生活。妳爸爸早就跟我商量過了，當年是他對不起妳媽媽，現在沒臉再打擾她，他想先私底下跟妳相認，將妳放在遺囑裡，等妳明爸爸跟媽媽百年了，他或是妳哥哥再公開遺囑。這話本該由他跟妳說，可……」

明薇再也忍不住，一手擋住臉，扭頭哭了。

她一直都覺得徐修很渣，一點都不考慮媽媽的感受，對一個女人來說，沒有比被陌生男人侵犯更反感的事了，媽媽脾氣好不記仇，明薇卻無法接受這樣的生父。但現在，徐修知道尊敬媽媽了，他真的改了，他真的想當個好爸爸，她卻可能再也沒有機會喊他一聲。

「我不要徐家的錢，一分都不要。」擦掉眼淚，明薇捂著眼睛說，「你們真想認我，就別在遺囑裡寫我的名字。」徐家人對她好，她狠不下心拒絕，但她不想與徐家產生任何金錢上的關係，她不需要。

徐老爺子挪到床上，摸著孫女頭道：「這個爺爺做不了主，妳要跟妳的爸爸、哥哥們說。」

老人的手掌帶著慈愛的溫暖，明薇慢慢平復了下來，低頭發了一會兒呆後小聲道：「這不是我一個人的事，我要先跟我媽媽說一聲。」

媽媽早就表示過不介意她認徐家，明薇真正要觀察的是老爸，如果老爸表現出任何介意，她照樣不會認徐修。生她的是媽媽，養她的是老爸，整個徐家加起來，也不如老爸重要。

二老剛回去，明薇想隔幾天再叫他們過來，未料夫妻倆在家住了一晚，第二天就來了。

穆廷州識趣地讓出病房。

明薇忐忑地看著老爸。

明強也忐忑地觀察女兒，徐家那麼有錢，女兒會不會嫌棄他？

父女倆一起忐忑，江月好笑：「一天不見，都不認識了？」

明強先破功，認命問女兒：「有了親爹，還要不要我？」

明薇撲到老爸懷裡，用完好的右手臂抱住男人，哽咽著表忠心：「你才是親爹！」

而就在她說出這句話的時候，另一間病房，壞老爹徐修，醒了。

第五十二章　徐家

當晚明薇跟媽媽說了很多話，這些話她不方便對老爸說，需要老媽從中轉達。

明薇想過了，她雖然承認了徐家那邊的親人，但她不會與徐家頻繁走動，最多一年探望幾次老爺子，徐凜、肖照工作上能遇見就說說話，遇不到也不會刻意相聚。至於徐修，明薇還處在尷尬的階段，短期內她都叫不出口那個稱呼。

然後就是徐、明兩家，繼續保持陌生家庭的關係，彼此不必來往。

「其實妳爸爸沒想那麼多，他只是希望妳過得開心。」江月躺在女兒的床上，摟著女兒道。因為徐修，她不安了二十多年，結果事情揭發了，明強在乎的只是他在她們母女倆心中的地位是否穩固，根本沒考慮會不會被人嘲笑的問題。

「我爸那麼好，媽妳撿到寶了。」明薇由衷地說，在她眼裡，老爸是天底下最好的男人。

江月刮刮女兒的小鼻樑，親昵道：「媽媽命好，薇薇更厲害，我看廷州真的是把妳當公主了，對了，妳們打算什麼時候正式公開？」

明薇想笑，穆廷州都在這邊住下了，每天往返醫院，表現得還不夠明顯嗎？

「順其自然吧。」明薇睏了，打著哈欠道。

江月便關了燈，睡覺。

第二天江月夫妻走了，臨走前明強去了一趟徐修病房，在裡面坐了五分鐘左右，兩人說了什麼沒人知道。穆廷州一直將岳父、岳母送到樓下，然後重新回到女朋友身邊，及時彙報情況：「伯父、伯母走了，肖照說他二叔一家今天過來，那邊還不知道妳的身分。」

明薇對徐琳一家沒興趣，掃一眼病房門口，她捂住穆廷州的大手，小聲道：「這幾天辛苦你了。」堂堂影帝，千里迢迢來看她，又要忍受老爸的冷臉，又要幫她應付徐家那邊，同時還得顧忌她的心情，當了好幾天素食和尚，普通的親親、抱抱都沒有。

「確實辛苦。」穆廷州傾身過來，一手撐床，一手抬起她的下巴，目光一寸寸從她紅潤飽滿的嘴唇挪到她水盈盈的眼睛上，「想得辛苦。」

從明薇那部武俠劇開拍，兩人分開了近三個月，這幾天明薇事情多，他克制自己不去想那些不該想的，但日思夜想的女朋友就在眼前，他管得住身體管不住心，想抱她、想親她、想將她壓在身下，隨心所欲。

尾音尚未消失，兩人的唇已經貼在了一起。

顧忌她手臂的傷，穆廷州刻意放緩攻勢，一點一點親，就是這樣，也把明薇親得紅唇微腫雙眸起霧，用一副邀君採擷的模樣望著他。穆廷州抵在她的肩頭，如火的呼吸吹在她耳朵上，明薇閉著眼睛，等待他更進一步。

穆廷州很想，時間地點都不是問題，可……

「我查過，妳現在的情況，醫生不建議夫妻生活。」摟著她的腰，穆廷州聲音暗啞。

明薇：「……」

終於體會到什麼叫欲求不滿了。

既然不能吃肉，那就只能你看我我看你純聊天了，聊一會兒喝口湯，一天竟然不知不覺過去了。晚上穆廷州想留下來，明薇怕醫院護士誤會兩人會做點不純潔的活動，硬是把穆廷州趕走了，讓小櫻陪自己。

穆廷州晚上八點走的，才走不久，肖照推著徐修過來了。

明薇沒料到徐修會來，據說醫生叮囑徐修要臥床休養，不宜下地行動的。因為沒有心理準備，突然見到徐修，明薇下意識垂下眼簾，心中百轉千迴。

「我勸沒有用，他非要過來看妳。」將輪椅推到病床前，肖照無奈地道。

明薇出聲，餘光偷瞄輪椅上的男人，只能看見大腿以下，輪椅後面掛著點滴。

「你先出去。」徐修低聲說，車禍那麼嚴重，他聲音聽起來倒與平時沒什麼差別。

肖照點頭，不放心地提醒明薇：「醫生說爸現在不能受刺激，薇薇妳先委屈一下，有什麼不滿等他好了再發泄。」

明薇抿唇，肖照絕對是故意的。

肖照笑著去了客廳。

徐修看看女兒，淺笑道：「別聽他胡說，我沒那麼脆弱，薇薇想說什麼就說什麼，只要妳肯跟我說話，就算是罵我，也比唱歌好聽。」

明薇閒著沒事罵他做什麼？她扭頭道：「有事以後談，你先回去吧。」別把病情弄得更嚴重了。

「妳的手臂還疼不疼？」徐修就像沒聽見似的，反過來關心女兒。

明薇搖搖頭。

徐修語重心長道：「以後少接動作戲，為了拍戲受傷不值得，妳現在也不缺錢花，不用那麼拼。」

明薇並不贊同，悶悶道：「你做生意虧了一次，難道以後就不做生意了？」

徐修：「不會。」

明薇繃著臉道：「一樣的道理。」

徐修笑了：「所以說，妳這脾氣像我。」

明薇無語，傷成那樣，竟然還有心情挖坑。明薇不想陪他胡扯，再次皺眉道：「我要睡了，你回去吧。」

徐修知道女兒在擔心他，故意裝成嫌棄的樣子罷了，既然已經看過了，親眼確認女兒沒有大礙，徐修點點頭：「好，我先回病房，薇薇好好休息，明天爸爸再來看妳。」

明薇叫肖照進來。

父子倆走了，明薇躺在床上失眠了。徐修昏迷不醒，她確實有點不安，甚至害怕，現在徐修醒了，康復只是時間問題，明薇便不想離他那麼近。她尊敬徐老爺子，喜歡與肖照做朋友，本身就有好感，再接受兩人做親戚便沒那麼彆扭，但徐修對她來說就是陌生人，突然要做父女，明薇渾身不自在。

天亮了，穆廷州準時送來愛心早餐。

明薇跟他商量：「我想出院。」

穆廷州看看她，沒問原因，直接道：「我去辦出院手續。」

明薇笑著送了男朋友一個大大的香吻。

出院手續辦好了，小櫻留下來收拾明薇的行李，明薇動作迅速地隨穆廷州進了電梯，一點都沒驚動徐家那邊。電梯速度放緩，門打開之前，穆廷州幫明薇壓低帽檐，順勢摟住她的肩膀，大大方方跨出電梯。

醫院外面，記者們已經摸清了穆廷州的行程，料想今天穆廷州也會在醫院待到傍晚才出來，大部分記者都先去休息了，只有少部分繼續守著，就是這幾個記者，幸運地拍到了「太傅、公主」同框的鏡頭。

最先衝過來的是個戴眼鏡的男記者，一邊對著兩人拍攝一邊問出最關鍵的問題：「廷州、薇薇，請問你們現在是戀愛關係嗎？」

明薇大半張臉都躲在帽子底下，好奇地等著穆廷州如何回答。

記者比預想的少，沒有推擠到明薇，穆廷州心情不錯，簡短道：「是。」

「那你們什麼時候確定關係的？」

「是不是已經見過雙方家長了？」

「準備什麼時候結婚？」

回答了一個，又有更多的問題冒了出來，穆廷州的心思都在保護女朋友上，一句話都沒再說，扶明薇坐到副駕駛座後，他迅速繞到另一側，進了車，體貼地幫明薇繫好安全帶，這才駕車前往飯店。記者們爭先恐後跟在後面，順利拍到了兩人同時進入一家星級飯店的珍貴影像。

沒過多久，網路上就冒出了一個引人想入非非的話題：#穆廷州明薇酒店開房#

明薇看了，內心十分尷尬，她與穆廷州確實在酒店不純潔了很多次，但這次真的沒有啊。

正無辜著呢，老媽的電話來了，猜到老媽要問什麼，明薇先朝端著水果走過來的穆廷州擺擺手，等穆廷州去了客廳，她才紅著臉接聽。雖然是母女，但江月也挺保守的，結結巴巴繞了幾個彎，才委婉地囑咐女兒：『薇薇，妳、妳的手臂還沒養好，晚上……』

老媽說得吃力，明薇耳朵都紅了，輕聲道：「我跟他一人一間房，妳想到哪裡去了。」

江月長長地鬆了口氣，掛完電話，幽怨地瞪躲在一旁的明強：「就你會胡思亂想，廷州可比你正經多了。」

明強才不信，恨恨道：「男人都一個樣，妳等著吧，薇薇的手臂一好，他肯定露出狼尾巴！」

江月腹誹，就算穆廷州有那個心思又如何？那樣的男人，女兒能睡到，她還替女兒高興呢，反正男女談戀愛，早晚都要經歷的。

他們夫妻倆關心完了，醫院病房，肖照滑到這則爆炸性新聞，氣得火冒三丈。穆廷州帶著妹妹去開房了，讓他怎麼跟老爸解釋？萬一氣出個好歹來……看眼病床上處於睡眠狀態的老爸，肖照走出病房，悄悄打電話給明薇。

明薇好囧，難道肖照也要叮囑她注意節制？

「你接。」明薇把手機遞給穆廷州。

穆廷州看看螢幕，面無表情地接通電話，卻沒出聲。

肖照語速飛快：『薇薇，爸知道妳出院了肯定會聯繫妳，如果他問了，妳就說妳回蘇城了，千萬別說自己在酒店。』他負責不讓老爸碰手機看娛樂新聞，明薇話裡別露餡就行。

穆廷州挑眉：「為什麼？」

好妹妹一秒變成了專門給他找麻煩的影帝，肖照頓時火大：『因為我不想我爸知道他的好女兒被一頭豬拱了。』

穆廷州毫不留情地掛斷，一回頭，對上明薇幸災樂禍的笑。

身為一頭天生就喜歡拱白菜的豬，豬（穆廷州）的自制力還是不錯的，既然醫生囑咐明薇好好養病，穆廷州便盡職盡責地發揮一個合格男朋友的作用，陪吃、陪喝、陪聊天、陪散步，該做的全部承包，不該做的……儘量不做。

但人都有叛逆的心，越是不讓你幹什麼，心裡就越癢癢的。

明薇比穆廷州少吃了八年的鹽，自制力不如他便也能理解了，這晚兩人並排靠在床上看電影，穆廷州看得很認真，明薇偷偷瞄他俊美禁欲的側臉，老老實實坐了一會兒，然後裝作坐累了般，往他的肩膀靠。

穆廷州盯著電腦螢幕，抬起左臂給她靠。

明薇躺好了，臉龐貼著他的胸口，黑色毛衣下咚咚的心跳聲令人著迷。這個電影她看過，劇情對她已經沒了吸引力，因病在房間休息多日百無聊賴的明薇，更想跟顏值、身材俱佳的男朋友做點不純潔的事。

她在他懷裡蹭來蹭去。

穆廷州看她一眼，暫停播放，低聲問：「不看了？」

明薇故意裝成很疑惑的樣子：「不看？那做什麼？」

穆廷州唇角上揚，繼續播放。

明薇老實了一會兒，接著蹭。

穆廷州右手扶住螢幕邊緣蓋起，電影戛然而止，演員的臺詞也斷了，臥室裡只剩兩人的呼吸聲。明薇一動也不動，穆廷州稍微側身將筆電放到床頭櫃上，然後轉過來，小心翼翼將明薇放平。明薇早就閉上了眼睛，臉蛋紅紅的，嘴角俏皮地翹著，像終於磨得主人餵魚吃的饞貓。

「狐狸精。」穆廷州俯身，咬她耳朵，他忍得那麼辛苦，她不給，卻明著暗著撩。

明薇不服，睜開眼睛無辜地看著他：「你先勾引我的。」誰叫他長得那麼好看？

穆廷州不屑跟她辯解，也不想，腦袋下移，堵住了她的嘴。

三個多月的空窗期，兩個人都想，明薇覺得手臂沒關係了，穆廷州卻不敢冒險，半個小時後從被子底下爬上來，先裹好明薇，他再緊緊抵著她，埋在她脖頸間一動不動。明薇剛享受完一場影帝級別的星級服務，心滿意足，蹭蹭男朋友的腦袋，舒服到想睡了……

「明天去複診。」聽著她越來越均勻的呼吸，穆廷州啞聲道。

明薇迷迷糊糊「嗯」了聲。

穆廷州幫她蓋好被子，一個人去洗澡。

明薇的運氣還算不錯，那天撞得不輕，加上養病期間穆廷州在飲食、心情照顧得都非常周到，修養了兩週，明薇手臂上的石膏就拆了，接下來按照醫囑做康復訓練就行。明薇鬆了口氣，回頭看穆廷州，男人幽深的眼眸簡直在冒綠光。

明薇立即想到了之前數個蕩漾的夜晚，心撲通撲通跳。

「穆先生，明小姐，好久不見。」

複診結束，明薇穆廷州直接走向電梯，剛來到大廳，右側忽然傳來一道完全不掩飾諷刺的聲音。明薇想笑，轉身就見肖照板著臉站在五、六步外，眼鏡也擋不住他眼裡的火氣。明薇禮尚往來，客氣微笑：「肖先生。」

穆廷州萬年不變的面無表情。

肖照看一眼明薇的手臂，淡淡問：「好了？」

明薇點頭。

旁邊偶爾有病人、護士經過，肖照故意用不高不低的聲音道：「謝謝關心，我爸恢復得還可以，走吧，我帶你們過去。」如果老爸好好的，肖照不會用這種方式強迫明薇，但老爸現在病著，明薇既然來了，哪怕不說話，只是過去露個面，老爸肯定也會高興。

穆廷州看明薇。

明薇猶豫一會兒，點點頭。

肖照頓時懂了，明薇並沒有外表表現得那麼冷情，不主動探病應該還是因為尷尬，以後見面次數多了，老爸再自己加把勁，哄明薇叫聲「爸爸」只是時間問題。

三人並肩去了徐修的病房。

徐修的外傷已經養得差不多了，正靠在床頭看股市行情，病房門被推開，徐修隨意掃了一眼，沒想這一眼就看到了狠心拋棄他跑去跟穆廷州住酒店的寶貝女兒。徐修氣的是穆廷州，如今女兒來了，徐修精神瞬間比剛剛提高了幾分，驚喜道：「薇薇來了，這邊坐。」

明薇不想坐，她只想讓病中的男人高興一下，留下來她根本不知道該說什麼。

「不了，我還要去片場看看，您好好休息。」明薇客氣疏離地說。

徐修猜到這只是藉口，但女兒願意看他他已經很滿足了，便道：「行，妳去吧，手剛好，別急著開工。」

明薇點點頭，對穆廷州使個眼色，轉身走了。

徐修笑著目送女兒，女兒澈底不見了，才順便看了眼穆廷州。作為一個父親，女兒還沒哄好就被別的男人搶走了，徐修當然胸悶，可他不敢干涉，怕女兒看他更不順眼，幸好女兒眼光不錯，穆廷州還算優秀。

「真的要去片場？」繫好安全帶，穆廷州側頭問明薇。

明薇是真的想去。

穆廷州不急這一、兩個小時，設定好導航，給女朋友充當司機。拍攝現場有特邀記者也有粉絲，看到他們兩個，頓時爆發出一陣興奮尖叫。明薇也是見過大場面的人了，在穆廷州保護的姿態下維持燦爛微笑，一路順順利利進了劇組專區。

新劇武打戲份多，拍起來慢，男主角與配角們都能拍一陣子，這也是明薇能安心休息兩週的主要原因。現在恢復得差不多了，跟導演商量後，明薇決定明天開始復工，先拍文戲鏡頭，手臂澈底痊癒了再拍打戲。

工作解決了，明薇乖乖跟穆廷州回了酒店，才進門，明薇還沒開始緊張，穆廷州就突然從後面壓了過來，直接將她抵在牆邊，低頭親她耳朵。明薇全身骨頭都軟了，下意識想反手抱他，穆廷州及時按住她的左臂，一邊吻她耳朵一邊啞聲道：「妳別動。」

妳別動，我動就行。

三個字便撩得明薇一身火。

穆廷州足夠理智，摟著明薇在玄關親了半小時，親夠了才抱起明薇走向臥室的大床，小心翼翼將她放下，然後真如他所說，什麼都不讓明薇做，他幫她脫了所有衣物，幫她將髮絲別到耳畔，再慢慢地餵她吃肖想了三個月的影帝牌大魚。

細嚼慢嚥的吃法，明薇整整吃了一下午，最後是累到睡著的……

穆廷州陪她睡了半小時，傍晚六點多，他叫醒明薇，一起洗個澡，隨後他去買菜。

餓腸轆轆的明薇，靠在床頭滑手擠。今天穆廷州陪她去片場的影片已經傳到了網路上，戀情確定了，粉絲明顯分成了三派，一派是樂見其成的「廷薇黨」，一派是單純看八卦的中立黨，最後就是反應比較激烈的反對黨，穆廷州的粉絲對她挑三揀四，她的忠實粉絲就負責罵回去，嗆著嗆著也開始挑剔穆廷州。

越看越煩，明薇決定再也不看社群了。當明星最不好的就是這一點，什麼事情都會被人搬到網路上供人娛樂，再簡單純粹的感情，到了粉絲眼中都成了可以任意置評的對象，好像她與穆廷州是兩個商品，他們是否互相喜歡不重要，粉絲們覺得他們般配才是真的般配。

想是這麼想，然而沒過兩分鐘，明薇又抓起了手機，打開社群，意外跳出一則@。

明薇好奇點開。

穆廷州：『像不像妳？@明薇。』附圖是一隻貓。

明薇住的這家飯店，一樓大廳中央擺著一個超級漂亮的圓柱魚缸，穆廷州的鏡頭中，不知從哪跑來一隻毛茸茸胖乎乎的高顏值布偶貓，蹲坐在魚缸前，仰著腦袋盯著透明魚缸裡的紅魚。穆廷州顯然心情不錯，應該是走到布偶貓跟前，將貓澄澈海藍眼睛中的渴望拍得清清楚楚，明薇看得心都要融化了。

這貓好漂亮，如果有一隻貓用這種眼神看她，要什麼都給！

等等，穆廷州為什麼說這隻貓像她？

明薇隨手分享留言，問他：『哪裡像了？（茫然）』

穆廷州剛跨出電梯，看到女朋友的問題，他一邊走向兩人的房間一邊繼續回：『美。』

明薇捧著手機等呢，更新出穆廷州的回覆，她突然心跳加快。

她知道穆廷州是想透過社群互動秀恩愛，但有沒有必要秀的這麼直接啊？

臉紅心跳，剛想看看粉絲們是怎麼評論的，玄關那邊突然傳來開門聲。明薇連忙放下手機，下床去接他。她的小臉緋紅，穆廷州神色如常，提高購物袋問：「現在就做？」態度自然，好像他並沒有在網路上誇她似的。

明薇低頭，「嗯」了聲。

穆廷州疑惑地走過來，沒等他詢問女朋友怎麼了，明薇輕輕鑽到他懷裡，小聲道：「你不是不喜歡高調嗎？」男朋友公開示愛，她覺得很甜蜜，但又有點擔心，不想要穆廷州為了維護她，做不願意做的事，譬如應付粉絲。

「誰說我不喜歡？」穆廷州放下購物袋，一手扶她的左臂，一手摸她的頭。

明薇哼哼：「以前你拿獎，都沒看你秀。」

穆廷州無語：「好好演戲，每個演員都有機會獲獎，不值得秀。」

明薇似懂非懂，仰起腦袋，下巴尖抵著他的胸口問：「那我呢？」

穆廷州笑了，低頭，輕吻她紅唇：「妳獨一無二，只屬於我。」

第五十三章　告白

臘月劇組趕工，過年都不放假，劇組全部成員都是在影視基地過的。

明薇本以為自己也要跟同行們過除夕夜，沒想到下午拍最後一場戲時突然在一群熟悉的工作人員身後看到一張更熟悉的面孔，古銅膚色濃眉大眼，脖子上戴著金光閃閃的金鏈子，不是老爸是誰？

再看旁邊，嬌小的老媽跟大三放寒假的妹妹都在。

明薇高興極了，拍攝一結束，立即丟下劇組，開心地跟家人去過節。

「妳爸訂了飯店，就在妳現在住的那家，初二早上我們再回去。」明強開車，江月柔聲對女兒說。自從知道徐修的身分後，明強對女兒更緊張了，平時不方便過來怕打擾女兒拍戲，但過年肯定要一家人一起過。

「我爸真好！」明薇歪頭，朝開車的男人笑。

明強目視前方，嘴大大的咧開。

明薇坐在老媽與妹妹中間，身體靠著老媽，手拉著妹妹調戲：「橋橋談戀愛了嗎？妳這種校花級別的美女，追妳的人是不是特別多？」

司機明強悄悄豎起了耳朵，小女兒性格太冷，跟她媽媽都不怎麼聊八卦，跟他更沒說話。同樣是讀大學，以前明強跟大女兒講電話能聊至少半小時，跟小女兒，哼，至今還沒破過三分鐘的記錄，這還是靠他絞盡腦汁想話題才有的結果。因為太捨不得掛電話，有次女兒說「室友要睡覺了」，他還一不留神犯蠢問女兒「室友是男的女的」。當時明強都沒反應過來，還是老婆提醒他的。

現在大女兒名花有主了，明強自然更緊張小女兒的感情生活。

明橋卻淡淡道：「每次見面都問，能不能說點新鮮的？」

把明薇噎得差點背過氣。

明強專心開車了。

明薇撬不出妹妹的話，便去撓妹妹癢癢，姐妹倆緊緊貼著，笑聲越來越高。江月在旁邊看著，心想老公說的沒錯，徐家的事就不用告訴小女兒了，讓小女兒輕輕鬆鬆讀書吧，他們這輩的事說出來也沒什麼意義。

除夕夜吃了一頓大餐，然後一家四口聚集在明薇的房間，一邊看春節節目一邊閒聊。

明薇早就通知穆廷州了，說今晚晚點視訊，所以她放下手機，安心陪家人。明橋的手機帶在身上，隔幾分鐘就會震動一下。明橋拿出來看，大部分都是高中、大學同學的祝福訊息，直到老爸、老媽回樓下房間了，姐姐去洗澡了，她才收到一則來自曾經的追求者的訊息。

肖照：『祝新年快樂，闔家幸福。』

明橋淡笑了下，笑容有點諷刺。

其實她都不太確定當初肖照是不是在追她。

前年姐姐陪她過生日，肖照、穆廷州半路加入，穆廷州為了討好姐姐送了她一隻薩摩耶，她沒有要，狗就由肖照養了。後來篝火晚會結束，姐姐上了穆廷州的車，她開車載肖照，路上兩人也沒說什麼，但接下來的二十多天，肖照多次來學校找她。

第一次，他勸她接收那隻薩摩耶，說他太忙，沒時間照顧狗。明橋拒絕。

第二次，肖照又來學校找她，碰巧遇見一個男生向她表白。明橋根本不用肖照幫忙，肖照卻主動扮演她的男朋友，不留情面地趕走了那個追求者，事後又厚顏無恥賴了她一頓飯，飯桌上繼續勸她養狗，明橋繼續拒絕。

自此，肖照開始每天聯繫她，傳薩摩耶的照片、影片，試圖讓她改變心意。薩摩耶太可愛，明橋確實心動，但她的課程多沒時間也沒地方養狗，實在無法幫肖照。到了週末，肖照再次來了學校，說他要把薩摩耶送回原主人家，叫她一起去，理由是因為狗是她的。

明橋不想去，但肖照非常纏人，說要麼兩人一起去送狗以後再不用糾纏，要麼兩個人都不去，然後他會繼續勸她養狗直到她答應那一天。明橋沒辦法，拉黑肖照聯繫方式他還能找到學校來，她只能走一趟。

到了郊區，肖照在一片森林公園停下車，理由是再陪薩摩耶好好玩半天加幫她消除課業疲勞。

車鑰匙在他手中，附近也不方便招計程車，明橋只能忍。

午飯是野炊，明橋安靜吃飯，偶爾摸摸湊過來的薩摩耶，到了下午，肖照開車繞著景區逛了一圈，便直接往回開。明橋問他為什麼不去還狗，肖照淡淡地說，他看出她是真心喜歡薩摩耶，願意勉為其難地替她養到大學畢業。

直到那時，明橋都沒有多想，只覺得肖照近墨者黑，脾氣與穆廷州一樣古怪傲慢。

然而當晚，肖照傳了一則訊息給她：『謝謝二小姐，今天的約會，我回味無窮，期待下次見面。』

明橋看著訊息內容，回憶這段時間肖照的表現，突然意識到肖照可能在追她，薩摩耶只是他的藉口。但肖照語焉不詳，明橋無法確定自己的猜測，自然也不知道該如何回應。關機睡覺前，明橋想，她對戀愛沒興趣，如果肖照真的說出來或是表現出曖昧，她會直言拒絕。

但那則訊息是肖照最後一次對她曖昧，消失多日，肖照終於在一個晚上打來電話，為之前半個多月的糾纏向她道歉，並承諾不會再有類似情況。肖照說到做到，過去的一年多，除了逢年過節傳一句禮貌性的祝福，肖照一次都沒有聯繫她。

明橋不想在意這個奇怪的男人，但肖照前後表現對比太明顯，明橋直覺中間肯定發生了什麼，她不在乎肖照纏不纏她，只好奇讓肖照改變態度的原因。

可肖照不說，她也不會問。

「橋橋，妳還不睡？」明薇洗完澡出來，見妹妹還在客廳坐著，意外地問。

「睡了。」明橋刪掉訊息，一邊跟姐姐說聲晚安，一邊進了次臥。

妹妹一直都是個冷美人，明薇沒察覺妹妹的異樣，關了客廳的燈，回臥室與穆廷州視訊。

視訊中，穆廷州一頭短髮，穿著一件淺灰色毛衫，臉龐俊美，神清氣爽。

「你們怎麼過節的？」明薇抱著筆電，笑著問。

穆廷州顯然對這個話題不太感興趣，機械地回答：『吃餃子，看電視。』很無聊。

穆崇、穆廷州都是高冷性格，明薇小聲打趣道：「伯母這麼多年怎麼過來的啊？都是她主動跟你們說話吧？」

穆廷州挑眉：『妳想幫她活躍氣氛？』

這話大有深意，明薇撇撇嘴，聰明的不跳坑。

穆廷州看看她，低聲道：『十三號晚上，一起吃頓飯？我媽想見妳。』

情人節《白蛇》全國上映，明薇要趕去帝都參加宣傳活動，十三號下午到，十五號早上返回劇組。

雖然早就與未來婆婆見過面了，但想到要以準兒媳的身分去見竇靜，明薇還是有點緊張，一緊張，一雙大眼睛變得更水潤了，透過螢幕害羞地望著他，看得穆廷州想把她抓到自己這邊抱著她親。

『我去接機。』他繼續道。

明薇慢吞吞點頭，紅著臉結束視訊電話，甜滋滋睡覺了。

十三號下午，穆廷州提前一小時抵達機場，他平時不喜歡穿西裝，但今天卻是一身筆挺西裝，墨鏡都沒戴，就那麼高調地出現在了所有人面前，一露面便遭到提前得到消息的記者與粉絲圍堵。

穆廷州心情好，破例多簽了幾個簽名，然後拒絕其他合照、簽名要求，專心等待女朋友。

五點多，帝都天已經黑了，明薇的航班終於降落。

「冷不冷？」一見面，明薇看著穆廷州身上的單薄西裝，穆廷州看著她穿著的米色風衣，異口同聲。說完了，兩人互相凝望，明薇先笑了，剛想回答，突然被穆廷州摟到懷裡，護著她大步朝機場外走去。

人聲鼎沸，尖叫連連，明薇戴著墨鏡，眼裡只有自己的男朋友。

穆廷州是自己開車來的，機場外面都是記者，兩人不方便做什麼，到了路上，穆廷州開車也不能亂動，幸好這是帝都，會塞車……於是每當車停下來，穆廷州便側身壓住明薇親吻，親到後面的車按喇叭，再意猶未盡地分開。

明薇覺得親得這麼頻繁，車裡都不用開暖氣了。

塞了一路親了一路，到達穆崇夫妻的別墅時都七點多了。

面對竇靜的熱情，明薇特別不好意思：「一直等到這麼晚，伯父、伯母早就餓了吧？」

準兒媳漂亮又懂禮貌，竇靜越看越滿意，虛扶著明薇的手臂往裡請：「一點都不晚，我們平時也這個時間吃飯，薇薇是不是餓壞了？先喝點熱水暖暖胃。」這邊剛將明薇按到沙發上坐，接著又要替明薇倒水。

明薇連忙又站了起來，一邊說著自己來，一邊頻頻朝穆廷州使眼色。

「這也是妳家，不用客氣。」穆廷州幫明薇掛好風衣，直白無比地道。

明薇小臉紅了。

竇靜笑：「就是就是，都是一家人，薇薇別客氣。」傻兒子終於也會說話了。

「謝謝伯母。」明薇硬著頭皮接過杯子，臉燙燙的。

最初的窘迫過後，明薇漸漸放鬆下來，飯桌上與竇靜有說有笑，至於穆家的兩個男人，全程當聽眾。晚飯結束，九點了，竇靜還想多跟準兒媳待一會兒，穆廷州已經從紅木衣架上取下明薇的風衣，淡然道：「明天有宣傳，我們先走了。」

明薇恨不得堵上他的嘴，表面又得配合點頭。

竇靜是過來人，怎麼會不懂兒子的真正心思，瞪兒子一眼，無奈送人。

路上明薇一句話都沒跟穆廷州說，生他的氣。

穆廷州專心開車，回到別墅，將車開進車庫。車停了，明薇想下去，卻被他攥住了手。明薇扭頭，對上穆廷州幽幽的黑眸，她忽然懂了，憋了一路的小脾氣頓時化成了小火苗，從心底蔓延到全身。

「下車。」她口乾舌燥。

「不急。」穆廷州關掉車燈，然後在車庫陷入黑暗的剎那，不容拒絕地將明薇抱到腿上。

明薇故意亂躲，蚊吶似的刺他：「不是不急嗎？」

「下車不急。」穆廷州反剪她的雙手，抱緊她往下按，「這個，刻不容緩。」

情人節，別的情侶都在約會秀恩愛，明薇、穆廷州卻在一起加班，為今日上映的《白蛇》

做宣傳。去年暑假宣傳《龍王》時兩人是地下戀愛，如今戀情已曝光，這次的主持人便多了很多話題可聊。

「薇薇，廷州一個人扮演許仙與法海，請問這兩個角色，妳更喜歡誰？」

明薇歪頭看穆廷州。

穆廷州就坐在她旁邊，目光相對，明薇露出一個他熟悉的狡黠微笑，穆廷州想的卻是昨晚她在車中、床上的嫵媚風情。明早她就要回影視基地了，好好的情人節他們卻在忙工作，穆廷州非常不滿。因為這樣忙碌的狀態不適合浪漫。

明薇看不出男朋友滿腦的綺念，笑著回答主持人：「許仙過於書生氣，跟他在一起少了幾分安全感，法海……完全不是同一個世界的人，我可不是白娘娘，不敢對高僧心存不敬。不過單論髮型的話，我更喜歡法海的造型。」

穆廷州抿了下唇角。

主持人善意地笑，轉過來問穆廷州：「去年廷州說以後大概不會再跟薇薇合作影視劇，當時嚇了我們一跳，還以為你們吵架了，其實是你覺得情侶不適合頻繁影視合作吧？擔心粉絲沒有新鮮感？」

穆廷州背靠椅背，雙手並握，平靜地給予否定：「我不知道粉絲們會怎麼看，但與明薇拍戲，合作多少部我都不會缺乏新鮮感。」

情話突如其來，這讓認真聽他說話的明薇愣了一下，然後情不自禁就笑了，微微低頭，笑得羞澀甜蜜，雙頰泛起愛情的紅潤。主持人一手捂住胸口，作出受傷狀：「情人節加班已經夠虐了，為什麼你們也要虐我？」

明薇已經恢復了從容，只是明亮的眸中依然泛著幸福的光芒。

穆廷州繼續道：「不過我拍了二十多年的戲，最近想嘗試自己拍電影，所以接下來很長一段時間，會轉行導演，至於將來是否會繼續參演，我也沒有準確答案。」

這是個大爆料，主持人驚訝地捂住嘴，然後成功地扣題：「也就是說，《白蛇》既有可能是你與薇薇合作的最後一部電影，也有可能是很長時間內你最後參演的一部電影？」這個採訪就是為了宣傳《白蛇》，如果之前觀眾因為兩個主角的戀愛曝光或兩次合作而對《白蛇》淡了興趣，那麼相信看過這次採訪後，觀眾們一定會熱情購票。

穆廷州點點頭。

「薇薇妳怎麼看？」

明薇笑：「我很期待，他這人性格很冷，但凡是他感興趣的事，都會投以最大的熱情，就像許仙這個角色，拍攝之前，我完全無法將穆廷州與一個溫柔多情的文藝書生聯繫到在一起，但事實證明，只要他想，他就能做到最好。」

主持人笑眼瞇瞇：「這算不算妳對廷州的情人節告白啊？」

明薇呆住，臉紅了，什麼告白，她只是在實話實說好不好？

主持人卻抓住機會慫恿穆廷州：「薇薇都告白了，廷州有什麼話要對薇薇說？虐我吧，我已經最好了被閃的準備。」

穆廷州斜眸看明薇。

明薇臉紅已經很明顯了，假裝看手腕上並不存在的腕錶：「是不是可以結束了？」

主持人起哄：「廷州不告白，這期就一直不結束！」

明薇又害羞又想笑，同時也特別緊張，穆廷州確實說過一些情話，但那些情話都是很應景的，可以說是觸景生情，現在主持人硬逼著穆廷州說，萬一穆廷州說不出來，或是說的很尷尬怎麼辦？

就在她忐忑不安的時候，耳邊忽的傳來穆廷州低沉的撩人心弦的聲音：「我對所有未知事物都有興趣，但我最感興趣並將投以一生熱情的，是個女人，她叫明薇。」

明薇的腦袋都要爆炸了。

情人眼裡出西施，相信每個男人向心愛的女人說情話時，都會說「妳最美」、「我最喜歡妳」這類的，這其實是一種對比，誇讚女友貶低其他女人，雖然其他觀眾都理解情話並且不會在意，但大多數情侶都會選擇單獨相處的時候，才說情話給另一半聽。

所以，當這樣盛讚女友的情話被當眾說出來，對於臉皮薄的女人而言，幸福中又帶著一定羞恥度，這種不好意思反過來又加強了聽到甜言蜜語的幸福。

明薇的臉皮不算太薄，可穆廷州誇得太厲害，這下子她不僅臉紅，耳朵根都紅了，出名後第一次在媒體面前不知所措。

她在愛情的浪潮中暈眩，穆廷州紳士地拉起她的手，單手將她抱在懷裡，側身讓明薇避開鏡頭，然後另一隻手拿起麥克風，敬業地對著鏡頭宣傳道：「情人節，我與薇薇要去過節了，也祝所有觀眾情人節快樂，最後，希望大家多多支持《白蛇》。」

主持人捂著臉尖叫。

穆廷州放下麥克風，禮貌地朝主持人點點頭，然後擁著明薇離去。

話說得好聽，事實上今天大部分時間兩人都不能自由安排，忙完下午的宣傳，晚上兩人又按照行程去帝都一家電影院觀看《白蛇》，電影結束，還有現場回饋粉絲活動，等一切忙完，兩人回到別墅時都十點多了，夜深人靜。

「累不累？」進了臥室，穆廷州抱住明薇，低頭問。

明薇搖頭，看著頭頂上的男人，她想到了電影中白娘子與法海的淒美愛情，想到了白天穆廷州在採訪中對她說的情話。影片中有多遺憾，現實中就有多甜，宴會上喝的幾杯紅酒似乎發揮了作用，明薇手臂盤上穆廷州的脖子，踮起腳尖主動送吻。

穆廷州本來另有計劃，可面對格外熱情的女友，他一把抱起了她。

短暫相聚，明早又要分開，明薇如藤蔓般纏著自己的男人，隨他沉淪。

零點過了，明薇累極而睡。穆廷州側身躺著，看了足足半小時才放輕動作下床去了隔壁房間。房間裡一片漆黑，穆廷州按下開關，燈亮了，現出滿屋玫瑰，穆廷州苦笑，一手插在褲子口袋中，握著裡面的小盒子轉了又轉，最後熄燈關門，去陪女朋友睡覺。

第二天，穆廷州親自去送機。

下車前，明薇抱住穆廷州脖子，小聲道：「再過半個月就回來了，別想我。」

穆廷州親她耳朵：「不想。」

不想妳走。

對於忙碌的明薇來說，半個月很快就過去了，吃完殺青宴，去蘇城家裡住了一晚，她便立即回了帝都。穆廷州說過要來機場接她，明薇戴著墨鏡出來，下意識尋找男朋友，卻意外發現穆廷州身邊多了一個人——肖照。

有電燈泡在場，擁抱沒了、見面吻也沒了，上車時肖照居然還搶了副駕駛的位子。

以前三人在一起都是肖照開車，明薇跟穆廷州坐後座，現在肖照不肯當司機，穆廷州又是自己開車來的，那就只能由他開車，明薇一個人坐後面。她沒那麼饑渴，只是覺得好笑，偷偷看駕駛座，穆廷州果然沉著臉。

肖照無視穆廷州的冷臉，歪著腦袋問妹妹：「昨晚老爺子打電話給妳了？」

明薇心情複雜地「嗯」了聲。三月二十二號徐老爺子過八十大壽，老爺子希望她去。

肖照今天就是來做確認工作的，向妹妹解釋道：「這次家裡大辦，請了不少人，我跟廷州關係好，妳以他女伴的身分出席，不會引起任何懷疑。」拜明薇所賜，老爺子不那麼反感娛樂圈了，他徐家二公子的身分也早在老爸出車禍時得以公開。

明薇尊敬老爺子，長輩八十大壽她是該去，現在徐家安排的好，便點頭答應了。

「我沒說要去。」

兄妹倆聊得很順利，司機穆廷州突然冷冷地拋出一句。

明薇咬唇忍笑，肖照推推眼鏡，不鹹不淡地道：「可以，回頭我挑幾個與薇薇關係不錯的青年才俊下請帖，再讓明薇挑個最順眼的當男伴人選，絕不勞穆先生大駕。」

穆廷州抬眼，透過車內後視鏡看女朋友。

明薇喜歡肖照，但她更愛自己的男朋友，故意沉默一會兒，終於在穆廷州越來越幽深的目光中道：「這樣啊，可是我看穆先生最順眼怎麼辦？還請肖先生好好哄哄穆先生，否則我也只能遺憾缺席了。」

穆廷州垂下眼簾，專心開車。

肖照恨鐵不成鋼地瞪明薇：「妳就寵著他吧，將來他欺負妳，別怪我當二哥的不幫忙。」

明薇剛要說話，穆廷州突然在路邊停車，目視前方道：「肖先生，你可以下車了。」

他居然還有這一招，明薇再也忍不住，幸災樂禍地笑出了聲。

肖照冷笑三聲，頗有骨氣地推門下車，再重重甩上車門。

穆廷州毫不留情，揚長而去，明薇吃了一驚，難以置信地往後看：「你真的不載他？」

穆廷州聞言，再次停車。

明薇鬆了口氣，後面正要叫計程車的肖照見了，改成打給明薇。

明薇一邊下車一邊接聽。

肖照：『我已經招計程車了，你們不用等我。』

明薇望著遠處肖照高挑的身影，猶豫幾秒，還是說了實話：「肖先生誤會了，他並沒有想等你。」

肖照皺眉，就見明薇朝他擺擺手，然後轉身，拉開了副駕駛座的車門。

豪車再次遠去。

肖照：「……」

第五十四章　永遠的女主角

徐老爺子平時喜歡住四合院，但這次他的八十歲壽宴地點，定在了徐修的豪華別墅。

壽宴前一天，徐家一大家子都來了這邊，再次確定明日的準備工作。

家庭會議開到晚上九點，一直保持沉默偶爾點點頭「嗯」兩聲的徐老爺子，突然想起什麼，問肖照：「廷州來嗎？我記得他不愛熱鬧。」

肖照掃一眼堂妹，道：「您過大壽，他肯定來。」

徐琳聽了，忍不住竊喜。

徐老爺子看在眼裡，又問孫子：「我聽人說，廷州跟一個女明星戀愛了？」

徐琳臉上的笑容頓時消失，低著腦袋，嘟嘴擺弄手機。肖照就跟沒瞧見似的，笑道：「是，他的女朋友叫明薇，以前是義大利語翻譯，後來當了演員，演技不錯，我爸也誇過，還說廷州運氣好，明薇答應跟他戀愛是他的福氣。」

光明正大地把親妹妹捧到了天上。

徐琳母親二太太不愛聽了，女兒喜歡穆廷州全家都知道，姪子這麼誇明薇，簡直就是在故意打她女兒的臉。喝了口茶，二太太輕笑道：「什麼福氣，我看過報導，明薇讀大學時便跟系裡的教授不清不楚……」

徐修抿唇。

「沒有證據的抹黑，二嬸還是別盲從為好。」父親不方便說話，徐凜沉聲開口，嘴上奉勸二太太，目光落到了老爺子身上：「爺爺，我知道你對娛樂圈有偏見，但廷州是二弟好友，明天明薇到了，您看在廷州的面子上，別給人家難堪。」

「還需要你教我人情世故？」徐老爺子斜了長孫一眼，然後扭頭，語重心長地勸徐琳：「爺爺知道妳喜歡廷州，但廷州已經交了女朋友，妳就別再往他面前湊了，外面那麼多優秀男人，妳隨便挑一個，能比廷州差多少？還有，明薇是妳二哥的朋友，便也是我們徐家的朋友，不許妳找她麻煩。」

兩個都是孫女，徐老爺子不求姐妹倆多親近，但也不能手足相殘。

徐琳現在最不想聽見的就是明薇的名字，什麼都沒說，氣鼓鼓上樓去了。徐老爺子喊了兩聲，徐琳非但沒停，反而走得更快，徐老爺子又氣又無可奈何，只好轉過來訓斥二兒子夫妻倆：「琳琳的脾氣都是你們寵出來的，明天你們盯著點，別讓琳琳鬧笑話。」

他對二兒媳婦的人品沒信心，所以不打算讓老二一家知道明薇的身分，只能委婉提醒。

上午十點，穆廷州準時來明薇公寓樓下接人，通過電話，他推門下車，西裝筆挺地站在車前，耐心地等待女友。等了三分鐘，人還沒下來，穆廷州笑了下，取出手機消磨時間，習慣地先去看明薇的社群。

今天她沒發文，最新一則還是昨晚的。

手指滑動幾下，前面終於傳來熟悉的腳步聲，高跟鞋特有的韻律，扣人心弦。

穆廷州收起手機，漫不經心地抬頭，然後那雙平靜如水的黑眸中，迅速浮現驚豔。

察覺男友毫不掩飾的欣賞，明薇有點小害羞，本能地抬起手，去別耳邊並沒有的碎髮。高挑纖細的女人穿了一件白底繡青竹的定制旗袍，旗袍完美展現了她玲瓏的曲線，也更加襯托主人古典優雅的氣質。窈窕淑女，羞澀低首，做出別頭髮的小動作，風韻十足。

穆廷州注意到了她微紅的臉龐，注意到了她潔白手腕上翠綠的翡翠玉鐲，也注意到了旗袍下的一雙修長美腿。他早就知道明薇很美，也無數次近距離甚至負距離欣賞、感受她的美，但每一次見面或約會，明薇都會帶給他一點新的視覺衝擊。

明薇不看他，穆廷州也沒說話，只跟她一起走到副駕駛座那邊，紳士地幫她拉開車門。

明薇笑了，低頭進去前輕聲道：「謝謝穆先生。」

「明小姐客氣。」穆廷州護著她的頭頂，看著明薇坐好再繞回駕駛座。繫安全帶時不可避免地對上她勻稱的美腿，穆廷州默默地看了幾秒，終於還是沒能忍住，出發前，他目視前方，右手卻放在了明薇的腿上。

明薇按住他的手，幽怨道：「穆先生，你這是做什麼？」

穆廷州掌心溫熱，沿著膝蓋挪到她光潔的小腿上：「幫妳暖腿。」

明薇一把甩開他的鹹豬手，開始說正經的：「你送什麼禮物？」她準備的是一方澄泥硯。

穆廷州收回手，把後座的禮物拿過來交給明薇，他開車。

「這是字還是畫？很貴吧？」明薇摸摸禮盒中的卷軸，沒有打開，猜測著問。徐老爺子是搞書法的，穆廷州挑的字畫必然是大師作品，不然很難入老爺子的眼。

「俗。」穆廷州一字評價。

明薇冷哼，蓋好禮盒放回後座，小聲諷刺道：「嫌我俗，以後別幫我暖腿。」

穆廷州笑：「好。」

他不幫她暖，他只摸。

開了半小時，徐修的別墅到了。穆廷州走過去幫明薇開門，並曲起手臂等著，明薇心領神會，挽住他，兩人不緊不慢地朝裡面走去。別墅大廳與院內已經聚集了一批賓客，當明薇、穆廷州正式登場時，立即吸引了所有人的視線。

徐凜三兄弟都在外面，看到明薇，徐凜、肖照同時上前迎客，只有二房的徐端愣在原地，目瞪口呆，上次近距離接觸明薇還是陪王盈盈去跟明薇搶戲，那天明薇沒有刻意打扮，他又被感情蒙蔽了雙眼，竟然沒看出明薇居然這麼美。

那邊徐凜兄弟已經跟親妹妹說上話了，徐凜鮮少誇讚女人，現在卻自然無比地道：「薇薇今天很漂亮。」

明薇臉頰泛紅，笑著道謝，沒看徐凜的眼睛。

「可惜一朵鮮花插在了……」肖照也誇妹妹，誇得與眾不同。

穆廷州置若罔聞，明薇毫不客氣地瞪肖照：「肖先生是不是忘了那天你是怎麼被扔下車的？」

肖照淡笑：「不是不報，只是時候未到。」

兩人打啞謎，話裡卻透露出非同尋常的親近，徐凜看著親妹妹，心裡有點羡慕，同時也很欣慰，有二弟牽線搭橋，妹妹早晚會對這個家產生歸屬感。

外面客套過了，肖照帶明薇二人去客廳見老爺子。與院中資歷淺的小輩們比，客廳中全是國內藝術界的重要人物，大牛們醉心文化，大多數都不認識明薇這個娛樂圈新星，對穆廷州的印象也並不深刻。

然而讓他們吃驚的是，三言兩語打發其他小輩的徐老爺子居然鄭重介紹了一番明薇與穆廷州，特別是對明薇，那話誇的，不愧是文化人，無論兩個字還是四個字的誇讚，都不重複，簡直要把明薇誇成仙女下凡了。

一屋子爺爺、奶奶輩分的人，肯定不知道明薇與徐家的關係啊，既然徐老爺子誇了，他們便認為眼前這兩個孩子真的特別好，也跟著表揚起來。聊了十幾分鐘後，穆廷州用他淵博的知識與廣泛深刻的涉獵征服了一眾前輩，明薇沒有穆廷州的才華，但她大方懂事談吐得體，加上漂亮的小姑娘有天生的優勢，很快也贏得了長輩們真心的喜歡。

徐琳在遠處見了，心裡酸溜溜的，酸穆廷州對明薇的細心照顧，也酸親爺爺對明薇的偏心，爺爺都沒有在那群藝術家面前這麼誇過她。憑什麼啊，這是徐家，她是徐家唯一的大小姐，憑什麼風頭都被明薇搶走了？徐琳羨慕、嫉妒、恨。

明薇緊張極了，好不容易找個藉口從長輩圈逃出來，她立即示意穆廷州去院子裡待著，不然再被拉進那個圈子，她畢生的文化儲備肯定要露底。與穆廷州聊了一會兒，兩人暫時分開，各自應酬。

徐琳一直盯著明薇，終於等到明薇離開穆廷州的視線範圍，她喊來侍者，端起一個高腳杯直奔明薇而去。明薇正在與東影老闆娘聊天，聊著聊著，對方突然低聲提醒道：「徐琳端著酒杯過來了，妳小心點。」

徐琳喜歡穆廷州，這是圈內人人皆知的祕密，東影老闆娘也不例外。

明薇笑笑，儘量自然地回頭，果然看見徐琳笑靨如花地徐徐走來，眼睛看著別處，好像並不知道她在這邊似的，然而就在明薇準備不著痕跡地避開時，兩道人影突然闖入她與徐琳中間，一個是徐凜，擋在徐琳面前不知道在說什麼，另一個正是她的男人。

「護花使者真多啊。」東影老闆娘低聲調侃明薇，識趣地走開，把明薇留給穆廷州。

明薇稍微歪頭，恰好對上徐琳憤怒的眼神，惡意滿滿，人卻朝另一個方向走了。

警報解除，明薇多看了徐凜高大挺拔的背影一眼，這才笑著問穆廷州：「你來做什麼？」

穆廷州一手插著口袋，一手舉著酒杯，目光掠過明薇旗袍上的青竹刺繡，淡淡道：「品竹。」

他不說實話，明薇也不拆穿，只在心裡甜，有人想欺負她，卻有更多的人維護她。

宴席結束，明薇坐在穆廷州的車上傳訊息給徐凜：『謝謝。』

徐凜：『應該的。』

簡短偏冷的回覆，明薇的心裡卻暖暖的。

謝完同父異母的兄長，自然也要謝男朋友，只是旗袍被穆廷州扯開的那一瞬間，明薇莫名想笑，捂住領口，美眸促狹地望著他：「旗袍給你，你去客廳品竹？」

穆廷州的火早被她挑起來了，拉開她的手舉到頭頂，俯身親她耳朵：「現在我只想賞花。」

一句話撩得明薇嬌花顫顫，予取予求。

武俠劇殺青了，徐老爺子的壽宴也吃了，暫時輕鬆下來的明薇，目前只需準備一件事——四月初國內某項重要電影節頒獎典禮。

《龍王》是去年國內扛鼎的特效電影大製作，主演明薇、穆廷州都有提名，但沈素、肖照提前分析過，兩人拿個人獎的幾率都不大。《龍王》大紅大紫，票房打破各種記錄，可這畢竟只是一部商業片，演員展現演技的空間遠遠遜色於文藝片，曾經拿過影帝的穆廷州不可能憑藉一個特效片再次獲獎，而明薇無論是從演技還是影視經歷，拿影后的概率幾乎都等於零。

明薇很清楚，她也沒想那麼多，參演的第一部電影能大獲成功，已經很自豪了，這次純粹陪劇組湊個熱鬧，別的不說，《龍王》至少能拿一項影片獎，她作為主演，與有榮焉，況且與業內演技最精湛的前輩們共聚一堂本身就是一項榮譽。

夜幕降臨，典禮現場星光璀璨，記者們守在紅毯兩側，喀擦喀擦拍個不停。

又一輛豪車停在了紅毯前，車門打開，穆廷州一身黑色西裝亮相，氣度非凡，面對記者的鏡頭與尖叫聲，穆廷州淡然從容，轉身走到車門一側，然後俯身，朝車內伸出手。鏡頭緊隨而至，一隻白皙纖細的玉手輕輕搭在了穆廷州手心，穆廷州馬上握住，腳步後退，牽出來一位穿黑色修身低胸長裙的美人。

「薇薇你好漂亮！」有人吹口哨，大聲起哄。

明薇燦爛一笑，明眸皓齒，脖子上的鑽石項鍊流光溢彩。

大大方方走完紅毯，兩人開始接受紅毯主持人的採訪。

「薇薇第一次參加電影頒獎典禮，是不是很興奮？」

明薇笑著點頭：「有點，因為這兩年一直在跟他合作，都沒機會認識更多同行朋友。」

她與穆廷州合作過於頻繁，廷薇粉們喜歡，但也有一些粉絲在罵她這點，覺得明薇完全是靠穆廷州走紅的，《大明首輔》、《龍王》、《白蛇》大火都是穆廷州的功勞，明薇只是花瓶，一旦兩人分開，明薇肯定不行。

而明薇剛剛的回答也算是一種幽默的回應了。

主持人 Get 了這個點，笑著嗔怪明薇吃著碗裡的看著鍋裡的。聊完明薇，主持人又問穆廷州：「廷州在《龍王》中有很多突破，這次有你心儀的獎項嗎？」

穆廷州微笑：「有。」

主持人眼睛一亮：「你想拿什麼獎？」

穆廷州突然摟住明薇的小細腰，看著明薇笑：「剛剛已經拿到了。」

明薇臉紅，這人怎麼好像越來越會當眾秀恩愛了？都沒給她一點準備。

主持人被這突如其來的閃光虐慘了，各種羨慕明薇，纏著兩人要合影直到新的明星到來。

「是不是提前設計的？」前往席位的路上，明薇小聲問穆廷州。

穆廷州頭微微往她那邊偏，目光落在她胸前的項鍊吊墜上，低低道：「臨場發揮。」

明薇半信不信。

入了場，明薇專心應酬，在場許多前輩她都只在螢幕上見到過，現實裡並不認識，好在自己現在是當紅明星，又有穆廷州這個實力影帝男友陪著，在一群老戲骨裡面也算遊刃有餘。應酬之餘，作為一個後起之秀，明薇也倍感壓力。

走到今天，到底有多少是自己的成績，又有幾分是藉著穆廷州的光？

落座時，看著前面富麗堂皇的舞臺，明薇有些恍惚，如一個自認好學的小學生第一次跨進一座恢弘的圖書殿堂，既震撼天下圖書之多，又突然意識到自己的渺小。怔怔的出神，忽然有人握住了她的手。

明薇偏頭，穆廷州探究地看她：「怎麼了？」

明薇靠近他輕哼道：「我在想，不知什麼時候才能追上你。」追上他，與他並肩，真正名符其實。

穆廷州默默與她對視幾秒，然後捏捏她的手指，笑道：「不是已經被妳追到了？想當初，妳只是一個錯失我簽名的透明粉絲。」

明薇的「追」是指事業，現在穆廷州居然亂扯，好像她當初做翻譯時是幫自己要簽名，好像她這個「透明粉絲」真的追求過他似的，明薇不由瞪了穆廷州一眼，剛要反駁，穆廷州頭往外偏，示意明薇看轉到他們這邊的鏡頭。

明薇秒速變臉，大方微笑，等鏡頭轉向別人，再丟給穆廷州一記眼刀。

與會人員都到齊了，頒獎典禮準時開始。

主持人風趣幽默，演出節目新穎別致，獲獎明星男帥女美，頒獎嘉賓們也不惶多讓，現場氣氛熱烈。明薇看得津津有味，旁邊穆廷州突然湊過來，耳語道：「我是下個獎項的頒獎嘉賓，先走了。」

明薇意外，穆廷州是頒獎嘉賓？他之前怎麼沒告訴她？下個獎是什麼獎？

在腦海裡過了一遍節目單，明薇的心跳突然加快。女主角當然輪不到她，但她這次有個「最佳新人獎」的提名，節目組安排穆廷州頒獎是有什麼特殊意義嗎？她剛拍第一部電影，雖然女指揮官周靜獲得了很多粉絲的肯定，但那畢竟是商業大片啊……可，如果獲獎人不是她，節目組為什麼要安排她的男朋友頒獎？

心跳越來越快，眼看臺上的樂團已經進入了歌曲尾聲，明薇攥緊出汗的手心，默默準備獲獎詞，以防萬一。

演出結束，主持人歡送走幾位樂團成員，再熱烈請出頒獎嘉賓，果然是穆廷州，還有一位漂亮的女演員。正式宣佈獲獎人的名字時，女嘉賓笑著請穆廷州宣佈。

明薇的腿隱隱發抖。

臺上，穆廷州看一眼卡片，抬頭，視線準確地鎖定了台下的女友：「……得主是——明薇。」

在場明星紛紛鼓掌，明薇捂著嘴站了起來，一旁廖導看出明薇激動發抖，便紳士地送給明薇一個鼓勵的擁抱，抱得時間比較長。主持人見了，抓住機會活躍氣氛：「廖導、廖導，廷州在這裡看著呢，你注意影響。」

眾人哄笑。

明薇也笑，這一笑，人便沒有剛剛那麼緊張了，與其他劇組人員擁抱後，儀態優雅地走向舞臺。

明薇臨時準備的獲獎詞很簡單，加上人太激動，少說了兩句，後面還忘詞了，就乾脆來了個謝謝。她的感謝詞短，留下了閒聊的空間，女頒獎嘉賓識趣地繞到主持人另一旁，由主持人調侃這對小情侶。

「廷州，明薇拿獎是喜事，你有什麼話想對她說嗎？」

明薇水眸盈盈地看著男朋友。

穆廷州取下麥克風，在滿場同行含笑的注視下走到明薇面前，眸色溫柔：「首先，恭喜妳獲獎，其次，希望妳保持平常心，繼續腳踏實地地演戲，別辜負評委與粉絲們的期待。」

一本正經的，像個老前輩。

明薇認真點頭，邊點邊笑：「謹遵穆老師教誨。」

穆廷州罕見地咳了下：「我決定改行當導演，妳知道吧？」

明薇困惑，他都公開聲明了，她當然知道。

就在她茫然的目光中，穆廷州上前兩步，高大身體與她只有半步之遙，然後低頭，黑眸專注地看著她，眼中只有她一人，彷彿此時現場只有他們兩個。看得明薇都要害羞了，穆廷州握住她的手，慢慢單膝跪在她面前，用低沉清越的語調說：「明小姐，我想集畢生精力拍部戲，高品質、高糖度，請問，妳願意做我的女主角嗎？」

明薇張開了嘴。

穆廷州神色認真，大手握著她的，無聲等待，視線與她癡纏。

臺下有克制著的躁動，大家都在屏息等待，直到明薇用力點頭，全場才報以最熱烈的掌聲。

掌聲持續了很久，明薇被穆廷州這場高調的求婚弄得飄飄然的，下臺時穆廷州主動握住她的手，她毫無知覺，到了席位上依然心中蕩漾，獲獎的喜悅被穆廷州求婚的甜蜜擠得沒有容身之地，直到別人獲獎明薇準備盲從鼓掌時，抬手才發現手還被穆廷州握著。

她悄悄看他，穆廷州一針見血：「回神了？」

明薇：「……」

男朋友，不，未婚夫老是嘴欠該怎麼辦？

晚上回到別墅，明薇一下車便被穆廷州豎著舉高高，明薇習慣地抱住他的脖子，兩條長腿也盤住他的腰，無尾熊似的掛在他身上。

「什麼事這麼高興？」看著他的眼，明薇明知故問。

晚風和熹，夜色迷人，穆廷州突然不想進屋，直接將她抵在門柱上吻：「有未婚妻了。」

明薇笑，揚起腦袋，厚著臉皮問：「看你高興的模樣，你的未婚妻是不是很美啊？」

穆廷州嘴唇下移，親她脖子：「美，不穿衣服更美。」

明薇耳根發熱，捏他耳朵：「低俗。」

穆廷州頓了頓，重新去親她紅潤臉頰，在她耳邊道：「其實，臺上說的求婚詞，並不是初稿。」

明薇心動，甜滋滋的問：「初稿是什麼？」

穆廷州看看她的眼，將她放到地面，再次單膝下跪。

明薇伸手給他，心都要甜化了。

穆廷州托起她白皙的小手，揉了揉，然後在溫柔的晚風中，在璀璨靜謐的夜空下，鄭重地向他認定的女人求婚：「我想集畢生精力拍部戲，高糖分、高床戲，明小姐，妳願意做我的女主角嗎？」

明薇有點懷疑自己的耳朵，高糖分還有高啥？

穆廷州一直在觀察她，眼看明薇臉紅了瞪著眼睛就像要噴火，他笑了起來，一把扛起明薇，大步回房。

第五十五章　公主下嫁

求婚都當眾直播了，婚禮還會遠嗎？

別人家都是父母催婚，輪到明薇與穆廷州，穆崇夫妻不干涉兩人的計畫，明強夫妻巴不得女兒晚點出嫁，但萬萬沒想到徐老爺子卻扛起了催婚的大旗，理由——希望明薇早點給他生個重外孫，他要教重外孫練字學書法。

明薇特別心動，她最崇拜老爺子的一手好字，自己的兒女若能學到老爺子的幾分風骨……

看出未婚妻的「貪念」，穆廷州便正式將婚禮搬上日程，最後安排在第二年四月，春暖花開時。

穆廷州問明薇想要西式婚禮還是中式的，明薇覺得兩個都可以，穆廷州再次做主，定為中式婚禮。婚禮細節有高薪聘請的策劃師安排，明薇只需要提供尺寸配合禮服的製作便可，於是在策劃兢兢業業為他們夫妻操心時，明薇趕在婚禮前一個月完成了兩部電影的拍攝。

工作忙完了，明薇專心投入到了自己的婚禮籌備中。

四月二十八號，影帝穆廷州與當紅女星明薇的婚禮，正式在京郊某個知名山莊舉行。

穆崇是導演，穆廷州是影帝，父子倆的交際圈便囊括了一眾明星演員，明薇這兩年也結交了幾位女明星閨密，兩邊賓客加起來可謂眾星雲集。婚禮尚未開始，新娘還在休息室化妝，外面的會場卻已開始觥籌交錯。

肖照是伴郎，也是今日唯二出現在明薇婚禮現場的徐家人，另一位是徐老爺子。

徐修是生父，但在明薇心裡明強才是最重要的爸爸，她絕不希望爸爸來參加她的婚禮還要面對曾經欺負媽媽的人。徐修顯然很清楚女兒的想法，早早打了電話給明薇，說他最近忙就不來了，一來給自己一個臺階，二來也不想讓明薇有一點點為難。

明薇回送了一盒喜糖。

與幾位老朋友打過招呼，肖照一路朝新娘休息室走去，手機震動，他取出手機來看，是老爸的訊息，催他傳妹妹的影片。肖照笑著回覆：『剛到，還沒看見人。』

老爸：『嗯。』

肖照收起手機一抬頭，不遠處的休息室突然走出來一個人，穿著一襲白色伴娘禮服，平時總紮成馬尾的長髮現在盤在了腦後，平時光潔的耳垂，現在也戴了一對珍珠耳環，平時素面朝天的清冷臉龐，現在化了淡妝，眉目如畫，紅唇淡抿，冷冽中添了令人心動的豔麗。

肖照再也挪不動腳。

他知道今天肯定會遇見明橋，遇見那個他暗暗關注了三年卻不敢去見的汽車工程系大學生，為此肖照提前做了無數心理準備，卻沒料到她會出現得這麼突然，沒料到她會這麼美，美得明明知道該移開視線，身體卻不受控制，近乎貪婪地盯著她看。

明橋也看見他了，那個穿黑色伴郎服、西裝筆挺的俊美男人，但她只看一眼便移開視線，彷彿不認識肖照似的，淡然自若地往前走，手裡握著手機，隨時準備接聽電話。

她眼裡沒他，冷淡依舊，肖照強迫自己露出一個公式化的微笑，在明橋距離自己只剩幾步時笑著道：「二小姐，好久不見。」

手機鈴聲突然響起，明橋低頭，細不可聞地「嗯」了聲，便與肖照擦肩而過。

肖照怔在原地，面朝前方，耳邊卻是她噠噠噠的高跟鞋聲，那聲音不緩不急，毫無留戀。

肖照抬手扶住眼鏡，好半晌才往上推推鏡框，笑著去找他的親妹妹。

明薇是新娘，賓客們陸續過來祝福，她應不暇接，因此沒有注意到妹妹與肖照之間的微妙關係。

拜天地、拜雙方父母，夫妻交拜，看著身旁一身大紅新郎長袍的穆廷州，她滿心歡喜。

宴席結束後，天黑了下來，在賓客們的祝福聲中，在父母欣慰的注視下，明薇與穆廷州一起上了車，目的地是穆家名下的四合院，也是今晚兩人的婚房。

一個小時後，車停了，穆廷州卻沒有急著下車，而是取出一個錦盒遞給明薇。

明薇打開，盒中是一方紅蓋頭。

她莫名臉紅。

穆廷州取出蓋頭，就著她羞澀低頭的姿勢，輕輕幫她蓋上，然後牽著她下車，再將她打橫抱起，一步一步穩穩地走向兩人的新房，最後停在鋪著繡龍鳳喜被的拔步床前，小心翼翼地將他的新娘放在床上。

明薇穿著大紅嫁衣，戴著紅蓋頭，緊張得一動也不敢動，只有一雙白皙小手偷偷地並在了一起。

她甜蜜地等了一分鐘，穆廷州也無聲地看了她一分鐘，然後才伸出手，慢慢挑開蓋頭。

明薇抬眼，明眸似水。

穆廷州目光幽幽。

明薇突然很不好意思，心慌意亂地看向別處，後知後覺發現這間新房竟然是清一色的古典裝潢，都是仿古紅木家具，床前還擺著一座八幅的牡丹花屏風，簡直比她拍《大明首輔》時的公主臥房還要更像古代。

這……

心底隱約冒出一個猜想，明薇難以置信地看向她的新郎。

穆廷州看著她笑，忽而退後一步，緩緩地跪了下來，雙膝觸地跪在明薇面前。

明薇捂住臉，眼中浮動淚光。

單膝下跪是影帝式求婚，雙膝下跪……

望著她，穆廷州肅容道：「微臣穆廷州，跪謝公主下嫁之恩。」

明薇破涕為笑。他明明記起來了，卻不肯自稱太傅之名，這是影帝在吃太傅的醋嗎？

穆廷州也笑了，低低問她：「還要磕頭嗎？」

明薇擦擦眼角，哼道：「當然。」

穆廷州毫不遲疑：「好。」

說完，他突然攥住明薇手臂，跟著俯身，一頭磕進他的公主新娘懷裡，柔軟、溫暖，芳香怡人。

——正文完——

番外　明月照小橋

「行了，我在開車，週末回家再聽您說。」

華燈初上，大雨瓢潑，肖照一邊開車前往會館，一邊取下右耳耳機，老爺子的聲音卻好像還在耳邊迴盪，不知多少次要為他安排相親。身為一個三十二歲的大齡剩男，肖照表示很理解老爺子的心急，但他真的不急，也看不上那些名門小姐們。

腦海裡閃過一張清麗冷豔的臉，肖照目光柔和下來，轉瞬間化為無奈。跟著穆廷州在娛樂圈混了十來年，肖照什麼樣的美人沒見過？唯獨只對明橋動了心。那時她才讀大二，雖然冷漠卻還單純，他用一隻薩摩耶就換取了與她來往的機會，可惜就在他計畫進一步展開追求時，忽然得知明薇是他同父異母的妹妹。

他與明薇同父異母，明橋與明薇同母異父。繞來繞去，其實他與明橋沒有任何血緣關係，但老爸與明家關係尷尬，他與明橋根本沒有可能。

理智讓他及時收手，可是心好像就此落在了明橋那，不知何時才能收回。

訊息聲響起，是今晚約見的小鮮肉，說路上塞車，可能會遲到。

肖照回覆：『沒關係，我也在路上。』

穆廷州轉行幕後，他的工作少了很多，肖照想讓自己忙碌，忙到沒有時間煩惱感情，便接受了穆廷州的推薦，要在今晚與那個顏值、演技並存的小鮮肉談談，若是合適，以後他就要多帶一個人了。

回完訊息，肖照放下手機，視線無意掃過窗外，看見一輛黑色豪車停在路邊，有個穿黑長褲白襯衫的女人冒雨推開車門，「碰」一聲關上，頭也不回地往前走，衣服被雨水打濕，露出高挑纖細的曲線。

一個西裝筆挺的男人跳下車，舉著傘去追女人，追上了，男人拉住女人的手臂，被女人狠狠甩開。道路擁堵，肖照慢慢地開著車，百無聊賴，乾脆欣賞路邊的鬧劇，看這情形，八成是情侶吵架……

正想著，路邊的男人拉勸不成，大概也很生氣，舉著傘回到車上，開走了。

肖照搖搖頭，這男人太沒有風度了，這麼大的雨，便是女人有錯，也不該讓一個女人冒雨獨行。出於好奇與同情，車子經過女人時，肖照偏頭看了眼，恰好那人抬手將黏在臉上的濕髮別到耳後，燈光之下，她脊背挺直，臉龐白皙，眉目……

肖照難以置信地瞪大了眼睛，怎麼會是明橋？

震驚過後，肖照立即將車停在路邊，透過後視鏡見明橋距離他還有十來步距離，肖照急著找傘，然而找了一圈，車裡居然沒放傘。眼看明橋已經走了過來，肖照只好推開車門，坐在駕駛座大聲喊她：「明橋！」

明橋轉頭，認出車裡戴著眼鏡的俊朗男人，目光微變，卻被大雨遮掩。

短暫的注視後，明橋繼續往前走，三四百公尺外有個公車站，她想去那裡避雨等車。

肖照怔了下，明橋漠然離開的那一剎那，讓他記起了明薇婚禮上兩人的重逢。那時明橋也是這樣，疏離得彷彿兩人只是陌生人，但明明他們也曾近距離的相處過，他去學校找她，在她被人追求時故意冒充她男朋友……

明薇說過，明橋並不知道明、徐兩家的關係，那麼，一定是他做了別的什麼，惹怒她了。

但當務之急是拉她上車。

肖照下車，冒雨追了上去，明橋走得快，他跑得更快，沒幾步就攔在了明橋身前。

明橋早已渾身濕透，單薄的白襯衫緊緊貼在身上，裡面白色胸罩無處遁形，雖然小……卻依然讓肖照口乾舌燥了一下。這是他喜歡的姑娘，肖照想看，但他不是變態，不想乘人之危，隨手脫了外套要為她裹上。

明橋避開了，抬頭看他，目光清冷。

『謝謝二小姐，今天的約會，我回味無窮，期待下次見面。』

這個男人，曾經對她死纏爛打，傳一句曖昧的訊息，過了幾日說了一聲抱歉便消失了，讓她困惑許久，直到決定澈底忘記，只當從未結識。既然從未結識，現在也不需要肖照的幫忙。

「先上車。」她拒絕外套，肖照尷尬地收回手，改口勸道。

「不用，我去前面叫車，你走吧。」明橋繞過他，準備離開。

「妳這樣怎麼叫車？不怕司機動壞心思？」肖照掃一眼她的胸口，想到明橋會被別的男人看到，肖照突然拽住明橋手臂，不顧她的反抗將外套套在她身上，然後抱住明橋的肩膀推著她朝座駕走去。

「放手！」明橋冷聲道，滿臉怒容。

「我與妳姐姐是朋友，不管妳我的良心過意不去。」她假裝兩人之間沒交情，肖照便也不扯舊事，拿明薇當理由。

明橋試圖掙開他：「我不用你管，放開我，再不放我報警了。」

「隨妳，我先送妳回家，再去警察局自首。」肖照毫不客氣地將人塞進車，怕明橋從另一邊跑了，肖照攥著她的手臂將人推到副駕駛座，他緊跟著上車。鎖了車門發動之後，肖照才鬆開明橋，將外套丟了過去，目視前方道：「我不想看到不該看的，怕長針眼。」

這話太毒，一下子就堵住了明橋拒絕的藉口，她若不穿豈不是成了故意刺他的眼？

「你可以放我下車。」抖開他同樣濕透的外套，明橋蓋住肩膀以下，語氣冷硬。

肖照淡笑，反擊道：「然後給妳姐姐罵我的機會？」

明橋抿了抿嘴唇。

「回學校？」肖照看著前方問，知道她今年讀大四。

「我姐家。」明橋垂眸說。她開始實習了，因為實習公司離姐姐家更近，姐姐就把鑰匙給了她，但明橋每週都會回學校住兩晚。

肖照記得明薇的地址，等紅綠燈時想起小鮮肉，肖照撥通對方電話：「……我這邊臨時有事，非常抱歉……嗯，你定個時間，我請客……好，再見。」

說完掛了電話，專心開車。

車裡安靜，明橋視線偏轉，看到男人白皙俊美的側臉，唇角不知為何微微翹起，似乎很是愉悅，鼻樑上架著金絲眼鏡。鬼使神差的，明橋記起了穆廷州粉絲對肖照的評價，說肖照是「斯文敗類」的典型容貌，溫文爾雅，偶爾笑起來又帶著一絲狐狸般的痞氣。

而她確實見過肖照那樣笑，笑著騙她去郊區還薩摩耶，其實只是帶她兜了一圈風。

雨水打在窗上，一朵朵水花蔓延開來，也在年輕女孩心裡激起了漣漪。

明橋還是想不通，當初肖照那一番似有似無的撩撥，為何而起，為何而收。現在他又因為她取消了與朋友的見面，彷彿她比電話那頭的朋友重要。

她低垂著眼簾，肖照暗暗看了一眼，她的髮梢還在滴水，烏黑的髮襯得小臉蒼白，像個偶像劇中遭遇情傷的美麗女主角，惹人憐惜。平時那麼高冷的一個丫頭，居然傷心到這般境地，肯定是用情至深吧？

想到這裡，肖照情不自禁攥緊了方向盤，胸口各種情緒翻滾，後悔剛剛沒仔細看看惹她傷心的男人長什麼樣，記住了好幫她教訓回去，但更多的還是一種陌生的酸溜溜的感覺，酸得他必須說點什麼。

「跟男朋友吵架了？」肖照揶揄地問，光明正大地看著她。

明橋皺眉，什麼男朋友？

肖照還以為自己猜對了，方向盤頓時握得更緊，嘴上卻輕鬆地調侃道：「年輕人就是年輕人，還喜歡玩浪漫刺激，換成我女朋友無理取鬧冒雨下車，我才不會去追，有那功夫，還不如回家多陪陪我的大白。」

大白就是他當初幫穆廷州送明薇卻被明薇拒絕的生日禮物——薩摩耶。

明橋沒說話，不承認也不否認，只盯著窗外看。

肖照急了，他想知道對方到底是不是明橋的男朋友。

一計不成，肖照笑道：「回去我打個電話給妳姐，妳這種小丫頭，沒有大人盯著，談戀愛容易出事。」

「我沒談。」他居然想去姐姐面前搬弄是非，明橋不得不解釋，冷冷斜了眼肖照，「我現在在實習，那個是我部門主管，剛剛他送我與另一個同事回家……」

「他見色起意，在車上對妳動手動腳？」肖照沉著臉猜測，除了這個他想不出別的理由。

明橋默認。

肖照臉色鐵青，差點就要訓斥她亂坐別人的車，可瞥見明橋正在滴水的頭髮，滿腔怒火又變成了心疼。一個大學沒畢業的姑娘，哪會提防那麼多，已經被人欺負了，這種時候只需要給她安慰。

「換家公司，別去那家了。」肖照低聲道。

明橋「嗯」了聲。

「如果妳願意，我可以推薦妳……」

「謝謝，我還是自己找吧，不麻煩你。」明橋平靜拒絕。

肖照沒再說話。

車子開到明薇家樓下，雨還在下，明橋脫了肖照外套，再次說聲謝謝，便頭也不回地下了車。肖照坐在駕駛座，看著她單薄的背影消失在夜色中，仰頭親眼看見高層某扇窗內亮了起來，肖照貪婪地望了一會兒，繼續坐了幾分鐘，開車離開。

一週後。

肖照隨意換了一身便裝，然後帶著老爺子硬塞給他的兩張電影票，出門相親去了。

不去不行，大哥有了女朋友，穆廷州更是結婚了，有親哥哥、好友作對比，老爺子對他的逼婚已經到了令人髮指的地步，肖照能推的儘量推掉，實在推不掉的，只能去敷衍一番，陪女方吃頓飯客氣客氣，飯後再明明白白地拒絕。

電影票是晚上八點的，下午六點，肖照先到了相親的餐廳。

女方姓關，疊字雅雅，是老爺子故交的一個孫女，容貌能打八分，穿衣打扮一看就是出身優渥的大家小姐，二十四歲，屬於年輕可愛的年紀。肖照心裡有人，對關雅雅自然沒有興趣，礙於兩家的交情只能和顏悅色地陪吃飯陪聊天，準備看完電影送關雅雅回家的路上再說清楚。

七點多吃完飯，肖照帶關雅雅去了電影院，距離開演還有十幾分鐘，外面排了攏長隊伍。

「二哥，我想吃冰淇淋。」關雅雅雙手交握，小聲地朝肖照，也是徐家二公子撒嬌。肖照有家產、有事業，長得更是不輸大明星，關雅雅沒見到真人時就對肖照一百個滿意了，這時基本上已經把肖照當男朋友看了。

肖照是個紳士，這點小要求還是願意滿足相親對象的，便點點頭，去服務台買冰淇淋。

就在他轉彎時四個女大學生歡聲笑語地前去排隊了，其中一個神色淡淡，似乎對什麼都不感興趣，好在其他三人都知道她的脾氣，照舊親昵。

好巧不巧，四女正好排在關雅雅身後。

還要再等幾分鐘才能入場，明橋低頭玩手機，身影被兩個聊天的朋友遮擋，滑著滑著，忽然聽到一聲甜甜的「二哥」。明橋沒在意，手臂卻被同寢四年的一個室友抱住，興奮耳語道：「橋橋快看，那是不是妳姐夫的經紀人？」

肖照只是經紀人，辨識度不高，但明橋的室友們都認得穆廷州與肖照。

明橋意外地抬起頭，果然看見肖照從對面走來，穿著一件白襯衫，手裡舉著一根冰淇淋。四目相對，肖照錯愕地停下腳步，眼裡飛快掠過驚喜與懊惱。

「謝謝二哥。」關雅雅毫無所覺，幸福地接過了肖照手中的冰淇淋。男的高大俊朗，女的小鳥依人，怎麼看都是一對甜蜜的情侶。

不知為何，明橋覺得有些刺眼，默默低頭，繼續玩手機。

肖照煩惱極了，想跟她打招呼但身邊有個相親對象，不打招呼更擔心明橋誤會他與關雅雅真的有什麼。左右為難，影院開始檢票，看一眼不知有意還是無心躲到室友們身後的明橋，肖照無聲嘆口氣，硬著頭皮去排隊了。

他與關雅雅走在前面，先落座，坐好了，肖照忍不住想看看明橋坐在哪，一偏頭竟見明橋與朋友朝他們這排走了過來。什麼叫心跳加快？肖照向來自詡老男人，然而看著越走越近的明橋，肖照忽然覺得自己好像變成了一個十七、八歲的青春少年，緊張得心臟撲通撲通跳。

明橋也發現了他，瞅瞅手中的票，位子居然就在肖照旁邊！

怎麼會這麼巧？

明橋皺眉，想與室友們換票，回頭一看，呵，三個女人都坐下了！

現在再換太過刻意，沒辦法，明橋只好坐了下去，低著腦袋玩手機。

影院昏暗，肖照的注意力都在明橋身上，關雅雅與他說話，他不高不低道：「要放映了，禁言。」

關雅雅失望地嘟嘟嘴。

肖照戴好3D眼鏡，靠著椅背，一副專心看電影的樣子。

電影是太空科幻題材，對於看過太多電影的肖照來說，這片子只是中庸，沒什麼亮點，索性借著眼鏡掩飾，偷偷觀察身旁的明橋，心底有絲異樣。短短一週，他竟然遇見她兩次，是單純的巧合，還是冥冥中自有安排？

肖照不信緣分，但坐在偷偷關注了三年的女孩身邊，肖照突然想信一次。

一個多小時不知不覺過去了，電影結束，眾人同時起身離席。

肖照跟在明橋身後，眼裡只有她，根本沒管後面的相親對象。兩側走廊狹窄，人潮擁擠，身後忽然傳來關雅雅的一聲「二哥」，肖照正要回頭，瞥見明橋似乎被人撞了一下，朝後倒了過來，肖照頓時忘了關雅雅，上前一步，穩穩扶住明橋。

盛夏時節，明橋穿的是短袖，突然被一雙溫熱大手攥住，剛要掙扎，耳畔卻響起熟悉的聲音：「小心。」話音未落，男人及時鬆開了她。

明橋抿抿唇，終究還是沒有回頭。

曲終人散，明橋與室友們回了學校，肖照送關雅雅回家，表明無心戀愛後，關雅雅委屈地紅了眼睛，幽怨地望著肖照。肖照再次抱歉，然後駕車離開，一眼都沒往後看。回到別墅，肖照疲憊地躺在沙發上，舉起手機看，明橋沒有任何新動態。

肖照抓了抓頭髮。主動解釋會不會是另一種曖昧？會不會讓她察覺他的心思？可不解釋，他不甘心，他已經無法追求喜歡的姑娘了，為何還要讓她誤會他有了別的約會對象？

半小時、一小時，反覆看了無數遍，肖照猛地坐了起來，傳訊息給明橋：『二小姐，回到家了？』

明橋剛洗完澡，看到熟悉的「二小姐」，明橋面無表情，上床後，簡單回了個：『嗯。』

肖照傳了一個「Go die」的貼圖，解釋道：『今晚我奉老爺子之命相親，電影票都是老爺子塞給我的，沒想到撞見了二小姐。上次二小姐與色狼上司鬧不快，我守口如瓶，這次我相親的事，也請二小姐替我保密，別告訴妳姐夫，我可不想被他嘲笑。』

原來是相親。

明橋盯著螢幕，腦海裡又冒出了新的疑問，既然是相親，那結果如何？

但她沒有問，回了一個字：『好。』

肖照揉揉額頭，這女人怎麼一點八卦之心都沒有？

她不問，肖照只好拐彎抹角地澄清道：『又一次相親失敗，我都要絕望了，二小姐身邊有年輕貌美的女孩子可以介紹嗎？最好成熟一點的，別跟我要冰淇淋。』

明橋輕笑，原來肖照沒看上那個穿白裙子的美女，理由還是嫌棄對方要冰淇淋。

『沒有，我睡了。』明橋不想跟一個不熟悉的男人三深更半夜扯俏皮話。

肖照看完回覆，跌回沙發，重重地嘆了口氣。

怎麼會沒有？她就是啊。

心情不好，肖照打開電視機，胡亂轉著臺，轉了一圈沒找到感興趣的節目，又回到了最初的偶像劇。就在肖照打算關掉電視時，男主角肩膀突然跳出來一隻毛茸茸的白狐狸，扯著男主角耳垂罵道：「趕緊去追啊，傻傻看著有什麼用？你們兩個一個月內偶遇三次，擺明暸是命中註定的緣分，再不追，小心打一輩子光棍！」

男主角捂著耳朵喊疼，演技拙劣，有點娘氣，肖照感到惡寒地關掉電腦，耳邊卻不停迴盪白狐狸的話，一個月內偶遇三次，就是命中註定的緣分？

腳被什麼蹭了下，肖照低頭，看到自家薩摩耶蹲坐在地上歪著腦袋朝他賣萌，雪白蓬鬆的毛，有點像剛剛的白狐狸。

肖照看著薩摩耶烏黑圓潤的眼睛，許久許久，慢慢攥緊拳頭。他喜歡明橋，礙於兩家尷尬的關係才強迫自己屈服於理智，但如果明橋真是命中註定的另一半，那他不會再放手。至於如何確定……

肖照偏頭看向窗外。這個月他已經偶遇明橋兩次了，接下來他不會刻意去找她，但如果這樣還有第三次偶遇，他就追定她了。

接下來的半個月，肖照真的沒有刻意去容易偶遇明橋的任何地方，然後他也就真的沒有遇見明橋。這半個月對肖照來說簡直度日如年，可當時間流水般轉到月底，一月之期的最後一天，肖照又突然感到氣憤，氣為何時間走得這麼快。

在別墅過了一上午，越過越煩躁，肖照開車出門。

只要不直接去找明橋，其他形式的遇見就都算偶遇。

肖照先去了穆廷州的別墅。穆廷州、明薇剛度完蜜月，去孝敬穆崇夫妻了。這裡沒人，肖照又去了明薇的公寓，在樓下白白等了一個小時，肖照下車，攔住一個小學生，請他幫忙按明薇房子的門鈴，確定裡面是否有人。

十幾分鐘後，小學生下來，朝他搖頭，明薇家中無人。

明橋不在這邊，就算回來也要等晚上，而且可能會回宿舍。守株待兔沒有意義，肖照再度出發，這次去了明橋的學校。故技重施，肖照又請一個女生幫他確認明橋在不在宿舍，女生去而複返，說明橋不在，並且不知明橋去了哪裡。

肖照看著手機上明橋的帳號照片，最終還是放棄了。

他已經一退再退，真的直接找她就不算是偶遇了，就不算命中註定的緣分，也不足以抵消明、徐兩家的尷尬關係。

來來回回，肖照開始往返明薇的公寓樓與明橋校園，一次又一次，夜幕悄悄降臨。盛夏的帝都，天氣說變就變，轟隆一聲雷響，暴雨突至。

肖照坐在車中，雨刷搖搖擺擺，卻刷不走遠方的雨霧，天地之間到處都是白茫茫一片。肖照呆呆地看著，看著看著，眼前忽的浮現明橋被雨淋濕的狼狽樣子。今天她帶傘了嗎？會不會又搭了別人的車，會不會又被人欺負了？

肖照抓起手機，按下撥號鍵之前卻又遲疑了。

這樣，就是刻意了……

但刻意又如何？他想明橋，奔波了一日，現在只想見她！什麼狗屁緣分，他喜歡明橋，他想要明橋，他不信緣，只信自己。當初顧忌這顧忌那逃跑了三年，三年，他試過了，還是放不下，既然如此，為何還要躲？

肖照狠狠地按下撥號鍵！

「嘟……」

肖照攥緊手機，死死地盯著螢幕，此時若有人從旁經過，往車裡一望，就會看到一個戴著金絲眼鏡的男人低頭捧著手機，如捧珍寶。

嘟嘟幾聲後，電話……通了。

肖照心跳驟停，捧著手機，緊張到說不出話。

『肖先生？』短暫的沉默後，手機裡傳來明橋的疑問，伴隨著嘩啦啦的雨水雜音。久違的清冷聲音拉回了肖照的魂，他喉頭滾動，舉起手機問：「妳在哪？」

明橋愣住，看一眼左手邊的宿舍大樓，她一手撐傘，一手講電話：『有事嗎？』

「有事，妳在哪，當面說。」肖照漸漸冷靜了下來，準備發動汽車去找她。

明橋想不通肖照能有什麼事，但男人語氣太鄭重，甚至沉重，明橋便道：『我在學校……』

肖照聞言，皺眉看向車外的宿舍正門。他在這守了那麼久，怎麼沒看到她……

剛疑惑，肖照突然想到什麼，猛地推開車門，整個人都站在了雨中。傾盆暴雨，不要錢似地往身上砸，肖照舉著手機，透過雨霧看到一個人站在前面百公尺之外，那人一動也不動，面容被雨傘擋住，只露出一抹下巴。

肖照攥緊手機，聲音發啞：「明橋，妳舉高傘。」

明橋下意識照做，雨傘抬高的那一瞬間，遠處有人穿破重重雨霧朝她奔來！

明橋震驚地張開嘴。

肖照轉眼便至，不顧一切地抱住她，緊緊地勒著她的腰。明橋手裡的傘掉了，手機也掉了，不受控制地踮起腳，做夢似的被他提著。男人扣住她的後腦，忘情地在她耳邊喚明橋，一聲又一聲，沙啞、熾熱，如失而復得。

「你……」

明橋想問他到底怎麼了，話未出口，他突然堵住她的嘴，明橋大驚，立即推他，肖照不管，不管周圍是否有學生經過，只緊緊地摟著深深想念了三年的姑娘，深深地吻她。他的狂熱如同岩漿噴發，再大的雨水都澆不滅，明橋推拒他胸膛的手越來越軟，最終選擇閉上眼睛，乖順地承受。

親了十分鐘、半小時，還是更長？

明橋不知道，肖照也不知，或深吻或淺嚐，暴雨漸弱，肖照的唇也終於離開了她。

「明橋，我愛妳。」埋在她耳邊，肖照喃喃地道，情深如現實不可得，只能在夢中擁著她低語，「明橋，我愛妳，早在三年前，就愛上了。」

明橋靠著他的肩膀，雙手抓緊了他背後的襯衫。

換成今日見面之前，她不會信，但他從大雨中跑來，那樣用力地吻她，明橋信了。

她喜歡肖照嗎？明橋說不清，可如果不曾動心，又為何執著了三年，只想要一個明白？

「為什麼？」她閉著眼睛問。

肖照手一緊，但這次他不想再躲避，緊扣她手，目光堅定道：「車上說。」

明橋猶豫幾秒，到底還是跟著他走了。

肖照幫她打開車門，看著心裡的女孩終於坐在了他旁邊，肖照笑了，意氣風發。

最難的一步已經跨出，往後，他什麼都不怕了。

三個月後，肖照靠一片真心贏得了岳母江月的首肯，江月都答應了，明強反對還有用嗎？

別人家都是女兒出嫁胳膊往外拐，肖照卻是偏心岳父、岳母，平時一有空，肖照就陪明橋回蘇城，沒事就不會去徐家。徐老爺子眼饞孫媳婦，偏偏無可奈何，誰叫兒子徐修當年混帳呢？現在賠了女兒又倒貼了一個兒子給明家，就當是還徐家欠江月的吧。

算來算去，孩子們幸福，才是最最重要的。

——番外完——

高寶書版集團
gobooks.com.tw

YH 064
影帝的公主（下）
作　　者　笑佳人
責任編輯　吳培禎
封面設計　茵萊登曼特
內頁排版　賴姵均
企　　劃　何嘉雯

發 行 人　朱凱蕾
出　　版　英屬維京群島商高寶國際有限公司台灣分公司
　　　　　Global Group Holdings, Ltd.
地　　址　台北市內湖區洲子街88號3樓
網　　址　gobooks.com.tw
電　　話　(02) 27992788
電　　郵　readers@gobooks.com.tw（讀者服務部）
傳　　真　出版部(02) 27990909　行銷部 (02) 27993088
郵政劃撥　19394552
戶　　名　英屬維京群島商高寶國際有限公司台灣分公司
發　　行　英屬維京群島商高寶國際有限公司台灣分公司
初　　版　2021年 12 月

本著作物《影帝的公主》，作者：笑佳人，由北京晉江原創網絡科技有限公司授權出版。

國家圖書館出版品預行編目(CIP)資料

影帝的公主/笑佳人著. -- 初版. -- 臺北市：英屬維京群島商高寶國際有限公司臺灣分公司, 2021.12
冊；　公分

ISBN 978-986-506-314-6(上冊：平裝). --
ISBN 978-986-506-315-3(中冊：平裝). --
ISBN 978-986-506-316-0(下冊：平裝). --
ISBN 978-986-506-317-7(全套：平裝)

857.7　　　110020876

GOBOOKS
& SITAK
GROUP ©